山西省文物局/ 编　刘润民/ 主编

文博心　扶贫情

WENBOXIN FUPINQING

——山西省文物局扶贫工作纪实

山西出版传媒集团
山西人民出版社

《文博心　扶贫情》编委会

施联秀同志参加豆口村文博小学落成典礼

王建武同志代表山西省文物局向帮扶村捐资

雷建国同志走访慰问贫困户

刘润民同志赴帮扶村调研

序

小康不小康，关键看老乡。打赢脱贫攻坚战，是党中央、国务院作出的重大战略部署，是全面建成小康社会的重要保证，是我们党向全国人民、全世界作出的庄严承诺，功在当代、利在千秋。回望这场伟大的战役，山西文博人尽锐出战，付出了真情，洒下了汗水。

自2008年起，按照上级统一部署，山西省文物局机关及直属单位从石楼县裴沟乡转战至平顺县石城镇，陆续对口帮扶该镇豆口村、白杨坡村、岳家寨村、上马村、枣林村。从此，山西文博人又与太行深处的5个小山村结下不解之缘。一个个难忘的历史瞬间，连接起山西文博人真扶贫、扶真贫的扶贫之路。

10余年来，省文物局历届党组高度重视，始终不忘共产党人的初心，把脱贫攻坚作为党组的首要责任和最大的政治任务常抓不懈，诠释了山西文博人的责任与担当。

10余年来，一批批第一书记、扶贫队员远离城市，告别家人，常驻农村，聚焦"消除贫困，改善民生"，急百姓之所急，想百姓之所想，与当地百姓真情相处、以心相交，谱写了新时代党群关系的感人篇章。

10余年来，省文物局上下将文博专业和农村发展相结合，发挥专业所长，在当地积极开展文物修缮、博物馆建设、乡村文化旅游等项目，将文博人的职业梦想书写在太行深处，赋予了太行深处5个小山村新的生机和活力。

脱贫攻坚之所以能决战决胜，根本上是有中国共产党的坚强领导，有广大党员干部的苦干实干，有贫困群众的积极参与，有全社会的同心协力。这是一段风雨无悔的历程，这是一段值得铭记的岁月，她让我们看到了中国共产党人为中国人民谋幸福、为中华民族谋复兴的初心使命，她让我们感悟到了中国共产党人生命不息、奋斗不止的崇高精神，她让我们读懂了中国共产党永葆生机和活力的基因密码。

这本书记录了5个帮扶村的山山水水，记录了文博系统帮扶单位的工作业绩，记录了十余年如一日深入山村驻村帮扶干部的点点滴滴，记录了帮扶责任人和帮扶户之间的深情厚谊，更记录了百姓脱贫后的美好生活和感激之情。

谨以此，纪念山西文博人在脱贫攻坚的伟大征程上付出的努力；谨以此，向伟大的中国共产党百年华诞献礼！

程书林

2021年3月23日

目 录

扶贫村

扶贫事

扶贫人

扶贫心

扶贫情

以文化人　以物育勤

——山西省文物局扶贫工作综述

金秋九月，太行山深处红叶浸染，浊漳河水哗哗流淌，层层梯田里的花椒树挂满了小红灯笼似的花椒。花椒已经成熟，祖祖辈辈生活在太行山深处的人们开始了一年中最重要的忙碌——采摘花椒。

这就是我们帮扶的5个村的美丽风光。从2008年开始，山西省文物局和局直系统500余名文博干部的心就与平顺县的这5个村紧紧连在了一起。

一、各具特色的美丽小村

5个村均位于山西、河南、河北的交界处，是平顺县最偏远的乡村。散落在层层叠叠太行山沟沟岔岔中的5个村，历史上由于交通不畅，缺少对外交流，自给自足的生活是大山中老百姓的平淡日常。也正是因为这样，5个村保持了原真的传统风貌，其中4个村被列入中国传统村落名录。但从另一层意思讲，传统、闭塞也意味着贫穷。随着国家扶贫开发的不断深入，各项优惠政策接踵而至，精准扶贫让这5个村摆脱了贫困，让古老和现代同时闪耀在太行山的青山绿水间。

白杨坡村，太行山的乡愁走廊，坐落于人工天河——红旗渠的上方，全村共70余口人，整个村落像从山坡上长出来一样与大山融为一体，绿树掩映中露出黄墙黛瓦。虫鸣、蝉叫、喜鹊和老鸹是村里的标配，沿路的柿子、酸枣、桑葚把路面染得像早晚的云霞一样氤氲。

岳家寨村，大山中的世外桃源，坐落在太行山一座山头之巅，是平顺县乡村旅游的一张名片。村里的千年榔树见证了岳家寨的过往和现在，20世纪60年代的供销社依然在发挥着作用，但卖货的老岳已经能用二维码收款了。

豆口村，迷宫一般的千年古村，是整个乡镇最大的行政村，浊漳河从村下流过。古老的进村要道——西券虽被现代化水泥公路代替而显得落寞，但券内流传至今关老爷磨刀的地方依然闪闪发亮。村内的大庙用仅剩的山门述说着豆口昔日的辉煌。

上马村，养生福地天涯寨，一条长长的石廊道通入村中，豁然开朗处是村委会广场，祭祀金华老爷的金华庙就在广场的旁边，依山而建的民房层层递进，站在村里的任何一个角落都可以一览太行山的雄奇和浊漳河的温婉。

枣林村，号称“一个可以圆梦的地方”。民国时期的村公所保存完好，墙上的山花和随处可见的标语瞬间把你带入那个激情燃烧的年代，尚家大院的门楣木雕和础石繁复精美，枣林水浸而迁的传说还在被老百姓津津乐道。

5个村，有的大气磅礴，有的旖旎小巧，民风民俗淳朴古老，典型的当地特色建筑石板房是先民的一大创造，非物质文化遗产刮街、九曲黄河灯、传统年俗等讲述着老百姓丰富的文化生活。

生态环境虽好，但老百姓却依然在大山中苦苦守着那薄薄的一点梯田艰难度日。5个村共有720户2032人，其中建档立卡贫困户270户743人，贫困发生率为36.56%。守着这太行山的一草一木，望着浊漳河水的翻腾跳跃，看着红旗渠日夜流淌，5个村的老百姓在中国共产党的带领下，迈出了脱贫攻坚的铿锵步伐。为了帮助老百姓早日脱贫，我们来了，省文物局的扶贫干部一任接着一任来了。

二、一场脱贫攻坚的接力跑

2008年，时任山西省文物局博物馆处副处长的张少鲲接过了党组织交给的接力棒，开始了在太行山深处的扶贫赛跑。许高哲、李强、胡晋彪、张慧国、彭树海、张晓强、马胜，等等，几十名队员一棒接着一棒不停地奋力赛跑，脱贫攻坚最后的接力棒传到了文物管理处副处长闫丁手中。大家不畏艰苦，远离妻儿，告别父母，一个个扎进这深山中，成为白杨坡人、豆口人、上马人、岳家寨人、枣林人，在单位的“小李、小王”都成了村民口中的“老李、老王”。我们的脸黑了，头发少了，但老百姓的生活好了，腰包鼓了；我们的父母年纪大了，妻儿习惯了没有我们的日子，但老百姓习惯了有我们的生活，家家户户总有一只碗在常常为我们备着。

每一名参与接力的队员都在毫无保留地出智出力。山西省古建筑保护研究所的崔维宏和上马村的村民一起下地，帮助老百姓种蔬菜、摘花椒、覆地膜，凡是田间的事他都会，老百姓经常会跑到地头向他请教种植的方法，没有人会想到他是从省城来的扶贫工作队的一员。他总是挽着裤脚，黑黑的脸庞爬满深刻的皱纹，与村里的大爷别无二致。可就是这样，他真正走进了老百姓心中。2019年他到年龄退休，不得不离开上马村，正赶上他的生日，村内老百姓纷纷自发请他喝酒，为他点燃生日蜡烛。老崔激动地说：“这是我这辈子过的最感动的一个生日。”他离开村的那一天，所有老百姓都来村口送别，老崔披着村里送的绶带，准备开上他那辆老夏利离开，但车怎么也打不着火。老百姓开玩笑说，我们舍不得你走，你的车也舍不得离开啊！

白杨坡村工作队队长郝凯来驻村时孩子刚刚满月，他没有迟疑，没有犹豫，义无反顾开车来到了几百公里之外的陌生小村。从此，他的小黑车就成了村里老百姓的通勤车，“郝凯，明天去镇里捎上我！”“郝凯，帮我去镇里取个快递！”的声音不时响起。有一次，村里瘫痪的老人谷来鱼夜晚突然难受，家里老伴70多岁了，儿子是聋哑人，没办法只能找到工作队。郝凯二话不说背起老人放在自己车上，赶到了70公里外的县医院，帮忙挂号，楼上楼下背着老人跑，忙乎了一晚上，老人终于转危为安了。在医院走廊的长凳上，他打了个盹，天亮后又赶回村里继续忙第二天的工作。

闫丁的妻子也是文博系统的一员。2019年，她带着儿子一起入户扶贫，路程漫长而艰险，山村冷清而寂寥，吃住环境简陋。返程的大巴上，儿子对着车窗玻璃上的雾气画着凌乱的线条，后来发现他在偷偷抹眼泪，追问之下他说“舍不得爸爸”。回到太原后，他对妈妈说：“妈妈，以后我穿小的旧衣服能不能让爸爸送给村里的小朋友。”

类似的故事在每一位队员身上都发生过，正是这样的坚守、这样的付出、这样的感动，汇聚成了文博人脱贫攻坚的力量，成为5个帮扶村老百姓致富的源泉。

刘润民、吴小华考察白杨坡乡村记忆馆

三、始终将扶贫挂在心上

对于脱贫攻坚工作，山西省文物局历届党组高度重视，始终把脱贫攻坚作为党组的首要责任和最大的政治任务，抓在手上，放在心上。

局党组多次通过党组会、局务会专门研究部署扶贫工作。印发了《中共山西省文物局直属机关委员会关于党员、干部结对帮扶贫困户的通知》，制定了《山西省文物局扶贫工作五年规划和年度计划》等，动员局机关和直属单位的党员、干部积极开展帮扶工作。

帮扶的5个村分别由5位局领导包村，山西省文物局机关、山西博物院、山西省考古研究所、山西省古建筑保护研究所、八路军太行纪念馆、山西省文物信息中心、山西省古建筑维修质量监督站、山西省民俗博物馆、山西省艺术博物馆、山西省文物交流中心、山西省文物勘测中心、山西省文物鉴定站、山西省彩塑壁画保护研究中心、红军东征纪念馆对口帮扶。270户贫困户，每一户都有结对帮扶的党员干部。每个村都配备了一个工作队，有3名队员常驻村帮扶。特别是2019年以来，局党组按照省委“硬抽人，抽硬人”的要求，重新轮换调整了一批更年轻、学历更高的

白杨坡村为山西省文物局赠送锦旗

平顺县“十佳青年脱贫攻坚带头人”颁奖礼

工作队员，由局业务骨干、文物管理处副处长闫丁担任扶贫队队长，15名工作队员平均年龄41.5岁，有3名具有研究生以上学历，8名具有本科学历，是全县最年轻、学历最高的工作队。

经过几年的帮扶，白杨坡、上马、岳家寨、枣林村于2016年实现脱贫，豆口村也于2019年完全脱贫，整个脱贫攻坚取得了阶段性的成果。

2019年，平顺县迎接脱贫摘帽第三方验收评估时，验收组抽到了山西省文物局帮扶的豆口村。记得当晚近11点时，抽到豆口村的消息传来，5个村扶贫工作队的队员不约而同地向扶贫队长闫丁请命，要求当晚去豆口村帮助工作。年纪较大的郭树广专门打电话说：“我在资料上可能帮不了什么忙，但我可以给大家做点饭，让大家吃饱了好加班。”那个难忘的夜晚是山西省文物局扶贫工作队凝心聚力的集中体现，是一个团队极强战斗力的集中体现。那次检查验收，豆口村的脱贫攻坚工作得到了第三方的高度肯定，为平顺县顺利脱贫摘帽奠定了坚实基础。

2019年5月8日，平顺县“十佳青年脱贫攻坚带头人”表彰颁奖晚会在平顺会堂举行。闫丁虽被评为全县“十佳青年脱贫攻坚带头人”，但在聚光灯下，他却将这一荣誉和成绩完全给了单位和朝夕相处的扶贫战友。颁奖礼上，他动情地说：“正是有了山西省文物局党组的高度重视，山西省文物局的帮扶工作才取得了这样的成绩；正是有了扶贫队员团结一心、数年如一日的坚持和帮扶，有了扶贫队员的付出和血汗，才换来今天5个村老百姓的满意和笑脸。今天取得的荣誉是我个人的，是我们这个团队的，更是省文物局这个光荣的集体的。”

优秀的人铸造了优秀的团队，优秀的团队终究会结出美丽的花朵。李强、张晓强、马胜、闫丁、孙宏伟、段双龙等先后获得了省、市、县不同的荣誉，而山西省文物局也多次被评为平顺县先进帮扶单位，2020年还被评为全省干部驻村帮扶工作模范单位。

四、让老百姓感受到关心和温暖

帮助老百姓迅速改善现有的生产生活条件、让老百姓感受到党的关怀和帮扶单位的真情，是扶贫队员的头等大事。几年来，每年逢年过节，5个帮扶村的每户老百姓都会收到山西省文物局发放的米、面、油等过节慰问品。2019年春节，除了统一发放的米、面、油外，扶贫队又协调山西省古建协会专门筹资10万元慰问了5个帮扶村的每户百姓。白杨坡村，一年一个大件，这些年陆续给每户发放了电视机、电冰箱、空调、电动车、煤气灶等，老百姓的生活进入了全电气化时代，引得周边村人羡慕不已。闲聊时，其他村的百姓都开玩笑说："山西省文物局也来我们村扶贫吧。"

白杨坡贫困户张保枝老人独居，2017年11月17日晚，老人做饭时由于用火不慎，引燃了居住的房屋，导致3间房屋顶全部坍塌。时任白杨坡第一书记的马胜带领工作队和村民全力扑灭火灾，避免造成更大的损失。第二天，马书记协调老人住在了邻居家里，并立即向当地政府和山西省文物局汇报受灾、救灾情况。经山西省文物局研究，决定资助张保枝2万元重建房屋。在当地政府和村委的帮助下，2018

程书林慰问贫困户

年春节前，老人住进了修葺完善的新房中。2020年7月，工作队在入户过程中，发现老人腿脚不好，手指严重变形，洗涮非常不便，时任第一书记的闫丁和其他两名队员一商量，自掏腰包为老人购买了一台洗衣机。当工作队背着新买的洗衣机送到老人家里时，老人激动地说："我该怎么感谢你们啊！你们真是比我的儿女还好啊！我家里也没有什么，去年摘的花椒你们拿些回家吃吧。"工作队员摆摆手，耐心地教会老人如何使用洗衣机，交代了一些安全用电、用水知识后默默离开了。为解决几个村的吃水问题，山西省文物局专门协调山西省水利厅为白杨坡、豆口、枣林打了深水井，困扰3个村多年的用水问题终于得到了解决；岳家寨、上马由于海拔较高，地理条件所限，因地制宜，为这两个村建设了大型储水池，铺设了饮水管网，百姓用水和旅游发展用水也基本得到了解决。

再穷不能穷教育。山西省文物局帮扶伊始，就紧紧扭住教育扶贫这个大事，抓实抓细。根据几个帮扶村的实际，2008年山西省文物局研究决定在最大的帮扶村——豆口村资助建设文博希望小学。省局协调有关单位，筹资400多万元开始了学校的建设。

2010年9月1日，这天是开学日。大山中的豆口村里彩旗飘扬，锣鼓喧天。在孩子们如花的笑靥中，由山西省文物局投资兴建的文博小学举行了竣工典礼。崭新的文博小学占地面积4000平方米，建筑面积1700平方米，总投资近400万元，可容纳400名学生入住。这是豆口村历史上第一座全框架结构、抗8级地震的寄宿制小学。时任山西省文物局局长施联秀与平顺县领导一起为学校揭牌。当天的讲话中，施联秀的声音铿锵有力："我们将继续努力，办好扶贫工作的每一件事情，为老区人民做出更大的贡献。"

豆口村文博小学落成典礼

这些年来，山西省文物局给帮扶村的孩子们送来了文具、衣服，甚至还有最先进的3D打印机，送来了大山外的精彩世界。博物馆的志愿者们将神秘的文物故事讲给孩子们听，和孩子们一起做手工，邀请孩子们参观山西博物院。2019年8月17日至21日，一场别开生面的“在村儿里上课”公益活动在豆口村举行，几十名孩子在专业老师的带领下画起了油彩，学起了礼仪，还饶有兴致地参观了长治市振兴小镇。回村的路上，一个小姑娘兴奋地说：“你们下次再来我们村吧，我给你们做我们这里的疙瘩吃。”

这些年来，山西省文物局给帮扶村送来了花椒苗、核桃苗，并和老百姓一道栽了下来。如今，这些小苗已经长成挂果。每年秋天帮扶队员来入户，豆口村的贫困户张军花都会带着她的帮扶责任人路易来到当年栽种的花椒树下，一起摘花椒、吃青核桃。

五、让帮扶村增强可持续发展力

不仅授人以鱼，还要授人以渔。山西省文物局在帮扶过程中，不仅要让老百姓切实感受到帮扶单位的真心帮扶，感受到党的政策的温暖，更重要的是还要立足乡村的长远发展，为帮扶村的可持续发展出力。

宁立新、秦军为豆口村太行三村生态博物馆揭牌

早在2016年，山西省文物局就认真分析5个帮扶村的特色，创造性提出要在帮扶村建立生态博物馆，发展乡村旅游，以此带动百姓增收致富，实现长远的可持续发展。

说干就干。时任扶贫队队长张晓强迅速和局领导进行汇报沟通，得到了局党组的肯定和支持。山西省文物局聘请国家文物局博物馆司、中央民族大学、南开大学、国家博物馆等单位的专家、学者，多次到平顺县石城镇进行调研后，决定整合豆口、白杨坡和岳家寨3个古老村庄，建设一座生态博物馆，开启了我国北方地区第一座生态博物馆建设的序幕。

山西省文物局组织评审白杨坡生态博物馆建设方案

思路有了，接下来需要编制相应的方案。在省文物局领导的协调下，一些负责展览设计的公司纷纷表示愿意无偿帮助进行方案编制。2013年5月，《太行三村生态博物馆建设规划方案》正式批复。当年8月，开始筹备豆口村认知中心陈列布展项目。2014年11月，豆口村展馆配套设施工程项目全部完工，对外开放。

随后，山西省文物局又专门拨付300余万元用于白杨坡博物馆的展陈。2017年国庆，全省最大的乡村民俗博物馆——白杨坡乡村记忆馆对外开放了。2018年，来白杨坡旅游的游客达到了10万人次，旅游综合收入达到50万元。

2020年5月，山西省文物局组织专家评审，通过了白杨坡村生态博物馆建设方案。下一步，白杨坡村将建设成为家家是博物馆、户户有活态展陈的全新乡村体验博物馆，乡村旅游将在游的基础上再增加娱、销、感等多种体验手段。白杨坡也将在顺利实现脱贫后，向乡村振兴目标稳步迈进。

经过这几年的不断打造，白杨坡先后被评为中国最美休闲乡村、中国传统村落、中国百佳避暑小镇、全国人文旅游生态基地、全国文明村等，还获得了山西省历史文化名村、旅游特色村、休闲农业与乡村旅游示范村、卫生村、生态村、文化村等省级荣誉。

岳家寨如今已经是远近闻名的旅游村。据传当年岳飞后人为躲避追杀，被迫从河南汤阴逃难于此。村内现有岳飞庙一座，还有一座20世纪五六十年代的供销社，虽然保留了旧的影子，但供销社已经被改造得面目全非。山西省民俗博物馆作为岳家寨的帮扶单位，积极帮助岳家寨按照博物馆的陈展要求，重新对供销社进行了装修改造。经过山西省民俗博物馆专业人士的一番点拨，岳家寨供销社最大限度保留了20世纪60年代的时代特色。您不妨到此一游，货柜后裱糊的旧报纸肯定比您的年龄要大，作为展品的旧暖瓶、花镜子，甚至还有当了几十年售货员的老岳的奖状，也会随时把你带入那个难忘的时代。

豆口村水电站是全村的主要收入来源。2016年，山西省文物局在扶贫调研中了解到，豆口水电站原有机组陈旧老化，不能满足现在的使用需求，立即筹款55万元，为豆口村更换了两组发电机组。现在豆口村每年水电收入就有30万元，为豆口村脱贫增添了新的动力。针对豆口村劳动力较多的情况，为解决部分劳动力就业问题，特别是在家的妇女就业增收问题，山西省文物局积极协调服装加工企业，

白杨坡乡村记忆馆内景

赵曙光调研帮扶村

帮助豆口村建起了服装加工厂,安置50名妇女就业,人均月收入1500元。

枣林村由于坡陡路远,老百姓下地干活、运输农产品十分不便。山西省考古研究所领导得知这一情况后,立即责成枣林工作队进行详细勘察、测算,准备为枣林村修建田间路。2019年,山西省考古研究所召开院务会,决定资助枣林村8万元用于田间路的整修。经过1个月的施工,一条宽3米的田间路在枣林的地头铺就。从此,老百姓可以开着自己的小三轮下地了。2020年,为进一步解决老百姓储水浇地的问题,山西省考古研究所又出资2万元为枣林村修建了10个田间储水池,一举解决了旱地靠天吃饭的问题。

上马村党群服务中心屋顶漏雨,村内宣传展示背景板和标识、标牌老化严重。山西省古建筑保护研究院让古建设计人员专门为上马村量身定做了古色古香的展示牌,重新制作了党群服务中心的党员学习园地展板,维修了党群服务中心的屋顶,为上马村党员学习创造了优良的环境。

为激发贫困群众脱贫致富的内生动力,2019年,山西省文物局专门下发文件,决定在5个帮扶的贫困村建立扶贫爱心超市,采取发放积分卡的方式,让老百姓通过自己的劳动,积极参与村内的公共事务,激发老百姓摆脱贫困的内生动力。首期筹集了25万元用于爱心超市的建设。截至目前,5个村已完成积分卡兑换20余万元。通过积分卡的鼓励,老百姓主动参与村内事务的积极性更高了,干事创业的热情也激发出来了,取得了良好的效果。

六、利用行业优势开展文化扶贫

王义民赴帮扶村走访慰问

山西省文物局是全省主管文物维修的部门。针对5个村古建筑较多的实际，为充分发挥行业优势，省文物局积极拨付专项资金，将文物保护同脱贫攻坚结合起来。一是通过文物维修改善村内的村容村貌；二是在维修过程中最大限度利用当地贫困劳动力，为贫困人口增加收入；三是有效推进文物维修后的利用，让维修后的文物更多地为当地老百姓服务，让老百姓的传统信仰在古老的文物中进一步弘扬。

截至2020年，山西省文物局已先后投入825万元维修了豆口村圣源王庙，枣林村龙王庙、村公所，上马村玉皇庙、金华庙，等等。

枣林村龙王庙是周边村落祈雨祭祀的大庙。山门上方有砖雕巨匾，刻有“雨阳时若”，每当太阳出来后就会直射山门，从旁边黄花村和流吉村流出的两股泉水到了庙下就不见了踪影，这时就会形成“雨阳时若”的景象。由于年久失修，龙王庙正殿和厢房都有不同程度的坍塌。为尽快修复这一重要文物，为枣林村和周边老百姓造福，山西省文物局先后拨款210万元彻底维修了龙王庙，并又拨付30万元整修了庙前的广场。2019年11月10日，为庆祝龙王庙维修完工，枣林村专门邀请县剧团在龙王庙内唱了一出戏。当天的龙王庙熙熙攘攘，十分热闹，十里八村的老百姓都来了。看到大家在龙王庙祭拜，工作队员脸上也露出了开心的笑容。当天，自发来龙王庙参加活动的老百姓纷纷慷慨捐赠。

上马村的金华庙、玉皇庙见证了上马村的悠久历史，但经过风雨侵蚀，这两座庙摇摇欲坠。山西省古建筑保护研究所无偿为两座寺庙编制了维修技术方案，山西省文物局拨付专项资金予以维修。2020年，玉皇庙二期维修开工，51万专项资

维修后的豆口村圣源王庙

金随后到位。2021年,两座古色古香的寺庙焕发出更加年轻的光彩,为上马的乡村旅游发展增添了两颗璀璨的明珠。

七、结语

坚决打赢脱贫攻坚战、全面建成小康社会是中国共产党对中国人民的庄严承诺。作为脱贫攻坚中的一员,我们有幸参与这场伟大的世纪之战。一个单位、一个人的力量可能是有限的,但全社会、众多人的力量集合起来就是无限的。山西省文物局和它的扶贫队员所做的很有限,但每一件事、每一个人都在用心用情去做。若干年后,我们回望这段历史,我们可以自豪地说:"我们尽力了,我们做到了,我们无愧于这样伟大的时代!"

扶贫村

千年古村——豆口村

豆口村地处太行山腹地，浊漳河北岸，晋、冀、豫3省结合部，浊漳河绕村而过，红旗水渠盘山横流，324省道贯通东西。豆口村由3个自然村组成，下辖13个村民小组，据2020年年初数据，户籍人口589户1657人，贫困户184户521人，是石城镇的第二大村。目前，村内有支村"两委"委员5人，村党支部下辖8个党小组，党员57名。村域总面积约18010亩，其中，耕地面积2300亩，林地面积11100亩，适宜小麦、玉米、谷子、大豆等多种农作物生长，盛产大红袍花椒、柿子、黑枣（软枣）、核桃等农副产品。

豆口村坐西北面东南，背靠岗脑，面对西峧沟、东峧沟，北连连阴山，东望金刚顶，一面靠山，三面临水，整体的地形为"金龟探水"，藏风聚气，自然环境极为优越，"横漳水而带行山，枕龙门而控风壁"即是对此的真实写照。据残碑和《豆口村志》

豆口村全景

记载，豆口村始建于南北朝年间，原有五券，即东券、西券、东南券、西南券和北券。只是历经千年岁月，如今仅存东券和西南券。豆口村中保存完好的明清古建筑随处可见，民居亦依山而建，层层错落；街巷青石铺砌，纵横交错，布局合理。村北垴上有奶奶庙、山神庙，村中有圣源王庙、土地庙，中街有观音堂，村东有东券关帝庙、关帝庙戏台，村南有南券奶奶庙、河坡河神庙，浊漳河南岸有水峪庵、永乐梯上有黄龙庙，东券有人民会堂，石头街道、石桥涵洞、石阶石岸、水坝水渠、石栏杆、张六顺宅院、张六顺马夫二进院、八角门院、张爱珍三进院、赵作霖故居等庙宇民居穿插布排合理，功能完备。豆口村街道主次分明，纵横交叉，由上道、下道、主街和西圪廊、东圪廊及苇地圪道街等大大小小的东西巷子贯通了整个村庄的道路，连接起各家各户，就像祖先书写在村庄的“丰”字，体现了人与自然和谐的朴素生态观，凝聚出豆口村源远流长的文化传统。厚重的历史，葱郁的环境，也让豆口村成功入选第五批中国传统村落名录。

近年来，在脱贫攻坚的战场上，豆口村亦硕果丰盈，成绩斐然。驻村工作队与支村两委勠力同心，紧紧围绕脱贫攻坚各项指标，补短板、强弱项，坚持“扶贫扶志”，把握好“输血”与“造血”之间的关系，统筹安排，多措并举，取得实效。2014年脱贫29户102人，2015年脱贫20户71人，2017年脱贫3户10人，2018年脱贫16户60人，2019年脱贫116户270人，贫困发生率从33.6%降至0.75%，2019年通过国家第三方评估验收，顺利实现整村脱贫摘帽。

与此同时，村内文化及基础设施建设也稳步推进。农民夜校、新时代文明实践站有口皆碑，孝善敬老等活动引领风尚；扶贫超市常态运行；深水井打钻成功；文物古建修缮一新；大型停车场顺利兴建；人民舞台拔地而起；老兵客栈改造投产；排水管道重新铺设；村内道路硬化完毕；村容村貌极大改善；等等。脱贫攻坚成果得以巩固，乡村振兴基石得以夯实。

如今，豆口村正逐步形成以豆口水电站、光伏发电为龙头，以老兵客栈、扶贫车间为抓手，以辣椒种植基地、研学一体为增长点的综合发展之路，不断提升群众的获得感、幸福感和帮扶满意度。

中国最美乡村——白杨坡村

白杨坡村位于平顺县北部浊漳河畔，晋、冀、豫3省交界处，海拔560米，距平顺县城70公里。全村国土面积2744亩，其中，耕地218亩，经济林140亩，森林覆盖率为70.3%。全年无霜期280天，气候温和，土壤肥沃，一年可种两季作物，主要农作物有小麦、玉米、谷子、大豆等，主要经济作物有花椒、柿子、核桃等。所生产的农产品纯天然、无污染，被农业部认定为无公害种植基地。

白杨坡村坐西向东，依山而建，建筑错落有序。村庄历史悠久，人杰地灵，至今已有500年历史，目前仍保留着石板街、石碾、石磨、石桌、石凳、石栏杆等。白杨坡民风淳朴，传统文化丰厚，有得天独厚的乡村旅游资源。有三项省级非物质文化遗产：刮街、转九曲、棉纺织技艺等；三项市级非物质文化遗产：传统过年、传统婚姻、

白杨坡村全景

传统土坯房建筑施工。

近年来,白杨坡支村“两委”紧紧围绕县委、县政府和石城镇党委、政府的战略决策,充分发挥党支部的战斗堡垒作用,真抓实干,奋力拼搏,各项工作取得了长足的发展。先后荣获“中国传统村落”“中国最美休闲乡村”“中国百佳避暑小镇”“中国美丽乡村”“中国森林康养人家”“全国人文生态旅游基地”“全国文明村”“省级历史文化名村”“省级旅游特色村”“省级卫生村”“县级红旗村”等荣誉,乡村旅游粗具规模,年均接待游客5万人次。

白杨坡村共有31户76人,全部为农业人口。其中,16岁至60岁的劳动力有50人,长年在外(半年以上)务工的劳动力有35人;建档立卡贫困户有16户40人,非贫困户14户36人。

世外桃源——岳家寨村

岳家寨村原名下石壕村，地处平顺县石城镇东南14公里处。北临浊漳河，南接虹霓峡，面迎九龙山，背倚凤凰岭，南北长2公里，东西宽8公里。全村国土面积6347亩，两个自然庄，现有36户76人。村庄依悬崖峭壁而建，峡谷深邃，山清水秀，人称“世外桃源”。

村中以岳姓居民占绝大多数，相传是民族英雄岳飞的后代。当年岳飞被奸臣所害，为躲避追杀，其后人被迫从河南汤阴逃难于此。现该村有岳飞庙一处，大多村民家中藏有岳氏家谱，每年村中和周边各地的岳氏后代都要在此聚会，举行岳飞诞辰祭奠仪式。

村庄位于山体断层平台之上，呈南北向布列，东临悬崖绝壁，素有“太行空中

岳家寨村远景

村”之誉。由于特殊的地理位置，夏秋季节，悬潭飞瀑，彩虹映日；早晚云雾缭绕，如临仙境；冬无严寒，夏无酷暑，夏季最高气温在30度以下，生态环境良好。

由于交通不便，历代村民就地取材，用本地特产的石板盖房、铺路等，形成了石墙、石街、石板房、石磨、石碾、石水缸，呈现出一片石头的世界，形成的石头建筑堪与“羌寨”相媲美。村民世世代代赖以生存的梯田顺山沟而建，堤坝呈扇形，一块块整整齐齐筑到山根。每家一个小院，每户一处风景。中华人民共和国成立后，这里开始修筑通往外界的道路，完全靠人工挖掘、铁钎炮锤，在悬崖上开凿出两个山洞，修通了5公里的盘山公路，结束了村民在悬崖攀爬的历史。

近年来，在各级党委、政府的大力支持下，在社会各界的关怀下，岳家寨村依托风光秀美的自然景观、独具特色的石头文化、原始纯真的民俗风情、世外桃源般的田园生活，大力发展以休闲度假为主的乡村旅游，并逐渐将其发展成为岳家寨村的主导产业。该村现有游客接待中心1处、2000平方米停车场1处、医疗所1个、旅游公厕3座，另有农家客栈18户、床位240张。2017年接待游客7万人次，旅游综合收入120万元。岳家寨村被中国旅游规划专家魏小安誉为“纯粹得无法想象，美貌得感人心弦”。

养生福地——上马村

上马村地处晋、冀、豫3省交界，是平顺县北部最后一个村庄，距离县城71公里，距离石城镇17公里。全村有3个村民小组，49户128人。支村“两委”委员4人，党员11名。国土面积4444亩，耕地面积376亩。农业产业以种植玉米、谷子、小杂粮和花椒、核桃、柿子、黑枣、黄连、连翘、山桃等为主。新兴产业以乡村旅游和劳务输出为主。经过近些年的发展，上马村先后获得“中国传统古村落”“山西省历史文化名村”“平顺县乡村旅游示范村”“农村基层建设红旗村”“平顺县文明村”等称号。

据传，西汉末年，王莽代汉建新，各地战乱不断，汉高祖九世孙刘秀，乘机举兵，意图恢复大汉基业。一次，刘秀遭王莽主力偷袭围攻，几乎全军覆没。惨败的刘秀带领几个亲信，一路向东逃到山西晋东南的东部王帽山下。最后白龙战马汗

上马村村口文化墙

水湿透了全身，卧地不起。刘秀只好下马，藏身于一块巨石后，饥渴难耐。后来听到马鸣之声，发现白龙马不见了，他沿着马蹄印来到山上村寨东侧一井边，由于饥寒交迫，晕倒在井边，被村里一位老人所救。身体恢复后，临走前，他特意来到井边，人马再饮甘泉，随后飞身上马，大喊一声："上马起程，马到成功也。"此后，刘秀转败为胜，开创了东汉江山。刘秀为感恩，给这个村庄赐名为"上马村"。

村内传统建筑保存完好，庙寺堂阁荟萃，享誉上党。金华庙、玉皇庙、文昌阁、关帝阁等10座庙堂各具特色，金华古井历尽沧桑，碧泉清澈，至今村民仍居住在风格独特、布局合理、错落有致的古民居中。每一条街巷都有自己的风景，每一个院落都有不同的故事，每一座建筑都记载着一段历史。

由于交通不畅，村民思想保守，加之山上缺水，上马村成为贫困村。近几年，在平顺县委、县政府的带领下，在山西省文物局的帮扶下，支村"两委"与驻村工作队共同努力，鼓励村里人走出去的务工，留下的发展产业。在2016年实现了整村脱贫。时至今日，无一人返贫，彻底巩固了脱贫成效。

近几年，先后3次拓宽、硬化进村水泥公路3.6公里，田间地头路750米，硬化街巷3600平方米、环村通道950米，村通小区公路1500米，解决了行路难的问题。老汉峧开挖铺设管道2000米，小井、大井提水管道600米，马塔村提水管道300米，维修2座、新建1座蓄水池，解决了安全饮水的问题。新建村级卫生室，配有合格的乡村医生，实现了小病不出村。新建乡村旅游步道2940米、文化墙500平方米，铺设广场面积共1500平方米，修建了进村门楼、游客接待中心，新建2处农家旅社，修缮了金华庙和玉皇庙，参股了花椒交易市场和养猪场，实现产业的多元化发展。

上马村自古为养生福地，村内老人多长寿。截至2020年，有90岁以上的长者2人，最长者已经96岁，70岁到90岁的长者9人，在太行山巅的小村落中，高龄者比例名列前茅。这得益于这里优美的自然风光、良好的生态环境和悠闲的生活，可以说上马村真是一片世外的养生福地。

圆梦山庄——枣林村

枣林村位于石城镇北部，黄花山黄花沟中段，为8村之中心，南距石城镇10公里。

枣林村在明世宗嘉靖八年(1529)前属黎城县后北里管辖，后属平顺县后北里管辖。清朝时期仍属黎城县管辖。民国时属平顺县第三区黄花编村管辖。1953年秋，撤销编村，属三区黄花乡管辖。1958年8月，设“枣林管理区”，属石城人民公社管辖。1962年，设生产大队。1984年3月，称“枣林村民委员会”至今。

村内坡大沟深，石厚土薄。地处海拔700米以上，最高1000米。这里四季分明，气候适宜。国土面积4900亩，森林覆盖700多亩，经济林200余亩，耕地111.08亩。主要农产品有花椒、玉米、小米、黄豆、柿子等。

枣林村现有支村“两委”委员6人，党员11名。全村65户152人，其中建档立卡贫困户37户107人。农户主要收入来源为花椒种植、外出务工和乡村旅游。2016

枣林村全景

年枣林村整村脱贫。改革开放初期，枣林村在支部书记赵爱学的带领下，提出“枣林变椒林，农民变工人”的发展目标。全体村民发展花椒林，从此揭开了调产新的一页。1987年，枣林村创办“元钉厂”。2002年，开办獭兔养殖基地。在壮大集体经济、促进农民增收的道路上，枣林人筚路蓝缕。2005年，枣林村支村“两委”在“枣林变椒林，农民变工人”的基础上，提出“枣林变园林，农民变园主，构建园林村域，打造圆梦山庄，建设梦幻故里”的总体战略目标。2014年，圆梦山庄旅游开发有限公司成立并注册，这标志着“圆梦山庄”步入了专业化的发展轨道。2015年，公司先后举办30多场晚会，接待游客2000余人次，并创办《圆梦山庄报》，成立了成教中心、文化活动中心。同年，村委为推进旅游发展，建造卧龙潭宾馆34孔石窑洞，2016年对24孔民俗窑洞进行装修，并陆续接待游客。2019年，卧龙潭宾馆开始与携程网进行合作经营。

枣林村是一个古老的、典型的农业小山村，村内名胜古迹较多，可形成5个自然风景区，可开发景点40多个，其中古建筑有龙王庙、土地庙、关帝庙、观音堂、村中古院（尚家大院）等。民国村公所、解放时期枣林大队旧址以及时代标语等都见证着中国农村政治、社会、历史的变迁。特色建筑有太辉楼、石板房、石窑洞。其他遗迹还有民国界碑、古油坊、古碾槽、古寨堡等。枣林白皮绣球松、千年古槐更是闻名遐迩，誉满三晋，名扬全国。境内奇山异峰，生态原始，是一个良好的休闲旅游胜地、一座天然的氧吧。

枣林村自古水资源匮乏，遇到稍旱年头或冬春季，村民就得来回十几里路挑水，人们视水如油。历代枣林人为水奔波，在一次次失败中汲取教训，扎河坝、修水库、挖水池、打旱井、钻机井，百折不挠，终于在2001年家家安上了自来水，2014年完成了自来水水源技改工程，2019年打了630米深机井并配套，从水质上、水量上彻底解决了“吃水难”问题，结束了多少代人的“吃水难”问题，并为实施下一步乡村发展战略奠定了坚实基础。

1967年春，枣林村人民同其他兄弟村一起开辟了石城通往自新山村的公路，结束了几千年来人们靠驴驮肩挑、步行出入黄花沟的历史，开辟了黄花沟交通史上的新纪元。2017年秋，平涉跨省县级公路全线开工。2017年年底，石自线全线通车，彻底方便了村民出行。

2017年，枣林村移民安置小区正式开工建设。2019年，枣林村移民安置小区正式搬迁入住，彻底改善了村民的生活。

枣林村虽然不大，但在时代变迁的洪流中，同样是参与者、见证者、推动者。依山梯田、河坝、水库等无不在彰显着生生不息的枣林人向往美好、渴望富足、自强不息的信心和决心，也体现着枣林人不畏艰难、勇往直前的精神。

扶贫事

山西省文物局扶贫大事记

2008年，山西省文物局开始帮扶平顺县石城镇豆口村，并筹划在豆口村建设文博小学。

2009年，办理文博小学的立项、设计、选址、招标，进行施工。

2010年，文博小学在豆口村落成。

2011年，开始太行山生态博物馆建设前期调研论证，豆口村文博小学正式运行，启动建设白杨坡展览馆，协助岳家寨村委打造民宿、饭店。

2012年，资助白杨坡村修建蓄水池，带领扶贫村党员干部赴八路军太行山纪念馆、平遥古城考察学习，为白杨坡村每户村民发放电视机1台，购买10万元花椒苗、核桃苗并为白杨坡村义务种植。

2013年，筹划建设太行山生态博物馆——豆口认知中心，完成太行三村生态博物馆建设规划方案编制并组织专家论证。为白杨坡每户村民发放电冰箱1台，义务种植花椒、核桃树苗300多棵。

2014年，豆口认知中心建成，为白杨坡每户村民发放空调1台。

2015年，维修白杨坡烈士碑院落，对豆口村认知中心进行环境整治，为白杨坡每户村民发放电动车1辆，赴白杨坡村义务种植花椒、核桃树等。

2016年，维修上马村金华庙、玉皇庙、枣林村村公所，开始白杨坡乡村记忆馆布展，按照博物馆展陈要求对岳家寨供销社进行改造，帮助改造豆口村水电站，为白杨坡每户村民发放四件套床上用品1份。

2017年，白杨坡乡村记忆馆布展完成，开始接待游客；豆口村水电站改造完成。

2018年，维修枣林龙王庙，为5个村百姓发放慰问品。

2019年，维修豆口村关帝庙，装修豆口村党建活动室和脱贫攻坚室，修葺枣林村田间路，豆口村、白杨坡村深水井打通出水，完成枣林村、岳家寨村蓄水池建设，开始布展白杨坡乡村记忆馆二期，建设爱心扶贫超市，完成平顺县脱贫摘帽验收。

2020年，维修豆口村大庙、枣林村龙王庙护坡，续修上马村玉皇庙，修葺枣林村田间水池，为5个村每户百姓发放化肥1袋，完成脱贫攻坚普查。

留得深情山水间

段彦飞/平顺县石城镇党委书记

山西省文物局在平顺县石城镇开展扶贫工作，从2008年到现在一路走来，已经是第12个年头了。在2020年脱贫攻坚战决胜收官之时，在全面建成小康社会目标实现之际，澎湃在我心中的不仅仅是一种感激、感动，更多的是对山西省文物局十几年如一日扶贫之路的由衷感慨：你们一如既往，倾心山区；你们攻坚克难，不辱使命；你们不负重托，决战决胜。

一十二年扶贫路

山西省文物局在平顺县石城镇的扶贫工作是从2008年春天开始的，到今年已经是满满的12年时间了。12年来，省文物局的主要领导更换了4任，石城镇的党委书记也换了6任。然而，不管主要领导如何替换、变动，你们扶贫的激情没有变，扶贫的热心没有变，扶贫的力度没有变。我和省文物局工作队的同志们拉家常时说，2011年我任石城镇纪检书记时你们在石城镇扶贫；我工作调动，在县、乡4个单位转了一圈后，2016年返回石城镇任镇长、书记时你们依旧在石城镇拼搏；每一个扶贫队员仍然是那么充满信心。

日历返回到2008年的春天，山西省文物局的扶贫对口地区由原来的吕梁市石楼县变更为长治市平顺县石城镇，这对于我们这样一个深度贫困乡镇来说，无疑是雪中送炭。6月初，省文物局局长施联秀带领局领导一班人来到我们石城镇豆口村，看到村里的孩子们还在破旧的“龙王庙”里上课，这位军人出身的领导动情地说：“贫困山区扶贫任务艰巨，但教育扶贫刻不容缓啊。”随后几经调研，最终确定在豆口村新建1所“文博希望小学”。这座高规模、高质量、设施齐全的小学于2010年全部竣工，9月1日，豆口村的小学生搬迁到了崭新的校舍。这所被命名为“文博”的学校，总投资340万元，占地面积4000平方米，建筑面积1850平方米，可容纳400余名学生。豆口村文博小学的建成，既使周边村落适龄学生的学习环境得到明显改善，解决了他们上学难的问题，也是石城镇周边的一道亮丽风景。帮扶载入史册，丰碑记于心间，豆口村老百姓从心眼里感激党的好政策，感激帮扶单位——山西省文物局。

锲而不舍励新志

为使山区尽快摆脱贫困现状，带领山区农村走出一条乡村文化旅游融合发展的路子，从2011年起，山西省文物局在石城镇的扶贫工作任务由原来豆口、岳家寨、白杨坡3个村增加为豆口、岳家寨、白杨坡、枣林、上马5个村，扶贫工作队员也增加到了16位。扶贫工作任务的加大、扶贫难度的提升，给工作队提出了更高的要求。扶贫工作也从一般、重点的方面，走向了全面脱贫的高度。特别是从2014年以后，按照精准扶贫工作模式的顶层设计，即"对不同贫困区域环境、不同贫困农户状况，运用科学有效程序对扶贫对象实施精确识别、精确帮扶、精确管理"的模式，山西省文物局5个村扶贫工作的队员与全镇上下一道展开了脱贫攻坚战、堡垒战，一批批队员抛家舍妻来到大山深处的山村，走千家访万户，与村民们促膝长谈；一次次送科技、送温暖、献爱心的帮扶活动，给寂静的山村带来欢声笑语；一回回走村入户的调研，给全面脱贫绘出了新的蓝图。

省文物局驻村扶贫工作队队长闫丁同志是2019年5月接任马胜队长的，两任队长和扶贫工作队的同志们克服了家庭、工作、生活等方面的困难，长期驻村扶贫，工作中真抓实干、认真细致、不怕吃苦，把下村入户当作"家常便饭"，架起与人民群众之间的连心桥，打通为人民群众服务的"最后一公里"。他们带着问题下基层，真正了解百姓的呼声与期盼，做到"去一次贫困群众家中，就能解决具体问题；到一次贫困群众家中，就能再拉近一点距离"，通过把脉问诊，为脱贫攻坚找到"良方"、祛除"病灶"、拔掉"穷根"，铺就小康路、幸福路。

上马村是山西省古建筑保护研究所的扶贫村，扶贫工作队的同志们非常关注和支持上马村的发展和古建筑保护。为了促进上马村乡村旅游发展，保护传统古建筑，2016年，他们免费设计了玉皇庙和金华庙的修复方案，并投入80万元对两座庙进行了维修。

2017年11月21日，山西省古建筑保护研究所的全体党员，一行15人在所长董养忠的带领下，经过5个多小时的路程跋涉，到达上马村后顾不上休息，就开始逐户进行走访，入户对接。党员们深入老百姓家里和贫困户进行亲切交谈，与贫困群众同坐一条板凳，聊家常、听实话、察实情，思群众之所想，谋群众之所求，进一步了解贫困群众的真实想法和所需所求，因人施策、精准帮扶，谋划尽快找到致富的好路子；详细了解了每户家庭的人口、收入、教育、健康、住房、饮水、务工、联系方式等情况，并给每个贫困户送上了1桶油、1袋面和200元慰问金；鼓励贫困户激发内生动力，发展生产，撸起袖子加油干，争取早日脱贫奔小康。

2020年春，新冠肺炎疫情稍有缓解，5个村的扶贫工作队员在积极做好疫情防控的同时，把农村的春耕备耕工作抓在手上，多方筹措资金，为5个村的农户每户发放化肥1袋，以解百姓的燃眉之急。他们不但是疫情防控一线的战将，还是脱贫攻坚的尖兵。

文旅产业树丰碑

近年来，山西省文物局多措并举帮扶白杨坡、上马、枣林、岳家寨和豆口5个贫困村，促进了平顺文化遗产的传承和保护，同时也扩大了太行山古村落群的影响力，促进了乡村旅游与文化的融合。山西省文物局帮助白杨坡、岳家寨、豆口、上马等4个村成功申报为国家级传统村落，落实了每个村300万元资金用于传统村落保护。改造升级5个村的接待中心，开办了20多家农家旅社，建起白杨坡村、豆口村的乡村文化戏台。在充分挖掘5个村文物、文化资源的基础上，完成太行三村生态博物馆建设项目、白杨坡太行乡村记忆馆建设项目、枣林村公所维修与展示项目、上马金华庙、玉皇庙维修项目、德和认知中心维修与展示项目、黄花(枣林)龙王庙保护修缮工程等。省文物局在文化旅游项目的扶贫总资金达到了1700余万元。目前，石城镇的乡村旅游已经成为一个新兴产业项目，成为农民脱贫致富的一个有效途径。

豆口村生态博物馆开馆

决胜收官奏凯歌

省文物局十几年一路铺就的真抓实干、攻坚克难的扶贫之路，是历任局领导长期关心贫困山区、革命老区的一份深厚的情怀与牵挂；是全体扶贫队员克服各方面的困难，长期深入5个村驻村扶贫的担当与奉献。“向贫困宣战，是立党为公的神圣使命；向贫困宣战，是执政为民的铮铮誓言”，这是省文物局原局长雷建国在省文物局扶贫工作总结会上的颁奖词。也正是这种上下一心的努力拼搏，才使我们的扶贫工作取得了全面脱贫、迈向小康社会的决胜收官之战的全面胜利。

翻开扶贫的答卷，我们看到了山村的华丽蜕变，贫困群众幸福的笑脸。白杨坡村原是一个名不见经传的贫困山村，省文物局从2011年扶贫到现在，白杨坡村已经是“中国最美休闲乡村”“中国传统村落”“全国文明村镇”“全国人文生态旅游基地”“中国森林康养人家”5个国字号和10余个省字号的乡村旅游典型村。省文物局给全村家家户户配置了电视机、空调、电冰箱、煤气灶、电动车，以及床上用品四件套等。有人这样描绘白杨坡村的村民：“白杨坡村民有福气，家用设备全配齐。种子化肥发到家，骑着电驴去上地。”

省文物局扶贫的5个村，紧紧依靠当地的资源禀赋，扭住产业扶贫不放松，积极探索“旅游+扶贫”“农家乐+扶贫”“电商+扶贫”等脱贫新模式，千方百计地促进农民持续增收，真正让困难群众的腰包鼓起来。在省文物局的大力扶持下，石城镇的乡村旅游经过几年的发展，现在是“全域旅游已成雏形，古村风情特色彰显，旅游产业助力脱贫，多措并举蓬勃发展”。基础的夯实是你们帮扶的心血，发展的历程是你们无私的奉献。正如2020年9月5日，山西省文物局局长刘润民在5个村调研脱贫攻坚时所说：“省直文博系统驻村工作队要将山西文博人的精气神和优良扎实的工作作风展现出来，用优异的扶贫成绩向党和人民交一份满意的答卷。”这答卷就是你们的责任、奉献，这答卷就是山村百姓的亲历感、实惠感、获得感。

石城镇的村庄、农户有你们扶贫者躬耕前行的身影，石城镇的山川大地有你们文物局浓墨重彩的华章。决战贫困、逐梦小康是我们的第一步，乡村振兴是我们续写的大文章。愿我们在新的起点上、新的征程中继续并肩前行，为乡村振兴谱写出更加华美的时代篇章。

山西博物院脱贫攻坚工作综述

山西博物院按照山西省文物局的安排部署,自2008年起与兄弟单位共同对长治市平顺县石城镇豆口村开展定向帮扶工作。院党委充分落实帮扶单位责任,把脱贫攻坚工作作为每年度的重点工作之一来抓,扎实、有序开展扶贫助力,集全院之力支持豆口村顺利脱贫。截至2021年,豆口村群众生产、生活条件得到明显改善,帮扶工作取得了令人满意的成绩。

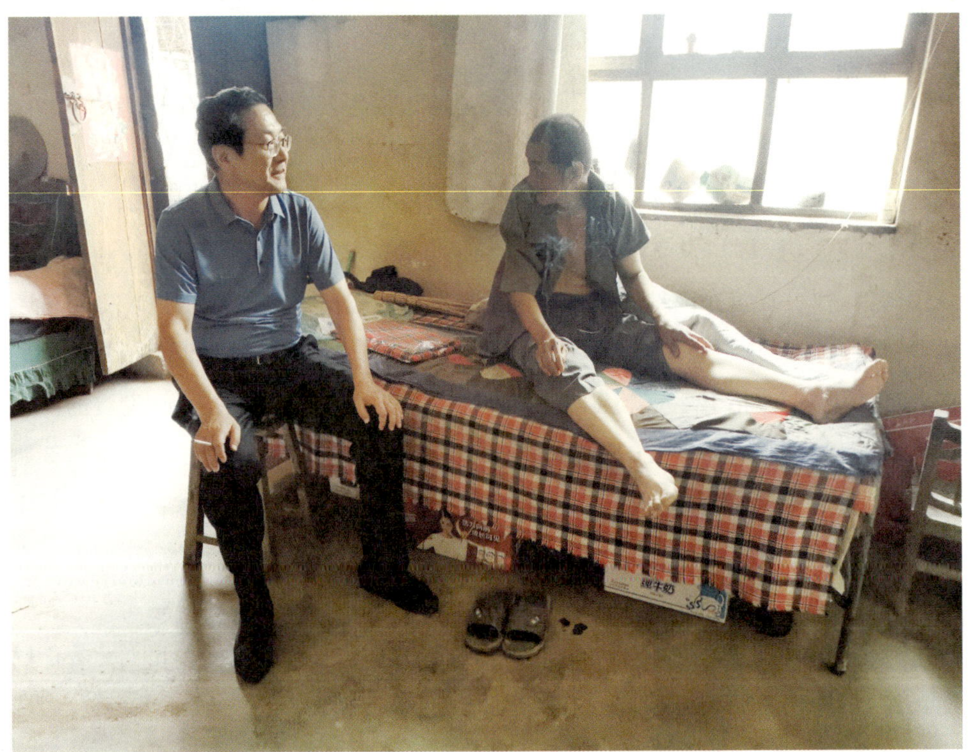

张元成走访贫困户

一、村情概况

豆口村位于石城镇东部,国土面积18010亩,耕地面积2137亩,村民主要收入来源为种植花椒、玉米、软枣和外出务工。全村543户1601人,其中贫困户184户

518人，低保户105户150人，低保贫困户62户105人，重度残疾人10户10人，五保贫困户15户15人，双签约65户155人，慢病证办理101人。在扶贫工作队的不懈努力和帮扶工作的不断深入下，2014年脱贫29户102人，2015年脱贫20户71人，2017年脱贫3户10人，2018年脱贫16户60人，2019年脱贫116户270人，2020年脱贫3户12人。截至2020年10月，豆口村贫困发生率为0%。

二、主要成绩

自2008年对豆口村开展定向帮扶以来，山西博物院党委深入贯彻习近平总书记扶贫开发重要战略思想，按照党中央、山西省委的统一部署，树立脱贫工作抓牢、抓全、抓实的思想，重点围绕夯实帮扶村的基础工作，真抓实干，落实到位。根据扶贫点的实际情况，院党委在该村的产业项目上谋划“三大工程”推进，在扶贫领域重精准、补短板、促攻坚，带领全院党员干部彻底扎实地入村入户帮扶，上下一心夺取脱贫攻坚战的全面胜利。

山西博物院党员干部赴豆口村帮扶

(一)坚持党建引领，为脱贫攻坚提供政治保障

山西博物院党委按照党中央关于脱贫攻坚的指示精神，确立了“摸清家底、查找根源、长远规划、狠抓落实”的总体思路，多次召开党委会专题研究脱贫攻坚工作，具体分析豆口村的实际情况；班子成员多次到村调研脱贫攻坚工作进展情况，实地走访并帮助解决村内困难；围绕建强基层组织、筑牢基层堡垒的目标，院党委

也时刻关注豆口村党员干部的思想动态，让他们在实践中增强服务群众的能力。

山西博物院的帮扶干部队伍是豆口村脱贫攻坚战役中的精英，院党委是脱贫攻坚的领导核心和一线指挥部。山西博物院通过与支村两委的密切联系，形成了双方共同发力抓扶贫的工作格局。院党委书记、院长张元成带头与贫困户结对；党委委员和各部门负责人也冲锋在前，主动帮扶村内贫困户中的五保户、重病户；全院共计97名党员干部参与帮扶，帮扶的贫困户数量达100户。同时，山西博物院还帮助支村两委建立了快速、高效落实工作的机制，使村干部干起事来没有后顾之忧，不用瞻前顾后，从而做到严格兑现各项工作承诺，言必行、行必果。院党委带领全院党员干部扎实入村入户帮扶，深入开展“进访惠聚”大走访活动，与基层群众面对面沟通，为贫困户心贴心服务、实打实办事，让群众得到更多的实惠。多年来，山西博物院支持各项帮扶资金达33万元，到户走访1000多人次，梳理问题86个，为群众办实事51件。通过认真走访，查出了在精准识别、精准退出、政策落实、资金使用、精准帮扶、工作推进、脱贫成效等方面存在的短板和薄弱环节，有针对性地强化措施、补差补缺，并在走访中针对发现的矛盾、苗头，及时化解，增强了群众对帮扶工作队和帮扶单位的信任度和满意度，维护了党的形象，锤炼了干部作风，拉近了和群众的感情，筑牢了群众基础。

（二）立足实际办实事，服务群众暖民心

山西博物院党委立足村情，积极作为，扎实推进各项帮扶工作，努力改善村民的生产生活条件。

豆口村爱心扶贫超市

豆口村服装加工厂

一是多方筹措资金，支持豆口村发展。积极协调省、市、县等相关部门，争取80万元资金，为豆口村和向阳庄打了两口深井，彻底解决了村民饮水安全问题；争取20万元资金，对存在安全隐患的豆口水电站引水渠进行综合改造；争取帮扶资金4万元，建立豆口村党建活动室和脱贫攻坚室两个阵地；争取资金35万元，对村里的关帝庙进行彻底整修，为发展乡村旅游助力；协调资金13万元，创办爱心超市；开展孝善敬老活动，鼓励子女多方面关爱老人，并为村内老年人筹集赡养费6万余元，明显改善了村里老人的生活条件。

二是抓好产业扶贫，促进持续增收。以农业产业发展为龙头，推动花椒、黑枣和油葵三大种植产业发展。通过进一步推动农产品深加工，延伸产业链，增加经济收入；通过增加辣椒种植量，发放谷种、化肥等，提高农产品种类和质量，扩大收入来源；以水电站和光伏发电为支撑，通过光伏收益分配、扶贫车间复工复产，提高集体经济抗风险能力，最大限度减少新冠肺炎疫情对豆口、对村民生产生活的影响。同时，与村两委密切配合，引入服装加工企业，为村集体和居家妇女增加收入。

三是加强基础设施建设，改善村容村貌。以乡村振兴为契机，以豆口传统古村的人文古韵和历史文化优势为依托，发挥老兵客栈特色，整治环境卫生，改造下水管道，完善道路设施，推动村容村貌改善；开创农村生态旅游发展、研学一体融合，推动豆口美丽乡村建设。

通过多方努力，豆口村人均收入明显提高。2019年12月，豆口村顺利通过平顺县脱贫摘帽第三方评估验收考核，圆满实现了整村脱贫的目标。

（三）走村串户搞调研，摸清底数打基础

在院党委的带领下，全院党员干部怀着对农村的深厚感情和对贫困户负责的一颗炽热的心，深入基层、走村串户，了解民情，服务群众。无论严冬与酷暑，院党委带领党员干部长途跋涉，到贫困户家中走访。为了在有限的时间内尽可能多地帮助贫困户解决问题、消除困难，每次入村走访时，大家都无暇顾及渴、饿、劳累，马不停蹄地在村里奔走，对贫困户进行探望、问询，有的党员还主动参与农户家里的清扫与劳作，为村民搭把手、出份力。2019年春节前，为确保贫困户吃饱吃好，过个祥和年，院党员干部冒着大雪，顶着寒风，为村民送去了大米、白面、食用油等慰问物品，也送去了院党委的祝福和问候。

在豆口村进行春节慰问

院党员干部通过入户调研摸底，完成了贫困户信息采集工作，为全村184户贫困户建档立卡和录入信息，夯实了精准落实脱贫政策的基础。在深入调研、广泛征求意见的基础上，院党委组织制定了帮扶工作规划和年度帮扶计划，因户、因人制定帮扶措施，确保帮扶政策惠及每位贫困村民。

（四）驻村扶贫履使命，攻坚克难勇担当

驻村干部和扶贫队员在几年的时间里，走遍了豆口村的每一个角落，在春耕繁

忙的田间地头，在晚归休憩的农户家中，在周转安置房的施工现场，在去各职能部门政策要资金的路上，随处可见帮扶人忙碌的身影。他们冒着高温去验收特色种植，冒着大雨去存在安全隐患的贫困户家中查险情，冒着严寒行走于贫困户之间，想方设法为贫困户增加收入，用真情实意为贫困户解难题、谋出路。驻村队员做到了对村里每户贫困户的基本情况、致贫原因、帮扶措施、帮扶联系人等信息都了如指掌，熟记在心。

在脱贫攻坚这场战役中，帮扶队员的身心都经历了严峻的考验。他们将儿女情长放在一边，一心为公。父母焦虑地等待和盼望，儿女们放假和开学时不能亲自迎接和送别，亲人因思念在电话中哭诉，媳妇一个人扛着家庭重担难免有怨气……可是我们的扶贫队员却说："看到贫困户的生活越过越好、越来越有奔头，所有的辛酸和付出都值得。"他们舍己为人、忘我工作的精神深深地打动了豆口村的百姓们，赢得了老百姓的拥护和爱戴，村民们发自肺腑地说："山西博物院的帮扶人真贴心！"

一组组扶贫数据令人振奋，一幅幅生动画面催人奋进。在全面建成小康社会的道路上，一个也不能少；在实现共同富裕的道路上，一个也不能掉队。全院党员干部始终牢记习近平总书记的嘱托，把群众的安危冷暖时刻放在心上，把村民的事当成自己的事，勠力同心，砥砺前行，以饱满的热情、务实的作风奋战在脱贫攻坚一线，以点滴的实际行动共同绘就乡村振兴的美丽画卷。

山西省考古研究所的扶贫路

山西省考古研究所(以下简称"考古所")自2015年开始结对帮扶枣林村、承担帮扶任务以来,考古所强化包村帮扶机制,压实包村责任,落实帮扶措施,坚决把责任扛在肩上。

考古所尽锐出战,先后派出5名扶贫干部,48名帮扶责任人,结对帮扶贫困户37户107人。

一、统一思想，提高政治站位

考古所精准施策,着力抓重点、补短板、强弱项,坚持"大扶贫"格局,贯彻精准

王晓毅调研枣林村扶贫工作

脱贫方略，加强扶贫同扶志、扶智相结合，前后直接投入资金近30万元。紧紧围绕建强基层党建、推动精准扶贫、为民办事服务、激发内生动力、完善基础设施、改善生产环境、进行慰问捐赠、开展消费扶贫、关爱扶贫干部等方面积极开展了诸多工作，圆满完成了枣林村的脱贫摘帽任务。

2020年5月14日，山西省考古研究所在枣林村扶贫调研

考古所自承担帮扶任务之初，就充分认识到扶贫工作事关群众切身利益，事关全面小康建设全局，事关国家长治久安，事关党的执政基础；认识到扶贫工作是事业单位贴近基层、了解民情、培养干部、转变作风、密切党群干群关系、落实“民生工程”政策措施的重要途径和有效形式；认识到加快贫困地区发展、改善生产生活条件、帮助农民脱贫致富，不仅是经济任务，更是政治任务。基于此，考古所把帮助贫困村、贫困群众脱贫与发展作为己任，牢固树立扶贫工作长期作战的思想，把扶贫工作作为一项常态性的工作来抓，做到帮扶对象不脱贫、单位干部不脱钩。

二、主动担当，加强党的领导

习近平总书记指出：“抓好党建促脱贫攻坚，是贫困地区脱贫致富的重要经验。”越是进行脱贫攻坚战，越是要加强和改善党的领导。

基层党组织作为党在基层的“神经末梢”，是带动群众脱贫致富的“火车头”，必须牢牢抓住基层党组织建设这个“牛鼻子”。为此，考古所在建强基层党建方面也做了诸多努力：

一是充分发挥党支部联建帮扶作用。考古所党支部与枣林村党支部结成对子，开展送理论、送脱贫路子下乡等公益活动。2019年考古所党支部给枣林村送去了《习近平新时代中国特色社会主义思想三十讲》《习近平新时代中国特色社会主义思想学习纲要》，并共同进行了学习交流。2019年10月23日，王晓毅所长带领党员干部赴枣林村调研，根据调研情况与支村两委共同商讨枣林村的发展规划，并在人居环境改善、旅游协同发展、村集体经济发展等方面为枣林村的发展提出了建设性意见。2020年11月19日，为学习宣传贯彻党的十九届五中全会精神，考古所为枣林村制作了宣传展板，并与枣林村党支部联合开展党的十九届五中全会精神专题党课学习。通过活动的举办，进一步增强了考古所与枣林村党员干部对党的十九届五中全会精神的认识，也为做好脱贫攻坚与乡村振兴的衔接工作奠定了坚实的基础。

二是充分发挥第一书记驻村帮扶作用。第一书记既是政策资源的落点，也是精准扶贫的支点，已经成为联系上下的扶贫桥梁与纽带。考古所派枣林村第一书记王宇宏、段双龙牢牢把握"抓党建、促脱贫"这条主线，履职尽责，常驻在村，与村干部积极配合，帮忙出主意、想办法，协调实施扶贫项目，推动基础设施建设，宣传各项惠农政策，指导基层组织建设。

以建强基层党建为抓手，考古所驻村第一书记逐步加强村党组织的规范化建设，严格落实"三会一课"等组织生活制度。在村党支部开展了"改革创新、奋发有为"大讨论、"不忘初心、牢记使命"主题教育，引导全体党员更加自觉地为实现新时代党的历史使命不懈奋斗。通过枣林村党员微信群的定期学习，加强对枣林村流动党员的教育与管理，同时帮助枣林村用好用活扶贫政策，有力提升了扶贫质量和效益。

三、尽锐出战，夯实驻村基础

习近平总书记强调："脱贫攻坚任务能否高质量完成，关键在人，关键在干部队伍作风。"要提高帮扶的精准度，关键要把好驻村干部的"选派关"。第一书记和驻村工作队在宣传贯彻脱贫攻坚方针政策，开展精准识别、精准帮扶、精准退出，加强基层党组织建设等方面，具有"生力军"作用。

为有力推动脱贫攻坚，使扶贫政策落地生根，考古所选派精干力量参与扶贫工作，尽锐出战。自2015年以来，考古所先后派出王宇宏、袁文明、段双龙、荆泽健、贾伟5名能吃苦、有干劲、能担当、讲奉献的扶贫干部驻村，共组织48名帮扶责任人承担结对帮扶任务，建设了一支能打硬仗的扶贫攻坚突击队，为加快枣林村生产发展、农民增收脱贫奠定了坚实的组织基础。

5名驻村干部在脱贫攻坚的最前沿经风雨、受历练、提素质、强能力，48名党员干部在结对帮扶中增强了对群众的血肉感情，在破解难题中提高了过硬的本领。而枣林村也因为有了人才的注入，增添了发展的动力与实力。在脱贫攻坚这场战役中，实现了人才培育和乡村振兴的“双赢”。

四、摸清底数，不落一户一人

习近平总书记指出：“扶贫开发贵在精准，重在精准，成败之举在于精准。”精准扶贫，关键的关键是要把扶贫对象摸清搞准，把家底盘清，这是前提。

2015年是考古所承担帮扶责任的第一年，也是平顺县扶贫开发建档立卡“回头看”的关键时刻。2015年11月，平顺县人民政府办公室下发了《平顺县扶贫开发建档立卡“回头看”工作指导意见》，要求用“定位仪”和“瞄准镜”对贫困户进行准确定位和准确瞄准，解决贫困人口底数不清、对象不明的问题；打破脱贫需求与扶贫力量间的“信息鸿沟”，促进各项扶贫政策、措施和各类帮扶资源进村入户，实现与扶贫对象精准对接。

鉴于精准识别的重要性，考古所及时组织党员干部进村入户，在驻村干部及村两委的组织下，组成建档立卡“回头看”工作小组，逐户开展摸底调查，核实基本信息、贫困状况，了解致贫原因和脱贫需求，以户为单位建立台账。通过民主评议、公示、复核等程序，在2014年确定的贫困户基础上出列4户13人，新增14户34人，最终确定建档立卡贫困户40户106人，真正做到了精准识别、摸清底数、不落一户一人，并及时根据“回头看”情况调整帮扶责任人。

五、因户施策，精准发力帮扶

习近平总书记赴江西看望慰问广大干部群众时强调：“扶贫、脱贫的措施和工作一定要精准，要因户施策、因人施策，扶到点上、扶到根上，不能大而化之。”

考古所注重精准施策，针对致贫原因开“药方”，围绕贫困需求下“菜单”。枣林村现有的37户贫困户，按照致贫原因划分，因病10户21人，因残2户9人，缺技术23户74人，缺劳力2户3人。

考古所帮扶责任人根据每个贫困户的致贫原因、自身条件和实际需求等因素，一户一户地制订具体脱贫对策和帮扶方案。针对因病致贫户，进行干部团队、医生团队与贫困户的“双签约”;针对因残致贫户,对户中的残疾人及时办理残疾证及其他相关补贴;针对缺技术致贫户,考古所、驻村工作队与村两委积极协调平顺县人社局,结合枣林村发展乡村旅游的规划,于2016年、2019年在枣林村开展乡村旅游及餐饮小类培训,让贫困群众不出门就能学技能,增长脱贫本领;对两户缺劳力户及时办理了低保。同时,还在微信群发布招聘信息,帮助有外出务工意愿的人员实现就业。平时,考古所帮扶责任人还通过电话、微信等方式与结对贫困户进行沟通交流,并建立了深厚的情谊。

2016年实现整村脱贫后,考古所十分注重巩固脱贫成果,对所有脱贫户建立了脱贫监测机制,及时了解他们脱贫后的生产生活情况,对存在返贫风险的户进行了有针对性的帮扶。其间,为脱贫监测户刘忠俭、孔太平办理了低保,为代爱先协调安排了护林员岗位;为边缘易致贫户王腊枝、代连娥办理了低保,进一步增强了贫困人口的抗风险能力。

2019年,贫困户孔静被诊断为胃癌,驻村工作队积极为孔静办理大病救助相关手续,通过“水滴筹”为其筹集善款,考古所党员干部积极捐款,并以扶贫价格购买户内的农产品。2020年,村民耿富强被诊断为食管癌,在省文物局扶贫队队长闫丁的组织下,所有驻村扶贫队员、考古所其他党员干部和社会各界人士积极捐款,助其渡过难关。

加宽后的枣林村田间路

六、以民为本，改善生产条件

“利民之事，丝发必兴。”考古所近年来紧紧围绕贫困群众需求开展各类扶贫项目和扶贫活动：

（一）2019年，考古所支持枣林村扩修田间路2300米

花椒种植关系到枣林村每家每户的切身利益。然而很长时间以来，去往田间地头的路荆棘满地，仅能容纳一人通过，更不要说犁地机、三轮车，人们仅能靠最原始的方式进行花椒树的维护及花椒的采摘，农作效率极低，束缚了枣林农民的双手。田间路路基的扩修是所有枣林人多年来的夙愿。为改善枣林人民的生产条件，2019年，考古所拨付资金7万元，为枣林村扩修田间路2300米，大大提高了农作效率，减少了村民劳作辛苦，保证了农作安全。

（二）2020年，考古所支持枣林村修筑田间蓄水池10处

花椒地需要在每年的春季、摘花椒前（立秋前）、秋季至少进行3次打草，还要进行打药除虫。村民打药用水需要从家里用壶背至花椒地。且不说山路难行，就仅从村里到后峧沟及东坡一带就有至少2公里的距离，再背水上山，其中的艰辛实在难以想象。为节省村民的劳作时间、缓解老百姓的辛苦，2020年，考古所支持资金2万元，修筑田间蓄水池10处。在工程实施的过程中还实施以工代赈，使贫困群众获得工资收入，以此老百姓实现了发展产业、就近务工等方面的多重受益。

七、扶志扶智，激发内生动力

习近平总书记指出，要注重扶贫同扶志、扶智相结合，把贫困群众的积极性和主动性调动起来，引导贫困群众树立主体意识，发扬自力更生精神，激发改变贫困面貌的干劲和决心，变“要我脱贫”为“我要脱贫”，靠自己的努力改变命运。

2019年，考古所投入资金3万元，筹措爱心物资，建立了枣林村爱心励志扶贫超市。结合爱心超市的运行，驻村工作队和支村两委开展了扶贫政策宣讲、贫困户慰问、户容户貌整治、鼓励村民积极参与集体活动等一系列工作。群众通过参与公共事务、争做好人好事积分考核等激励机制，共积分2万余分，实现了社会爱心捐赠与群众个性化需求有机结合、精准对接，有效激发了群众的内生动力。

结合建立爱心励志扶贫超市，枣林村开展新时代文明实践活动20余场。通过

新时代文明实践站进行扶贫政策的宣讲，提高群众对政策的知晓度，让贫困户明白自己享受了哪些政策，还能享受哪些政策，确保国家政策的落实。积极进行感恩教育，让老百姓知道，我们的党和我们的国家，一直都在努力，努力让自己的人民过上更幸福的生活，让老百姓在享受政策的同时，也拥有一颗感恩的心。

向枣林村捐赠物资

八、奉献爱心，进行捐赠慰问

2015年以来，每年在摘椒季和元旦、春节等节日期间，考古所党员干部、帮扶责任人都进村入户，开展慰问活动，为枣林村民发放面粉、大米、食用油、挂面、绿豆、冰糖等慰问品，价值共达10万元。

2020年，为支持枣林村老旧会议室改造，考古所捐赠会议桌、椅22件(套)；为支持枣林村农家书屋建设，捐赠书籍728册。

为贯彻落实通过消费扶贫促进精准脱贫相关文件精神，帮助老百姓解决部分农产品滞销问题，考古所于2019年、2020年购买枣林村农副产品花椒254斤、柿饼198斤、核桃462斤，价值17386元。

通过消费扶贫，考古所调动了枣林村贫困人口依靠自身努力实现脱贫致富的积极性，为助力打赢脱贫攻坚战、推进实施乡村振兴战略做出了积极贡献。

九、增强信念，关爱扶贫干部

2020年，为激励驻村帮扶干部以战时状态、战时作风向决胜脱贫攻坚发起最后冲刺，考古所领导班子成员于3月25日到村看望扶贫队员，并给扶贫队员发放抗疫物资，5月14日、6月8日又先后两次到村给扶贫队员发放慰问品。2020年7月，由领导班子成员亲自带领党员干部走访慰问了驻村干部家属，了解其家庭有关情况，想方设法帮助其解决生活中的实际困难和问题。2020年9月，对长期参与扶贫的驻村干部袁文明、段双龙、荆泽健优先选拔使用。

考古所通过一系列的政策举措，让扶贫一线的驻村干部感受到了组织的关心和关怀，更加明确了自己肩上的责任，提高了脱贫攻坚工作的积极性和主动性，增强了打赢脱贫攻坚战的信心和动力。

十、善始善终，做好档案移交

精准扶贫档案是在精准扶贫工作中形成的对国家、社会有保存价值的各种形式和载体的历史记录，全面反映了山西省文物局、山西省考古研究所、各行业部门及枣林村党员干部和人民群众齐心协力奋力推进脱贫攻坚的全过程。驻村工作队将枣林村2014—2020年所形成的扶贫档案按要求分类整理，分别为：管理类、精准识别类、精准施策类、精准脱贫类、特殊载体类等，共整理成7年档案39册，移交石城镇扶贫工作站，筑造了枣林村美丽、绚烂的精准扶贫记忆宫殿。

山西省古建筑保护研究所精准扶贫侧记

为落实省文物局党组履行好扶贫主体责任的要求，确保精准扶贫工作责任和帮扶措施落实到位，山西省古建筑保护研究所（以下简称“古建所”）高度重视，积极响应，迅速安排部署，对对口帮扶村——上马村开展了一系列的帮扶活动。

任毅敏调研帮扶村建设情况

一、帮扶情况

古建所从2015年开始对上马村的帮扶工作。为更好地落实扶贫工作，古建所成立了由15名在职党员组成的帮扶队，结队帮扶上马村24户贫困户，每位党员帮扶1至2户贫困户。要求帮扶队成员认真了解贫困户的家庭情况，走访调研致贫原因等，真正做到帮扶到人，帮扶到户。

2015年以来，古建所党员多次赴上马村贫困户家中进行慰问，详细了解每户的家庭人口、收入、教育、健康、住房、饮水、务工状态等，填写精准扶贫手册，鼓励贫

山西省古建筑保护研究所在上马村扶贫调研

困户发展生产，撸起袖子加油干，争取早日脱贫奔小康，并为他们送去现金和米、面、油等爱心物资。

为帮助上马村发展经济，将古建筑保护与乡村旅游发展相结合，古建所义务帮助上马村编制了《玉皇庙修缮设计方案》和《金华庙修缮设计方案》，并投入130余万元对两座庙宇进行了维修。

2018年，在古建所和工作队的帮助下，围绕上马村发展乡村旅游、带动村民致富的战略，组织开展了村东大门及广场建设工程、进村道路及文化墙建设工程、进村道路石头硬化和垒护岸工程，投入120万元实施全村污水处理工程、投入10万元对3家农家旅社进行了改造和升级、投入10万元硬化田间地头路750米，方便了农用车辆的通行，减轻了村民的劳作负担，引入了联通和移动网络，改善了全村的网络条件。对全体村民疾病情况进行统计，为慢性病患者办理慢性病手续，组织全村适龄妇女进行“两癌”筛查。通过组织扶贫队教老百姓跳舞、放电影活动，丰富了老百姓的精神生活。挂牌成立上马村扶贫爱心超市，村民通过参与扶贫队员开设的夜校课程获得积分，再以积分换取生活用品，这样的方式既激励了村民参与学习的热情，提高了贫困户的获得感，同时又拉近了干群关系。

2019年，古建所重点协调解决了上马村吃水难的问题；对上马村村委的宣传栏板进行了更换和完善；组织党员干部每季度至少一次到扶贫点实地开展扶贫工作，带着最深的感情深入村民中，想村民之所想、急村民之所急，与村民们促膝谈心，详细了解每户村民的生产生活情况以及存在的问题和困难，着力进行解决，使

山西省古建筑保护研究所向上马村村民发放慰问物资

精准扶贫见实效。

二、现存困难和问题

几年来，上马村在当地党委、政府和古建所的大力扶持下，全村人民齐心协力，加快发展，群众的生产生活有了较大的变化，但该村人民群众生活还比较贫困，生产生活中存在很多困难和问题。

（一）群众思想认识还有偏差

上马村群众普遍文化素质偏低、思想观念落后、劳动技能单一，少数群众的主体意识不够强，对自家脱贫致富没有好的打算、计划，对相关部门组织的技能培训参与的积极性不高，存在“等、靠、要”的思想，在脱贫致富方面主要依靠镇上和省直帮扶单位投资及一些惠农资金的补贴。

（二）新农村建设规划比较滞后

上马村受地理环境所限，新农村建设总体规划、村庄整合规划、产业发展规划仍不够完善。村社人畜混居，露天厕所、废弃坑池仍然较普遍，家什、柴火乱堆乱放，村庄“差、乱、脏、臭”现象较严重，新农村建设规划有待进一步加强。

（三）农业产业结构单一

上马村长期以来以种植小米、花椒为主，产业结构单一，产量低，可耕地土质差，难以形成规模化种植及发展产业项目，经济效益不明显，农民群众增收困难。

（四）劳动力素质不高

目前，为增加收入，大部分青壮年劳动力都外出务工，但大多数因文化水平低、掌握技能少，且缺乏组织性，外出就业途径少、门路窄，导致收入水平不高，务工技能水平还有待提高。

三、长远发展意见和建议

古建所在开展扶贫工作中，通过对上马村的了解与分析，针对当前社会主义新农村建设的特点和精准扶贫的要求，结合当地实际，在认真分析的基础上，对上马村在乡村振兴和经济社会长远发展，提出以下意见和建议：

（一）加强宣传教育，改变群众传统、落后的思想观念

采取召开村民大会、座谈会，印发宣传资料等方式，详细讲解党的政策，了解村

与上马村“两委”共同商讨上马村的发展

民致富的愿望，宣传各地新农村建设经验，增强视觉冲击力，让农民明白“新农村建设要依靠我们艰苦奋斗、自力更生、团结互助”的道理；引导农民破除“等、靠、要”思想，自主参与农村基层政权组织的民主管理和自我管理，增强农民的主人翁意识和责任感。

（二）立足长远发展，科学制订发展规划

深入分析上马村的资源优势，立足于发展乡村旅游，进行合理主题定位，将养生长寿这个特色发挥出来，宣传出去。大力改善村内基础设施，建设高标准的游客接待中心和康养中心，保持传统村落特色，改善村容村貌和户容户貌。编制乡村振兴规划，为乡村振兴打下基础。

（三）加大教育培训力度，提高群众的劳动技能和致富本领

一是要积极引导本村初、高中毕业生等接受职业教育，增加劳动技能，提高农村劳动力就业收入。二是积极落实相关政策，发展、培育创业典型。对个别思想活跃、致富积极性高的群众，指导他们大力发展特色产业，提供政策、技术和贷款及小额担保贷款等资金支持，培育创业典型，起到示范带动作用。

（四）加强村级组织建设，提高带领群众发展致富的能力

重点加强村级班子建设，从致富能手、外出务工返乡农民工、高校毕业生中选拔优秀村干部，改善村干部的年龄结构和知识结构。吸收有知识、有能力、有责任心的年轻人入党，争取每年发展党员不少于1人。认真抓好党员培训工作，激励党员学理论、学科技，充分发挥党员模范带头作用，促进农业生产等各方面的有序发展。

山西省彩塑壁画保护研究中心扶贫工作概述

山西省彩塑壁画保护研究中心(以下简称“中心”)的帮扶对象为平顺县豆口村。豆口村地处平顺县石城镇东4公里处,浊漳河绕村而过,红旗渠水盘山横流,潞林公路贯通东西,是一个山环水抱、风景秀丽的古老村落。一面靠山,三面临水,整体的地形为“金龟探水”,豆口村就建在这个金龟的头上。有诗人曾这样描述豆口:“横漳水而带行山,枕龙门而控风壁。”现如今,全村大多数青壮年外出打工或者移居城市,留下老人和部分留守儿童坚守在这个传统的古村落里。

山西省彩塑壁画保护研究中心党员干部赴豆口村入户帮扶

中心8名党员干部结对帮扶8户贫困户。在山西省文物局的正确领导下,中心党支部高度重视,加大精准扶贫的力度,顺利完成了脱贫攻坚任务。

一、扎实抓好驻村帮扶工作

中心先后派张伟、郝凯两名同志长期驻村扶贫，整理贫困户资料，帮助贫困户解读脱贫攻坚扶持政策，了解贫困户的实际需求，因地制宜寻找脱贫致富之路。

2019年，中心制定了《山西省彩塑壁画保护研究中心进村走访入户工作安排表》。中心全体在职党员纷纷对照《扶贫手册》，进村入户结对帮扶，精细考核，精准扶贫，做到不脱贫、不脱钩，切实形成了“千斤重担万人挑，人人肩上扛指标”的精准扶贫格局。

中心党支部每季度组织全体党员赴豆口村进行一次扶贫慰问，“一对一”帮扶对接、送温暖进村入户。帮扶人按照结对名单，逐一走访该村贫困户，与贫困户当面对接。每一名党员都详细了解对接贫困户的实际困难，并做好情况记录；宣传扶贫政策，针对他们关心的医保、养老保险等问题，耐心为其答疑解惑；自发为贫困家庭送去粮、油等慰问品，鼓励他们树立脱贫的信心。

二、积极推进文物扶贫工作

据《豆口村志》记载，豆口村始建于南北朝时期，至今已有1500多年的历史。2018年，豆口村被列入中国传统村落名录。现保存基本完好的古建多为明清建筑。豆口村关帝庙创建于清道光二十三年（1843），民国24年（1935）重修，现存建筑为清代遗构。现存建筑有关帝阁、献殿。关帝阁面宽三间，进深四椽，五檩式构架，单檐悬山顶，灰布筒板瓦屋面。献殿面宽三间，进深三椽，卷棚顶，灰筒板瓦屋面。

在规划农村扶贫项目上，中心充分利用文物行业特色，不计成本前期垫资派出多名专业技术人员，对关帝庙和献殿一层前后松动错位的券脸、屋面、木基层、大木架、装修、墙体、地面、排水等进行了细致的修缮。

几年来，中心先后完成了豆口村关帝庙、戏台等3处文物古建筑的勘察设计和保护修缮工程，扎实推进了文物扶贫工作。通过这些文物扶贫工作保护了豆口村一批珍贵的文物实物遗存，守住了传统村落的民族根魂，传承了豆口村的历史文脉，也为豆口村发展乡村旅游打造了一大亮点。

三、有序做好扶贫日常工作

积极探索精准扶贫的好机制、好模式、好办法，努力增加农民收入，减少贫困人口，多途径、多渠道不断创新扶贫模式。根据《山西省文物局关于支持建设扶贫爱心超市的函》的要求，中心积极响应号召，出资1万元支持豆口村创建扶贫爱心超市，以此激发群众内生动力，鼓励群众参与集体劳动，改善生活条件。

中心工会逢年过节都会购买帮扶村的农副产品，用于工会会员节日发放的慰问品。2020年春节，中心工会购买了价值3000多元的花椒、核桃、小米等农副产品来发放节日福利，为豆口村脱贫攻坚出一份力。

中心也鼓励干部职工根据自身需求自费购买帮扶村的农副产品，有条件的动员亲朋好友为帮扶村销售农副产品提供信息、搭建渠道。

四、重点关注防返贫工作

按照市、县、乡"一村一扶贫工作队、一户一帮扶责任人、一户一帮扶档案""单位到村、干部到户、责任到人、措施到位"的要求，中心不仅关注贫困户脱贫致富，更关注防返贫工作，注意在帮扶中把防返贫作为重点予以研究，并把这项工作纳入这户帮扶责任人的年终考核，将扶贫工作情况和效果作为对个人年终考核的重要依据。

中心对已经脱贫的贫困户，在入户时会重点引导他们保持积极向上的生活状态，把握机会提高生活水平，遇到生活困难及时向组织反映，充分利用现在好的政策，防止出现返贫现象。

山西省民俗博物馆的精准扶贫之路

平顺县岳家寨村是山西省民俗博物馆（以下简称“民俗馆”）的对口帮扶村，该村主导产业是旅游及花椒种植。

按照山西省委、省政府要求和山西省文物局扶贫工作的计划安排，山西省民俗博物馆结合工作实际，在结对帮扶过程中积极开展了各项扶贫工作。

赵志明赴岳家寨村入户走访

一、加强组织领导，认真制定计划

为加大扶贫工作力度，民俗馆根据工作安排和实际情况，调整郭树广任驻村扶贫工作队队长，明确了贫困户的结对帮扶干部。通过调整人员，确保单位的扶贫工作在支委会的领导下，全员共同参与，保证了结对帮扶工作全覆盖。同时，按照山西省文物局统一部署，派驻临时工作队员入村开展扶贫支援行动，保质保量完成阶

山西省民俗博物馆党员干部入户走访

段性扶贫攻坚任务。与岳家寨村两委建立了工作会议机制，做到随时了解岳家寨村的脱贫和发展状况。完善各类扶贫信息，为每个贫困户建立了纸质档案，同时建立了包括贫困户本人照片、居住环境、户籍、“一卡通”、家庭成员等信息在内的数据库，便于扶贫队员随时查询和动态管理。

二、班子成员带头，深入扶贫一线

每年民俗馆都由班子成员带队，组织帮扶干部到岳家寨村现场调研，召开现场会议，实地了解贫困户需求，与村干部、“两委”代表现场办公，并开展入户走访慰问活动。2019年，班子成员累计入村3次，带领结对帮扶干部20余人次进行了入户走访慰问活动，深入调研帮扶对象的生产生活状况，仔细了解帮扶对象目前存在的困难，进一步了解掌握岳家寨村的实际情况，并发放米、面、油等生活物资，为贫困户解决实际生活困难。积极推动“消费扶贫”工作任务，采购当地特色农副产品，2019年，全馆累计采购了岳家寨村花椒约80斤，人均扶贫消费约50元，通过实际行动帮助岳家寨村巩固脱贫成果。

三、突出重点环节，落实具体帮扶措施

一是在制订帮扶计划时，因地制宜，从“输血式”扶贫向“造血式”扶贫转变。安

岳家寨农家乐内景

排驻村工作队长组织村委干部、驻村帮扶队员外出到井底村、西沟、虹霓村等地考察,学习扶贫工作中的成功经验和做法。筹集资金帮助贫困户岳松堂的农家乐进行房屋改造。目前,岳家寨村有农家乐22家,床位400张,户均年收入1.2万元;引导群众开发乡村旅游特色产品,如花椒、核桃、龙柏芽菜等,为乡村脱贫蹚出了一条新路径。

二是由驻村工作队长协调30余万元资金修缮了全村蓄水池两座共400立方米,改造厕所3处,改造自来水管道实现"户户通"。全村的村容村貌有了明显的改善,群众的脱贫意愿更加强烈。

三是积极对接平顺县林业局,协调将岳家寨村的荒山建成了青翘采摘基地。该基地占地面积达200亩,解决了7户贫困户的就业问题,让荒山点亮脱贫路。目前,岳家寨村11户贫困户已陆续顺利脱贫,无一户返贫。

四、针对特殊贫困户,进行精准帮扶

扶贫队员在多次走访调查中发现,贫困户岳云令、岳书勤家人完全符合申请残疾证的条件,但由于个人原因未办理。驻村工作队长积极协助两位贫困户到村委、镇残联、县人民医院、县残联申请办理残疾证,享受到了国家的相应补贴。

70岁的五保户岳忙枝独身一人,2017年做了胃切除手术,无依无靠,生活很困难。鉴于此，扶贫工作队员对该户进行了重点帮扶。在入户走访过程中，扶贫队员经常帮她买些生活用品，给她备些常用药物，每次入户都给她带些干粮，老人感动地说："帮扶干部成了我的亲人了。"

五、结合实际情况，巩固脱贫攻坚成果

2019年，为进一步提升岳家寨村的自身发展能力，民俗馆与岳家寨村进行了深入合作。结合岳家寨村在自然风光和民俗风情方面所具有的优势，帮助岳家寨村设计并制作了挂历、台历，对当地的自然风景和民俗风情进行了大力宣传，引起较好的社会反响；同时通过公众号对岳家寨村的旅游资源进行推介，推动了岳家寨村当地旅游事业的发展。

民俗馆还利用自身的行业优势，结合岳家寨的特色，投资改建了岳家寨供销社博物馆。该博物馆仍然保留着20世纪五六十年代的历史原貌，是当地具有典型代表性的旅游景点。目前，该博物馆不但是当地人脱贫致富的招牌，更是岳家寨村淳朴民风民俗的招牌。

山西省艺术博物馆的扶贫成果

2020年是全面建成小康社会之年，是“十三五”规划收官之年，是脱贫攻坚决战决胜之年。古语有云：“大鹏之动，非一羽之轻也；骐骥之速，非一足之力也。”如今，站在新的起点上，回顾山西省艺术博物馆的扶贫历程，虽无令人震惊的波澜壮阔，亦有沁入人心的“润物细无声”；虽无让人称奇的骐骥一跃，亦有日积月累的“久久为功”。

一、扶贫概述

山西省艺术博物馆（以下简称“艺术馆”）成立于2003年，虽然“年轻”，但从2008年山西省文物局到石城镇帮扶开始，就有了艺术馆的身影。时任馆长薛超曾先后派任旭峰、张巨鹏两名同志参与到脱贫攻坚事业中，是态度，更是情怀。两位

山西省艺术博物馆在豆口村开展扶贫活动

扶贫队员也以优异的成绩向同仁们展现着自身的价值。

2014年，扶贫的担子又一次压到了艺术馆身上，第二任馆长张建华适时派出姜伟到石城镇岳家寨村帮扶，为岳家寨村次年脱贫摘帽打下坚实基础。

2015年，艺术馆按照上级文件要求，组织全馆党员与豆口村的贫困户开展结对帮扶，为贫困户提供生产、生活上的支持。

2017年，按照省委组织部《关于选派万名干部到乡镇挂职帮助工作的通知》（晋组通字〔2017〕46号）文件的要求，艺术馆主动作为，选派李小龙到石城镇扶贫工作站挂职帮扶，一方面助力脱贫攻坚，另一方面锻炼新人。李小龙在自己的岗位上奉献了青春和热血，扎根基层提升素质，并于2019年期满考核获得“优秀”等次，他的工作也受到镇党委、政府的高度肯定。挂职期满后，李小龙不顾家里孩子年幼，又主动要求留在省文物局扶贫队继续开展扶贫工作，充分体现了一名共产党员的高风亮节。

2018年，为进一步充实工作队、提高帮扶成效，宁海燕作为新生力量来到岳家寨驻村帮扶。后因工作需要，被调整到豆口村。在大半年的时间里，宁海燕悉心工作，认真帮扶，创造了连续驻村一个月以上的记录。

2019年3月，省文物局驻村工作队人员调整，第三任馆长李强将冯建泽派驻到豆口村。2019年，对豆口村而言是个不寻常的年份，全村要在当年实现脱贫摘帽的目标任务，冯建泽的到来，恰逢其时，他也以专业的技能知识、丰富的工作经验为豆口村脱贫提供了坚实保障。

二、帮扶成果

“扶贫无小事，枝叶总关情。”艺术馆在10余年的扶贫工作中，始终积极作为、立于潮头，彰显了担当、作为的形象。

（一）结对贫困户，尽心扶真贫

自2015年8月与豆口村贫困户开展结对帮扶工作以来，全馆上下高度重视，以每季度两次的频率，组织党员干部大规模深入豆口村入户走访，了解贫困户生活状况和脱贫需求。

几年间，帮扶责任人曾先后帮助张建堂、张海根等7户贫困户申请低保，帮助张海英、张习先落实五保户政策，获得群众认可。在2019年豆口村脱贫验收前期，艺术馆专门召开扶贫政策培训会，向帮扶人讲解扶贫政策，提高他们对政策的知晓度，为高效入户做准备。

同时,在近年的年底走访活动中,除了为帮扶群众送上米、面、油等生活必需品外,艺术馆党员还自掏腰包以购买农副产品或为老年人留下慰问款的方式,拉近与贫困户的距离,提升帮扶满意度。

(二)帮扶可持续,增收有保障

输血不如造血,要我富不如我要富。艺术馆从文博小学的兴建、扶贫爱心超市的开设、环境卫生的整治等基础设施做起,积极参与到相关费用的筹措、分摊上,想省文物局之所想,急豆口村之所急,为豆口村的乡村建设添砖加瓦,尽全力改变豆口村的贫困落后面貌。

为豆口村文博小学捐赠文具

为进一步提高帮扶成效,艺术馆还在村内广泛开展消费扶贫、介绍就业岗位等活动,并建立长效机制。2019年底,艺术馆工会与豆口村签订农副产品购买协议,一次性采购花椒、核桃、小米等近万元。据不完全统计,2017年至2019年的3年间,艺术馆用于豆口村支出的扶贫款、慰问款、差旅费等达到16万元以上。对于一个拥有30余名职工的单位来说,力度不可谓不大。

(三)关注非贫困户,致富不掉队

豆口村是石城镇第二大村,贫困人口多,非贫困户也不少。为使全体村民共享发展成果,脱贫致富不落一人,艺术馆根据工作需要,结合自身实际,与64户非贫困户开展结对帮扶,约占豆口村全部非贫困户的18%,在所有帮扶单位中排在前列。

对非贫困户中收入不稳定、家庭成员有大病、有学生等存在致贫风险的户，艺术馆专门设立台账，通过走访、电话询问等方式了解生活状况，解决实际困难，并与其中多人建立了良好情谊。

三、结语

脱贫攻坚是全面建成小康社会必须完成的硬任务。在完胜脱贫攻坚的征程上，不论身在何处，山西省艺术博物馆的全体成员将一如既往践行义务、履行职责，尽全力保障山西省文物局扶贫工作的有序推进，维护好派出队员的利益，做好豆口村结对帮扶工作，为脱贫攻坚贡献力量。

山西省文物交流中心扶贫工作小记

习近平总书记多次强调，消除贫困、改善民生、实现共同富裕，是社会主义的本质要求；没有农村的小康，特别是没有贫困地区的小康，就没有全面建成小康社会。2015年8月，山西省文物局召开精准扶贫工作动员会，由山西省文物交流中心和省文物局下属的9个单位负责对接帮扶平顺县石城镇豆口村。山西省文物交流中心（以下简称“交流中心”）全体职工按照山西省文物局扶贫工作会议总体部署和要求，在交流中心党支部的领导下，成立了扶贫工作小组，积极发挥党组织的战斗堡垒作用，强化责任担当，扎实推进精准帮扶、精准脱贫，认真扎实开展扶贫工作。

山西省文物交流中心领导干部赴豆口村入户走访

一、脱贫入户调研，全面掌握村情民意

豆口村，村里地形崎岖，土壤瘠薄，自然条件恶劣，再加上干旱缺水、交通不便，这个历史悠久的小山村成为远近闻名的贫困村。村里大多数是60岁以上的老人，照看着几亩薄田及留守儿童。随处可见的土坯房随时都有倒塌的危险，凌乱灰暗的房间里，几乎看不到现代化的痕迹……这些太行山深处的人家，似乎被现代文明遗忘在了大山之中。交流中心帮扶的10户贫困户中，半数以上为60岁以上的老人。其中，1户五保贫困户、3户低保贫困户，其余6户为因病、因学或因无技术致贫

的一般贫困户。每户有土地3—6亩不等,以种植玉米、杂粮为主。因政策或技术原因,基本没有养殖业。个别家庭种植花椒、柿子等少量经济作物。家中劳动力除务农外,打工均为非技术工种。我们感到了肩上责任重大,扶贫工作任重道远。在扶贫队长、第一书记的安排带领下,帮扶队员们首先到对接户家中仔细了解各贫困户生产生活情况、收入情况、子女受教育情况,特别是政策落实情况,核查基本信息,确保基本信息准确、政策落实精准;详细了解贫困户的想法、困难和诉求,在精准扶贫手册上填写工作记录和信息,按照贫困程度划分等级,列出特别贫困户、一般贫困户以及致贫的原因等,以便对症扶贫、重点扶贫。

交流中心帮扶工作队根据掌握的贫困户情况,专门召开了扶贫攻坚会议,拟采取"包户到人、集体攻坚"的措施,要求每位扶贫队员每年入户必须在4次以上。积极推进项目和特色帮扶,帮助贫困户理清发展思路,找准发展方向,选准致富产业,制定增收措施;给帮扶户传递增收致富的信息,激发贫困户的内生动力,通过每次入户宣讲,让贫困群众增强脱贫的信心、致富的决心,凝聚打赢脱贫攻坚战的强大向心力,把政策讲清,把程序讲透,把要求讲明,做到家喻户晓、人人皆知;破除"等、靠、要"等思想,变"要我脱贫"为"我要脱贫",充分调动贫困群众脱贫致富、创业增收的积极性和主动性,既要扶智也要扶志,既要输血也要造血,建立造血机制,增强致富内生动力,使贫困群众不仅要脱贫,而且要致富,日子越过越好;注重倾听贫困户的意见和要求,热心帮助他们解决实际困难;详细了解建档立卡贫困户帮扶措施、帮扶政策100项,帮助他们申请农村救助基金、公益补贴、农业支持补贴、冬季用煤取暖补贴、城乡医疗补贴及大病医疗补贴、低保金、养老金、电费水费补贴,帮助贫困户申请助学金;等等。依靠党的好政策,把党的温暖送到千家万户,送到老百姓的心里。

二、落实帮扶措施得力,帮扶成效明显

精准扶贫是促进广大农民群众增收致富、加快全面小康社会建设进程的重要途径,也是转变干部作风、推进固本强基的务实之策,找准工作着力点和突破口,突出精准扶贫,才能实现率先发展、率先脱贫。2015年以来,每个季度扶贫队员们都会抽时间或者利用休息日去贫困户家里走访、探望,为了节约费用、不影响工作,一般都是当天去当天回。从太原到豆口村往返需要近10个小时的车程,早上6点左右出发晚上九十点才能返回家中,大家披星戴月,早出晚归,非常辛苦。每一位帮扶干部深入帮扶户家中,宣传党的扶贫政策,帮助贫困户制订脱贫计划,为他们提供力所能及的帮助。积极参与关爱乡村教育,建设美丽家园,购买化肥助春耕,看

望孤寡老人，资助智障贫困户，为他们提供生活用品，为贫困户助学，逢年过节为他们送去慰问品，支持建设扶贫爱心超市。针对山区交通困难、农作物销售难的问题，急他们之所急，想他们之所想，积极开展消费扶贫活动，购买农副产品，与贫困户签订销售合同，积极推进网上销售，把贫困户的花椒、小米、柿饼、核桃、黑枣等销往全国各地，增加了他们的收入……冬去春归，寒来暑往，交流中心帮扶工作队全体成员带着全单位职工的关心与爱心，先后 20 余次往返于太原与太行山深处的这个小山村。交流中心是一个自收自支的经营单位，近年来面对文物行业收入下滑的局面，积极筹措资金，全力以赴支持扶贫工作。2015年至今，交流中心单位和个人已累计捐款捐物5万余元。交流中心主任范文谦表示，交流中心全体干部职工要坚决完成党和政府交给的扶贫工作任务，按照省文物局扶贫工作部署和要求，想方设法为贫困户排忧解难，寻求致富渠道。他还表示要根据调研情况采取切实可行的帮扶措施，使他们尽快脱贫摘帽，走上富裕之路。

购买帮扶户农副产品

经过扶贫工作队持续多年脱贫攻坚和大力帮扶，豆口村所有贫困户的生产、生活水平都得到大力改善和提升，稳步实现了“两不愁三保障”。低保户王笨楼、张成先老人，张发定夫妇等得到了较好赡养；张保堂、张学文、张胜军、张发定、张发明家庭享受到了危房改造政策，住房进行了全部或部分翻盖；贫困家庭劳动力得到了优先安置，学生家庭都得到了助学救济。如今，这个曾经贫困而静寂的小山村，正焕发出新的生机与活力。与往日相比，村庄变绿了，道路变宽了，贫困户的房屋大多得到修缮，昔日破烂不堪的家如今变得宽敞明亮，失学儿童重新回到了学校，贫困户的生活得到了极大的改善……豆口村村容村貌一年一个样，老百姓的日子越过越好，收入年年增加。

为文博小学学生捐赠文具

山西省文物勘测中心扶贫工作总结

自开展扶贫工作以来，山西省文物勘测中心（以下简称“勘测中心”）在山西省文物局驻村扶贫队的支持下，严格按照精准扶贫建档立卡的要求，坚持真情扶贫、办好实事、注重实效、强化服务，在促进发展上下功夫，推进和加快农村贫困户脱贫致富的步伐，基本实现了帮扶对象脱贫致富的目标。

山西省文物勘测中心赴豆口村对接帮扶

一、高度重视，强化组织领导

为切实加强对贫困户帮扶工作的组织领导，勘测中心始终将帮扶工作列入重要议事日程，积极采取帮扶措施，周密筹划，扎实推进，不断拓展扶贫工作新局面。在扶贫工作开始之初，勘测中心就成立了由勘测中心主任任组长、班子其他成员任副组长、各部室负责人为成员的精准扶贫领导小组，明确1名分管领导主抓此项工作，并专门安排专人为勘测中心扶贫日常联络员，负责组织、协调、实施、督办省文物局委派的各项扶贫工作，将责任落实到人。工作中，我们坚持做到有组织领导、有实施方案；坚持做到落实任务、落实责任、落实资金，从扶贫工作的大局出发，倾情倾力，认真对待和落实帮扶工作，以此推动结对帮扶工作的规范化和制度化运作。在精准扶贫工作中，中心领导多次入户看望、慰问帮扶对象，结对、制定方案、指导扶贫工作。

二、细化工作措施，确保工作成效

一是研究制订精准扶贫工作计划。由省文物局驻村扶贫队带领勘测中心领导小组，在村委负责人的陪同下，深入豆口村农户调查了解村情民意，并与石城镇党委、政府和豆口村“两委”班子多次开展座谈，了解具体情况，共商制订精准扶贫工作计划，确定勘测中心每季度必须进行一到两次的走访入户工作。

二是做好结对帮扶工作。根据豆口村贫困户名单，结合勘测中心干部职工实际情况，确立了由勘测中心7名干部职工与该村10户贫困户建立结对帮扶，并建立完善了结对帮扶档案。

三是参加帮扶的党员干部根据走访入户时间安排，提前安排好本职工作，确保帮扶结对、走访入户工作按时、高质量地完成。入户后认真做好扶贫宣讲，了解帮扶户家庭收入、产业发展等情况，做好信息采集及资料保存。同时按照要求，帮扶责任人入户帮扶时注重留存照片资料，并在帮扶现场登录“精准扶贫”APP，填写相关资料；帮扶工作结束后，每次帮扶现场照片等资料由专人发回勘测中心党支部。

四是坚持既扶贫又扶志相结合，积极做好政策宣传与群众思想工作。勘测中心每年都会组织党员干部先后多次深入结对村、结对户中，采取面对面交流等方式，一方面切实宣传好党的十八大、十九大一系列新观点、新部署；另一方面积极引导他们树立勤劳致富、创业致富、自强自立的意识，增强他们对改革发展的信心，帮助他们提高素质、学会一技之长，增强就业本领和创业能力。

五是对于帮扶贫困户生产种植的核桃、花椒、柿饼等农产品，勘测中心积极鼓励党员干部通过消费扶贫的方式购买，以此来增加贫困户的收入，增强他们种植农产品的积极性，拓宽脱贫致富途径。

三、存在的主要问题

勘测中心在努力完成扶贫帮扶工作的同时，也深刻认识到，由于受到一些客观

豆口村向山西省文物勘测中心赠送锦旗

因素制约，与山西省文物局的要求和群众的期望仍有一定的差距，主要表现在以下几个方面：

一是党员干部结对帮扶形式比较单一，活动开展还不够平衡，有待进一步改进；加之单位业务工作繁忙，安排和组织下去的时间、次数比较少，宣传力度不够。

二是村民“等、靠、要”的思维模式难以一下子有质的改变，仍需加大力度做村民的思想工作，使他们树立自力更生、勤劳致富的观念，从根本上为日后开展工作铺平道路。

三是帮扶贫困户科学文化素质较低，普遍受教育程度不高，接受新知识、新科技的能力不强，市场经济观念淡薄，自身“造血”功能不足。

四、下一步工作计划

今后，勘测中心将继续不断深化帮扶力度，拓宽帮扶途径，增强帮扶实效，以促进农民持续稳定增收为重点，继续做好“单位帮村，党员干部帮户”工作，进一步健全长效帮扶机制。

山西省古建筑维修质量监督站扶贫工作纪实

在山西省文物局的正确领导下，山西省古建筑维修质量监督站（以下简称“质量监督站”）在全站党员的紧密配合下，深入贯彻落实党的十九大精神，认真落实山西省文物局党组、局驻村扶贫工作队的工作部署，以农民增收为重点，以全面脱贫摘帽为目标，坚持真情扶贫、办好实事、注重实效、强化服务，在促进发展上下功夫，推进和加快了帮扶村贫困户脱贫致富的步伐，主要工作有：

一、统一思想，提高认识

党的十八大以来，中国脱贫攻坚战取得决定性成果。6000多万贫困人口稳定脱贫，贫困发生率从10.2%下降到4%以下。中国共产党创新提出的精准扶贫政策，以每年减贫1300万人以上的成就，书写了人类反贫困斗争史上“最伟大的故事”，赢得了国际社会的高度赞誉。党的十九大提出要坚决打赢脱贫攻坚战，确保

山西省古建筑维修质量监督站党员干部入户走访

到2020年我国现行标准下农村贫困人口实现脱贫，贫困县全部摘帽。加快贫困地区发展，帮助贫困人口解决温饱、改善生产生活条件、脱贫致富，不仅是经济任务，更是政治任务。质量监督站把帮助贫困村和贫困群众脱贫与发展作为己任，牢固树立扶贫长期作战的思想，把定点扶贫作为一项常态性的工作来抓，做到帮扶对象不脱贫、单位干部不脱钩。

二、强化组织领导，明确工作任务

1.为了抓好落实精准扶贫工作，质量监督站根据省文物局机关党委下达的扶贫工作目标任务，成立站长、站党支部书记为组长，副站长为副组长，全体党员、中层干部为成员，办公室具体负责的扶贫工作组，分工到人，各司其职。

2.建立健全了扶贫工作责任机制。在年初就制订全年扶贫工作计划，根据计划的要求，一步一个脚印地开展工作，按时报送计划、总结和帮扶信息。

3.上下联动，密切配合。根据省文物局机关党委的工作部署，与驻村扶贫工作队、村组干部紧密配合，与帮扶对象交心、谈心，与他们打成一片，当好参谋，做他们的知心人和引路人。

三、瞄准对象，抓住重点

质量监督站根据单位实际，全站10人，6名党员、1名中层干部与平顺县石城镇豆口村12户贫困户精准对接，积极参与到定点扶贫工作中来，切实做到扶贫到村、帮扶到户，让贫困户得到更多实惠和发展机会，使扶贫解困明显推进、新农村建设明显加快、干部作风明显转变、基层组织明显加强。

1.落实包村帮户责任。单位领导带队，和扶贫领导小组的工作人员每年、每季度按计划要求亲赴帮扶村，走访慰问每户贫困户家庭，多次送去米、面、油、床单、衣物、学生学习用品等慰问品。每个帮扶干部年年慷慨解囊，为帮扶户募集善款达1万余元，人均自主捐款达千元以上。他们用自己的实际行动奉献爱心，扶困脱贫。

同时协助省文物局扶贫工作队在扶贫村建设小学、建立扶贫超市、购买花椒、小米、核桃等农产品，鼓励贫困户要坚定生活信心，自力更生，找准致富门路，早日脱贫致富。

2.根据长治市脱贫攻坚领导小组办公室的工作部署，按照省文物局驻村扶贫工作队建档立卡工作实施方案，围绕对象精准、内容精准、目标精准、措施精准的要求，抓紧、抓实、抓好精准扶贫工作。质量监督站扶贫工作队员按时走访帮扶户，询问生活、生产情况，宣传国家精准脱贫的相关惠民政策，填写贫困户基本信息表，统计各年收入情况，在省文物局驻村扶贫工作队的组织下按时完成精准扶贫手册的动态填写，做好管理工作。

3.2019年4月，为了响应习近平总书记“绿水青山就是金山银山”的号召，质量监督站扶贫工作队在长治市平顺县石城镇豆口村开展义务植树活动。大家挖坑种树、铲土培实，将20棵杨树苗深栽于豆口村肥沃的土地中，将为祖国添绿、为扶贫留彩的昂扬热情保留在豆口村的土地上，为推动经济社会和生态环境建设协调发展贡献出自身的力量。

2020年6月，质量监督站扶贫工作队再次来到豆口村，村民们齐心协力、热火朝天地整理河堤和种植花椒树的场面再一次深深触动了扶贫队员，也坚定了扶贫队员高质量打赢脱贫攻坚战的坚定信心。我们要坚持问题导向，进一步补齐脱贫攻坚短板，加大工作力度，巩固提升“两不愁，三保障”，防止返贫，以昂扬奋进的战斗姿态投入乡村振兴的新征程。

山西省文物鉴定站扶贫成果一二

党的十九大报告明确提出了乡村振兴战略，这是“五位一体”总体布局在乡村领域的具体落实，也是社会主义新农村建设在内涵与外延上的重大提升。坚决打赢脱贫攻坚战，决胜全面建成小康社会，开启全面建设社会主义现代化国家新征程，具有十分重大的现实意义和深远的历史意义。全面建成小康社会，最艰巨、最繁重的任务在农村，特别是在贫困村。而乡村振兴的首要问题是更新观念，注重乡村的可持续发展，把农耕文明的精华和现代文明的精华有机结合起来，使传统村落、自然风貌、文化保护和生态宜居诸多因素有机结合在一起，充分体现社会主义制度的优越性。

自接受扶贫任务以来，山西省文物鉴定站积极响应号召，认真开展扶贫工作。为保障扶贫的精准性，党员实行一对一帮扶，非党员实行一对一结对，确保帮扶的每户贫困户都有专人负责。

虽然单位人少，但工作一点也不落下，有两名党员和所帮扶的豆口村贫困户结对帮扶。帮扶期间，大家克服重重困难，开展了入户走访调研，不仅为贫困户讲解了相关扶贫政策和医疗保险政策等，还为他们送去了米、面、油等生活物品。4名非党员和所帮扶的豆口村非贫困户结对进行帮扶。

配合省文物局扶贫队员，我们深入扶贫工作一线，开展入户走访，宣传公益林补贴、粮食直补、爱心煤补贴、新农合参合费补助、义务教育“两免一补”、中职教育助学金、新型职业农民培育，基本、大病、补充医疗保险，大病医疗补充和意外伤害保险，农村妇女免费两癌筛查等普惠政策，及时帮助贫困户了解并领取相关补贴；了解花椒和其他作物受灾情况，了解花椒、玉米收入和务工收入等情况，完善帮扶手册及国家扶贫信息系统资料，做好填写贫困户脱贫信息表等工作；宣传光伏发电项目及中药材种植项目，汛期入户讲解汛期安全相关知识，做好雨季防汛工作；讲解务工补贴政策，鼓励贫困户参加劳动职业技能培训。开展“献爱心、送温暖”活动，其中包括入户宣传国家精准扶贫优惠政策、制订帮扶政策，帮助院内院外、室内室外环境卫生整治、年底慰问和爱心捐赠等。

在单位资金紧张的情况下，为实现豆口村早日脱贫，出资6000元和山西博物院、山西省艺术博物馆等单位在豆口村建立了爱心扶贫超市。

为全面贯彻落实党的十九大精神及党中央关于脱贫攻坚重大战略部署，大力推进“消费扶贫”工作，为贫困群众架设起消费扶贫供需对接的桥梁，汇聚社会爱心，促进贫困群众脱贫致富，我们还积极响应省文物局扶贫队的号召，动员全体职工购买豆口村的花椒、核桃、小米、柿饼等共计1500元的绿色农产品。

山西省文物资料信息中心扶贫掠影

山西省文物资料信息中心党员干部赴豆口村入户慰问

扶贫人

山西省文物局历届扶贫队员名单

2008年

张少鲲　刘　刚　任旭峰　范　伟

2009年

张少鲲　任旭峰　范　伟　薛　峰

2010年

许高哲　李新龙　王宇宏　石虎康

2011年

李　强　张巨鹏　孙耀刚

2012年

胡晋彪　钟家让　姜　伟

2013年

张慧国　王爱国　石虎康

2014年

彭树海　姜　伟　吕文平

2015年

张晓强　马　胜　李发明　王宇宏　柴斌峰　吕文平

2016年

张晓强　马　胜　李发明　王宇宏　柴斌峰

2017年

马　胜　王宇宏　柴斌峰　苏晓晖　李小龙　武宏彪　袁文明

2018年

马　胜　李发明　王宇宏　柴斌峰　苏晓晖　孙宏伟　郭树广　冯建泽
段双龙　李小龙　袁文明　崔维宏　武宏彪　李　凌　宁海燕　张　伟

2019年

马　胜　闫　丁　王宇宏　柴斌峰　苏晓晖　孙宏伟　郭树广　冯建泽
段双龙　李小龙　袁文明　崔维宏　武宏彪　李　凌　张　伟　郝　凯

王　军　荆泽健　吕宏强　张洪峰　刘俊文

2020年

闫　丁　苏晓晖　孙宏伟　郭树广　冯建泽　段双龙　李小龙　郝　凯

王　军　荆泽健　吕宏强　张洪峰　刘俊文　贾　伟

还想重来一回

许高哲

2010年，我有幸作为山西省文物局扶贫队队长，来到平顺县石城镇扶贫。那一年，在常规的扶贫工作之外，主要任务是把文博小学建成并投入使用。

中华人民共和国成立后，在长期的社会主义革命和建设中，山西曾经涌现出很多著名的村庄，如阳高的大泉山、汾阳的贾家庄、河曲的曲峪等，而最负盛名的当属昔阳的大寨和平顺的西沟了。20世纪70年代中期到80年代初，我曾经在昔阳县工作5年，对大寨十分熟悉，而对平顺的西沟却始终无缘邂逅，本次来到这里扶贫，则圆了多年以来的夙愿。

许高哲讲解文博小学纪念碑文

石城镇位于晋、冀、豫3省交界处，自古为商贸流通之要道，是平顺县的东大门。虽然镇子号称平顺县的“第二大城市”，但由于地处深山、耕地面积少、交通条件差、贫困人口多，特别是村里的孩子大多挤在寺庙中上学，冬天寒风呼啸，夏天屋破漏水，条件十分艰苦，导致教学难以正常进行，甚至很多学生辍学。扶贫攻坚，教育为先。正是基于这种情况，省文物局党组决定为石城镇捐资兴建一所“文博小学”，让山里娃能够享受到较好的教育环境。

本届扶贫队共4人，除队长本人外，“队副”李新龙来自山西博物院，人高马大，诚实敦厚，管理有方，积极肯干，队里的日常事务都是他来操持。另外两名队员，王宇宏来自山西省考古研究所，石虎康来自山西省古建筑保护研究所，都是跑前忙后、埋头做事的人。有了他们，我这个常常因机关事务而难以脱身的扶贫队队长倍感放心。

当时的石城镇党委书记兼镇长叫刘沁梅，是一位刚从县统计局局长任上履新的美女领导，秀外慧中，和蔼可亲，精明强干，尽职尽责，从不怠倦的笑脸相迎如春风扑面，给人的不仅是一种温柔女强人的独特魅力，更是携手做好扶贫攻坚的信心和力量。

那年，从春花烂漫的3月到秋高气爽的8月，在这整整半年的时间里，扶贫队和镇党委、政府密切配合，克服了资金迟滞、雨季影响、人手紧缺等多种困难，心往一处想，劲往一处使，高质量地推进工程进度，确实吃了不少苦，流了很多汗。记得为了给新建学校搞好门牌石，刘沁梅书记带着李新龙，披星戴月，栉风沐雨，青山踏遍，多处寻觅，最终在一个人迹罕至的深山里发现了可用之石。但这是一块巨石，很难撼动，更不好拉运，他们硬是千方百计、想尽办法，把这块大石头运回并立在学校大门口，尽管他们一干人马都不同程度受了伤、流了血……

2010年9月1日，山西省文物局捐资340万元、占地4000平方米、建筑面积1850平方米、可容纳400余名学生的“文博小学”终于落成，不仅有窗明几净的教室，还有现代化的电脑室、图书室，各种教学设施一应俱全，学生学习环境得到明显改善，成为太行山腹地的一道亮丽风景和精神高地。

那天，一场大雨洗刷后的大山里，阳光灿烂，金风送爽，庄稼摇曳多姿，新校园彩旗招展，给人一派丰收和节日的欢乐景象。乡亲们兴高采烈地从四面八方赶来，在这里闹起红火，扭起秧歌，展示手艺绝活。最高兴的还是孩子们，他们排着整齐的队列，系着鲜艳的红领巾，在国旗下朗诵《弟子规》，一声声稚嫩的童音，一双双渴盼的眼睛，一张张满足的笑脸，让人百感交集，不禁泪目。

那天，省文物局机关和下属单位领导都来了，聚集在新校园和乡亲们、孩子们一起欢度这个美好难忘的时刻。记得当时，“队副”李新龙还是那样屁颠屁颠忙得焦头烂额，王宇红、石虎康则坐在后边的马扎上静静地看着热闹，而本人是个泪点很低的人，一听见锣鼓敲起来，便激动得自个儿跑到墙角的几棵向日葵下，让那不听话的鼻子酸了好一阵子。

从那时起，文博小学为山里娃撑起一片蓝天，给孩子们点燃了希望之光，很多优秀学子从这里走出，走进大学，走向更广阔的世界……

一年期满，尽管依依难舍，我们还是告别了平顺县，离开了石城镇。此后，我也曾数次回到石城镇，在白杨坡栽花椒树，在岳家寨住农家乐，特别是在豆口村看望那所文博小学和生态博物馆，当时的心情真是感慨万千，难以形容。

如今，快速发展的信息化，大有把整个星球天涯海角的人都网联起来之势。然而，即使信息海量堆积、充斥头脑，却也挤不走那些熟悉的面孔、那些欣慰的往事、那些谙习的村落、那些朴实的农家，它们总是穿过时光的帷幕，叩击着我记忆的神经。

忘不了张少鲲，这是个提起文博小学而不得不说的人。他是我的乡党，当年以全县文科状元考进南开大学博物馆学系，毕业后曾在山西省文物局系统多个单位工作并担任领导职务。2008年到2009年的两年里，他作为山西省文物局扶贫队队长，全部办理好了文博小学的立项、设计、选址、招标等一系列前期工作，为项目推进和竣工奠定了良好基础。我去做最后扫尾真是有“下山摘桃子”的抢功之虞，实在有点汗颜，故而他的功劳是不可磨灭的。可惜，他后来不幸被一种病魔侵袭而丧失生活能力，成了一个可怜的“轮椅人”，令我每每想起都会唏嘘湿襟。

忘不了刘沁梅，在石城镇和我们共同战斗之后，便调任青羊镇党委书记兼镇长，再后来还担任了县里的文物旅游局局长，几年前即升迁为平顺县委常委、宣传部部长，她的心血、功劳和贡献在此已无须赘述。还有，那个热情厚道、快乐肯干的镇党委副书记，那个大大咧咧、更像男士的镇人大女主任，那个机灵敏捷、技术娴熟的司机小伙子……

忘不了岳家寨，那个古朴、秀丽、清凉、静谧的山村，石板搭盖沧桑老屋，辣椒玉米色彩绚烂，曾让我激情难已地赋诗一首：恰是夏日绿荫浓，夜宿山村闻蝉鸣。陶翁诗意入梦来，人世尘烟一忘空。

忘不了白杨坡，山环水绕，风光秀美，最具特色的是这里的农耕文化，毛驴车载你入境，采摘区供你休闲，农家饭清爽可口，特别是手工纺线、手工织布等一条龙纺织表演，古色古韵，引人入胜。

忘不了太行天路，远看群山巍峨、蜿蜒崎岖，俯首峡谷深邃、险象环生，尤其是山路只有一车宽，人在路上走，犹如在悬崖峭壁上攀爬翻越，那种“百步九折萦岩峦”的情景，至今让人心惊胆战，害怕至极。

……

10年，3600多个日子不经意间过去了。中秋之夜，临窗仰望，月似银盘，光如轻纱，多么令人浮想联翩的时刻！我想起杰罗姆·大卫·塞林格的那句话：千万别跟别人说事儿，说了你就会想念起每一个人。

然而，记忆可以流逝，而我对平顺的爱不曾抖落，缱绻于太行山的风声中；光影可以散落，而我对石城的心难以割舍，存放在浊漳河的波浪里。

青山不改，绿水长流。后会有期，来日方长。

附：文博小学碑文

石城古镇，背依太行，面临浊漳，人文渊薮，秀美风光。然深居山隅，偏地僻壤，办学维艰，教化难倡；儿童就读，教室危旧，跋涉往返，惊险无常。祖辈搓手扼腕，挂肚牵肠；世代沿袭蹈故，抱憾惆怅。

百年大计，教育为本，争先发展，人才是强。省文物局扶贫兴学，资建黉宫；党委、政府肝胆相照，勠力共襄。领导亲躬，鸠工奋作，风雨不避，只争朝夕。历时三载，夙愿告臻，玉成此举，校宇堂皇。殷殷乡民，张灯结彩；莘莘学子，眉舒心畅。

立校造福千秋，后人得润滋养。然矩范学府，任重道远，教人育才，寄赋厚望。祈望为师者，传道授业，敬业爱岗；惟愿求知者，励志笃行，见博识广。观今朝书墨馨香，桃李芬芳；瞻来日俊彩星驰，凤翥龙翔。

文博人心系老区，情注教育，德重恩隆，地久天长。石城众后嗣百代，崇尚敬仰，勒石树碑，铭志不忘。

中共石城镇委员会

石城镇人民政府

公元二零一零年九月吉日

我的扶贫工作小记

张慧国

我于2013年担任山西省文物局驻平顺县石城镇的扶贫队队长。2013年，按照省委、省政府的统一部署，根据省委下乡办扶贫工作的总体安排，我局扶贫工作队在局党组的正确领导下，在省林业厅总规划师、驻平顺县农村工作队大队长张云龙的具体指导下，以党的十八大精神为引领，以科学发展观为指导，紧紧围绕省委的扶贫工作目标，与石城镇党委、政府密切配合，从实际出发，以坚持增加农民收入为目标，以发展当地特色产业为重点，充分发挥我局自身优势，深入农村，进一步加大帮扶工作力度，落实帮扶举措，积极主动地开展扶贫帮困工作，真正做到了认识到位、领导到位、措施到位、资金到位、指导到位，扎扎实实地为石城镇和白杨坡、豆口、岳家寨3村办实事，圆满完成了年度帮扶的目标任务，取得了较好的帮扶成效。

一、年度主要任务

根据省文物局工作职能，结合平顺县和石城镇的实际情况，我局2013年对口扶贫的主要目标任务包括两个方面：

一是建设生态博物馆。本年度的建设重点在豆口村，然后向白杨坡、岳家寨村延伸。3个村落风貌独具一格，传统建筑保存完整且价值较高，而且还保留了比较完整的太行山区各类民俗活动，有的村被授予旅游特色村、文化示范村、生态文明村等称号，还有3个省级非物质文化遗产项目，3个村落自然生态较好，传统文化资源相对丰富。根据3个村落的特色，我们充分发挥我局的专业能力，确定了本年扶贫的主要任务是建设生态博物馆。

二是在白杨坡村实施“一村一品”延伸项目。白杨坡村是我局领导重点帮扶村，全村主要收入来源为经济作物种植及深加工和青壮年外出打工。根据该村的特点，我们把帮扶目标确定为实施“一村一品”延伸项目，包括扩大核桃、柿子、花椒、石榴等经济作物种植面积，对经济作物进行无公害认证和深加工等项目，帮助提升农民生产、生活水平，提高农民收入。

二、任务完成情况

1.生态博物馆建设。2013年建设的主要任务是豆口村生态博物馆认知中心维修、陈列布展和村中古建筑维修。一是完成平顺县太行三村生态博物馆建设规划方案编制。5月10日,平顺县生态博物馆建设规划方案专家论证会在北京召开,时任国家文物局博物馆司司长段勇出席并讲话。论证会邀请南开大学、中央民族大学、国家博物馆等专家对规划方案进行了审议并获得通过。二是根据生态博物馆建设规划方案,完成了豆口村认知中心的维修工程。三是完成了生态博物馆相关地方文献资料的搜集整理和民俗历史文物资料的征集。四是完成了村内元代戏台的维修。五是召开了两次生态博物馆建设专题会议,与当地有关部门就成立机构、明确职责分工、建立规章制度以及广泛动员、培训村民等问题进行沟通协商。六是召开豆口村认知中心陈列展览大纲专家论证会,提出指导修改意见。为保证上述任务的落实,省文物局专门下拨生态博物馆建设专项经费130万元。

2.白杨坡村"一村一品"延伸项目。按照"一村一品"的思路,在白杨坡村扩大花椒、柿子、核桃等经济作物种植面积150亩。2013年11月6日,时任山西省文物局局长王建武、纪检组长宋文斌、总工程师黄继忠及局机关工作人员一行26人赴平顺县白杨坡村参加义务植树活动,帮助村民种植核桃树苗300多株。为提升该村经济作物的附加值,省文物局积极推进该村经济作物深加工项目,其中花椒、柿

义务为白杨坡村种植树苗

子等6个农产品已获得无公害认证并配套产品包装，为此我局多方筹措，投入资金40万元。积极申请山西省林业厅支持，申请经费30万元，用于白杨坡村森林修复工程，支持该村创建省级森林公园和国家生态村。此外，从山西省民政厅争取扶贫资金5万余元，山西省文物局又拿出3万元，共计8万元用以解决白杨坡村村民的生活困难。

三、扶贫工作的主要做法

1.领导重视是确保扶贫工作顺利进行的关键。时任山西省文物局党组书记、局长王建武十分重视扶贫工作，经常将扶贫工作在局党组会和局务会上作为重要议题研究。王建武局长、宋文斌纪检组长等局领导先后5次深入扶贫点进行调研，召开县、镇、村干部座谈会，制定年度扶贫工作任务和目标，了解扶贫项目落实情况，向贫困户发放慰问品，看望慰问孤寡特困户，深入田间察看干果树苗生长情况。

2.深入调查研究，认真编制好扶贫工作计划。本届扶贫工作队接手工作后，就深入平顺县文物旅游中心、石城镇及白杨坡村、豆口村、岳家寨村进行全面、深入、细致的调研，先后举行8次座谈，走访3个村庄，参加座谈的干部、群众近30余人，为年度扶贫计划的制定和实施提供了科学依据。

3.调动多方资源，采取多种措施。为了做好扶贫工作，扶贫工作队积极主动利用各种机会，深入各委、厅、局单位，如向山西省发改委、省林业厅、省农业厅、省民政厅等单位汇报山西省文物局在平顺县石城镇的扶贫工作进展情况，积极争取他们对石城镇和白杨坡村的关心和支持，共商脱贫之策。2013年，共争取到各委、厅、局单位的扶贫资金及物品100多万元，取得了明显的成效。

四、加强自身的廉政建设，努力维护工作队员的良好形象

省文物局扶贫工作队的全体同志能够自觉遵守各项规章制度，加强党风廉政建设，强化工作责任和纪律，正确处理好与地方干部和群众的关系，注重自己的言行举止，自觉维护工作队的良好形象。每位同志都把扶贫工作放在突出重要的位置，带着任务进农家，带着感情进农家，放下架子、扑下身子，深入村庄与老百姓坐在一起，倾听群众心声，与村干部吃、住在一起，做好调查研究，熟悉各方面的情况，掌握第一手资料，真心实意地帮助群众办实事、解难题。同时，与石城镇党委、政府搞好关系，协同配合，严格要求自己，增强扶贫工作的影响力和感召力。

以村为家 做百姓贴心人

马 胜

2015年8月，我主动申请到平顺县石城镇白杨坡村担任第一书记，连续两年被平顺县、长治市评为优秀第一书记。任职期间，我为村里直接争取300万元扶贫资金，协助争取项目资金600万元，所在村于2016年整村脱贫。2018年任职期满后，根据乡镇和白杨坡村委会的要求，单位安排我再续任2年第一书记，并兼任山西省文物局驻石城镇扶贫队队长，负责5个村的扶贫工作；同时兼任省委农村工作队驻平顺县大队联络员，负责大队、7个工作队的联络、协调和信息报送，协助大队长开展工作。

主动请缨到农村。我是主动申请担任第一书记的。对下乡工作，我也是有顾虑的，既要考虑单位的工作，又要顾及家庭的实际。单位处室人少，编制6人，当时只有4人，要是自己再下乡了，处室就只剩3人了。孩子第二年就要高考，家属工作忙，孩子没人照顾。我害怕家人扯后腿，所以，就瞒着处长、老婆和孩子报了名，直到山西省文物局党组开会定了我下乡后，我才告诉了处长和家人。孩子埋怨道：“我明年就高考呀，你下乡两年，谁管我呀？儿子重要还是下乡重要？能不去吗？”庆幸的是，家属非常支持我，说：“放心去吧，家里有我呢。”爱人的一句话，给了我信心、鼓舞和支持。

走马上任充足电。从省城到农村，由机关干部变农村第一书记，环境变了，身份也变了，更要变的是自己的知识结构和工作能力。好在我生在农村长在农村，对农村、农民有一颗火热的心。在上任前，我利用业余时间，一方面学习中央扶贫工作精神、扶贫惠农政策、种植养殖技术等，补充能量，掌握涉农知识，提升工作能力；另一方面打电话求助，山西省农业厅、林业厅、水利厅、旅游局等，凡是与农村工作有关联单位的战友、熟人我都找了个遍。我就一句话：“我要到农村当第一书记，有啥能帮的？”得到的答复出奇的一致：“别着急，到村了解了情况再说。”我还多次打电话咨询在家乡当村支书的大哥和当乡党委书记的同学，讨教当好村干部的工作经验。磨刀不误砍柴工，功夫不负有心人。到了村里后，我临时充的那点电还真派上了用场。我先后组织党员干部共同学习了党的十八大、十九大精神，学习了习近平总书记在贵州调研时关于扶贫工作的一系列讲话精神及扶贫工作的各项决策，提高了村里干部党员的扶贫、脱贫工作能力。同时，及时向群众宣传、落实和利用扶贫政策，更好地为贫困群众服务。

马胜察看白杨坡水井运行情况

真心实意为大家。为尽快掌握村里情况，我积极开展工作。白天随老乡下地干活，帮助村民摘花椒、割谷子、掰玉米、挖红薯，肩扛背背，浑身是泥，满手是泡，也不觉得苦和累；晚上到村民家拉家常，了解他们的生产生活情况、贫困原因及脱贫需求，尽可能多地掌握第一手资料，以便更好地制订脱贫方案。全村40户村民，每户的家庭基本情况、生产生活情况，以及收入情况、贫困原因、脱贫需求，我掌握得一清二楚。老人们亲切地称我“小马”，同龄人则直接喊我“老马”，很少有人叫我“马书记”。经过反复调研，多次和村干部、贫困户协商，最终确定将发展乡村旅游作为扶贫突破口，把花椒种植这个主打产业作为脱贫主抓手。说干就干，我和村干部一起研究，根据15户贫困户的实际情况，10户开办农家旅社，5户加工、销售农产品。可村里连个小卖部也没有，群众买个油、盐、酱、醋也得步行1小时到邻村去买，更不要说发展旅游了。我多方筹集50万元资金，为全村每户村民购买了一辆电动自行车，帮助10户贫困户购买了床、棉被、灶具等，办起了农家旅社。春节前，为每户村民送上一袋面、一袋米、一桶食用油，加上电动车，为每户发放了2400多元的物资，还自掏腰包给个别困难户发了慰问金。山西省文物局机关退下部分电脑，我想到村里发展旅游离不开电脑，就一台一台地试，挑拣出能用的8台电脑放起来，找办公室主任协调山西省机关事务管理局，按扶贫物资调拨给村里，发给开农家旅社的农户。同事们开玩笑，说我是捡了漏，也有人说我是捡破烂的。我托人找到山西省慈善总会，为石城镇申领了40套轮椅。我在太原参加了3天时间的轮椅评估使用培训，后又进村入户对残疾人进行评估，确定轮椅型号，登记身份信息，汇总后报到山西省慈善总会，直至将轮椅分发到个人家里，为行动不便的人群解决了大问题，受到群众的好评。中秋节、春节期间，我拿着自己购买的白杨坡花椒，到处拜访朋友、亲戚，请他们品尝、推销花椒，帮忙卖个好价钱。

真抓实干舍小家。满脑子想的是老百姓，成天在村里顾不上家。孩子考上中山大学，我也顾不上送，只好帮孩子提前邮寄了行李。2016年9月24日，孩子一人坐飞机去学校，晚点30个小时，提前一天走，还是误了报到时间，第二天晚上11点才到了学校。由于拿不上行李，同宿舍的同学都是广东当地的，每人只带一床凉席、一床凉被，没有多余的行李可借，孩子只好睡了一夜的硬板床。没铺盖也没吃饭，孩子委屈地哭了。1个月后，孩子才告诉我实情。作为父亲，我很内疚。可一提起工作，我就一头扎进去，不知疲倦，顾不上休息，也管不了家。2015年9月初，我刚到村里，就赶上县委、县政府在白杨坡村召开乡村旅游推进现场会。我主动承担起组织筹划的任务，负责组织筹划、布置会议室和主会场，做饭、清理卫生、接待来宾等。拉不开栓时，我请山西省文物局其他3位第一书记到村里帮忙，前后持续1个多月，国庆节也没回家。10月8日，现场会圆满结束，受到县委、县政府领导，还有与会人员的好评。

白杨坡村是中国最美休闲乡村、中国传统古村落，传统民居、农耕文化别具特色，非常适宜发展乡村旅游。我协助完成了《白杨坡村传统村落申报方案》《太行乡村记忆馆陈展方案》《白杨坡村历史文化名村申报方案》。为了完成这3个方案，我和村支书多次往返长治、太原两地修改、报送材料，奔波于山西省文物局、住建厅之间，请专家多次评审方案才最终定稿。为扩大白杨坡村的知名度和影响力，2016年9月，我协助村里组织了第一届赏秋摄影节，丰富了群众的文化生活，扩大了白杨坡村的影响力，提升了知名度，推动了乡村旅游发展。

博物馆建起来了，但只是个空壳子。要想做好展陈，方案必须做好。我与村支书多次到北京、太原和平顺，聘请了中央民族大学、太原双水文化创意公司、平顺县作家协会的老师设计了3套方案，结合山西省文物局的建议，听取当地百姓的意见。经专家多次评审、设计人员数次修改，将原来的白杨坡乡村记忆馆定位为太行乡村记忆馆，服务于3省3市，辐射周围县、乡、村；主题初步定为太行风土人情、人文地理、红旗渠精神等。方案预算300万元，钱从哪里来成了问题。我一次次向扶贫队队长反映，一遍遍向山西省文物局主要领导汇报，最终山西省文物局下达首期专项经费150万元，帮助白杨坡村进行展陈。

精准扶贫扶真贫。2017年5月18日是国际博物馆日，我邀请山西博物院职工到村里开展了“你身边的博物馆”社会活动。活动从“认识博物馆”开始，陆续进行了手工拼接文物图片、体验雕版印刷等内容，让远离博物馆的村民也能享受到历史文化的熏陶，增长了他们的社会和历史知识。2017年“七一”前夕，我协调山西省文物局机关党委，挤出2万元党费开展了系列扶贫活动，慰问了30户困难党员和贫困群众，为每户发放500元现金，花费5000元为村党员活动场所更换了器材，送去了山西省文物局党组、机关党委和党员的暖暖心意，感动得村民热泪盈眶，连说：“共产党好，文物局好！”2017年10月17日至19日，为迎接党的十九大胜利召开，我邀请单位包户干部职工、文博志愿者一行50余人参观了山西省文物局这几年为群众购买的电视机、冰箱、空调、电动车、床上用品、煤气灶具等物品以及农家旅社，慰问了贫困群众，与干部群众进行了座谈，征求了群众对帮扶工作的意见，与白杨坡村群众一同种植了3亩花椒树，并入户宣传扶贫政策，做些力所能及的事。

两年多的农村实践，我做了许多工作，但要做的工作还有更多。问题需要一个一个解决，困难需要一点一点克服。我信心满满，俨然变成了一个地地道道的农村扶贫带头人。

情系农村 心系百姓

闫 丁

2019年4月，山西省文物局驻村扶贫队期满轮换，我毅然向局党组提出要赴平顺县开展驻村扶贫工作。这个决定，让我和白杨坡村从此便紧紧地联系在一起，也和平顺县石城镇的5个帮扶村联系在一起。

一、迅速投入扶贫工作，积极完成身份转换

习近平总书记指出："现代农村是一片大有可为的土地、希望的田野。"到村后，我积极完成角色转换，从一名机关干部迅速转变为驻村帮扶的扶贫队员。这一来，我就将全部身心放在了脱贫攻坚的大业中，放在了帮扶村老百姓的生活点滴中。

"来到农村一是为了增加历练，增长才干；二是自己也是一名有20年党龄的共产党员，是党员的责任和使命以及对农村和老百姓的情怀让我选择来到太行山，扎根白杨坡。"我这样解释自己选择来到大山时的理由。

来到白杨坡村后，来不及适应新的环境，更来不及欣赏太行山美丽的风光，我便一头扎入老百姓家里，迅速进行入户走访，了解白杨坡村情、民情。一进老百姓院，我没有高高在上地说教，先是帮助老百姓干活，叠被、打扫、收拾，甚至看孩子，能干不能干的都去干。村里的老百姓看到太原来的闫书记没有一点架子，慢慢都敞开心扉说出了自己的心里话，谁家和谁家是亲戚，谁家和谁家有不愉快，家长里短，儿女情长，都能聊到一起。院门口的石头上，灶台旁的柴火堆前，田间地头的花椒树下，处处都有我的身影。

村里的岳爱连老人年龄大了，儿女不在身边，我把老人当作自己的亲人，有事没事就去看看，看他家里有什么需要干的，看生活上还缺什么，陪老人说说话、聊聊天、解解闷。老人逢人就说："闫书记比亲儿子还好了。"

在扶贫中锤炼自己，增长才干。我正是践行这一理念，主动深入农村，扎根扶贫一线，在脱贫攻坚的最前沿冲锋陷阵，在老百姓的田间地头主动服务。

一年来，我任山西省文物局扶贫工作队队长，负责省文物局驻村扶贫人员的管

理和帮扶，带领省文物局驻村扶贫队圆满完成了帮扶任务，为平顺县顺利实现脱贫摘帽贡献了自己的力量，得到了当地党委和政府的高度肯定。2019年，我被平顺县表彰为“优秀第一书记”，荣获“第四届平顺县十佳青年脱贫攻坚带头人”。这一年，我以更加成熟稳重的姿态继续在扶贫一线奋力拼搏。

闫丁与帮扶户深夜交谈

二、不断提升业务素养，加强扶贫政策和理论知识学习

扶贫领域，对于我来说是一个全新的挑战，要想做好这项工作，首先需要了解和熟悉扶贫政策。从进入扶贫战线之日起，我就开始认真学习并熟记各项扶贫政策，利用一个月的时间，从党中央的重大决策部署到老百姓的医保、补贴等具体政策，我都基本熟悉了。2019年6月，我先后参加了全省干部驻村帮扶培训班和省直驻平顺县脱贫攻坚培训，学习了习近平总书记关于扶贫工作的重要指示和论述以及扶贫工作的各项程序和要求，学习了省、市、县扶贫政策，提升了政策理论水平和扶贫工作能力。

县里发的《扶贫政策》合订本让我翻烂了，里面密密麻麻的标记也许只有我自己能看得懂，工作日志记满了学习的印记和与老百姓朝夕相处的点点滴滴。政策通了，与老百姓的感情也更加深厚了。

我非常重视驻村扶贫工作资料的收集、整理，驻村后第一时间熟悉各项资料的收集要求，按照县里的统一部署，分门别类地收集、完善各种资料，进行整理归档，做到不缺项、不漏项，达到检查验收相关要求。

为积极配合平顺县的脱贫摘帽工作，我多次组织村内老百姓集体学习政策，进行户容户貌评比，配合进行村容村貌整治。虽然最终第三方评估组没有抽查白杨坡村，但各项工作均按时完成，达到预期效果。

三、着眼未来发展，推进白杨坡生态博物馆建设

白杨坡村是一个美丽的太行山小乡村，发展乡村旅游是村里的重点方向。从山西省文物局帮扶白杨坡村开始，就立足白杨坡传统村落的特色，提出了建设白杨坡生态博物馆的思路。目前白杨坡乡村记忆馆已经建成开放，白杨坡乡村旅游也正在稳步发展。

我到任后，充分认识到乡村旅游在白杨坡未来发展中的重要性，在前期已完成乡村记忆馆一期建设的基础上，2019年争取到山西省文物局100万元专项资金，启动了二期的布展。我协助村里，千方百计地找人帮助编制了白杨坡整村生态博物馆建设方案。简单说就是在现有乡村记忆馆的基础上，结合老百姓的生活，将老百姓的院子改造成活态的博物馆，比如说有磨豆腐的豆腐院、有纺粗布的纺织院，还有石匠院、铁匠院等。除了加入现代的展陈手段和元素外，还要让老百姓都参与进来，让老百姓见到发展旅游的红利，真正吃上旅游饭。最终目的就是要努力将白杨坡村打造成“户户有展示、家家有看头”的乡村旅游示范样板村。

四、创办爱心扶贫超市，多方争取项目支持

为进一步激发贫困群众的内生动力，我积极协调山西省文物局和直属单位为帮扶村创办爱心扶贫超市。4个小村，每个村筹资3万元，豆口村由于体量大、人口多，我挨个拜访10个帮扶单位的领导，为豆口村筹集了12万余元用于爱心超市的建设。

经过半年多的运营，爱心超市发挥了巨大的激励作用，特别是在2019年底脱贫攻坚和年底慰问时，通过爱心超市的积分奖励和激励政策，让老百姓更加熟悉了扶贫政策，更加认可了帮扶工作，进一步提升了老百姓的满意度，激发了他们的内生动力，鼓励了村民的劳动积极性，达到了扶贫与扶志的结合。

为给帮扶村争取项目和资金支持，我积极动用自己的人脉关系，跑省厅，多方

协调。山西省住建厅、财政厅、林草局、广电局等，我挨个拜访，为5个村争取项目和资金。从市领导、县领导，到各级扶贫部门，我放下面子，硬着头皮去办公室等，这股子执着的劲感动了很多领导。

五、做好扶贫队管理工作，树立文博新形象

作为白杨坡村第一书记，我积极组织村内党员开展“不忘初心、牢记使命”主题教育，认真落实“三会一课”，开展了“七一”主题党日活动、孝亲敬老活动，带领全村有关党员外出考察、参观学习，丰富了党员的生活，使村内的党员不仅学习了党的先进理论和知识，也在实践中进一步扩展了思路，增强了脱贫致富的信心和决心，将白杨坡村党支部建设成为一个有干劲、有温度的党支部。

作为山西省文物局驻村扶贫工作的负责人，我不仅要管好白杨坡村的事，同时也要管好其他4个村的扶贫工作和扶贫队员。为进一步加强对驻村干部的管理，我建立了山西省文物局扶贫队周考勤制度，每周对驻村干部的出勤情况进行统计，并根据每个人的工作表现进行半月点评，不定期组织队员到工作表现突出的村参观学习、交流经验。为促进大家熟悉扶贫政策，我组织开展了扶贫政策知识互问互答，结合实际案例分析该享受的政策待遇，所有工作队员均达到了扶贫政策“样样通”。

加强管理的同时，我积极关爱驻村干部，为每位驻村干部购买了人身意外伤害保险，组织进行健康体检，购买了防寒服等装备，还为每个村解决了驻村干部冬季取暖电费等问题。

驻村扶贫以来，山西省文物局全体扶贫队员吃苦耐劳，敬业爱岗，团结互助，与当地百姓共甘苦，展示出新时期文博人的责任担当和精神风貌，受到当地广大干部群众的一致好评。

一个人、5个村，在我的心里；一颗心、千口人，在我的情里。一心扎根农村、一切为了群众，只因心中始终装着老百姓，装着那份责任和情怀。青春无悔，是不忘初心的坚强承诺。就是这样的责任和情怀让我来到了太行山，扎根白杨坡。

在豆口扶贫

孙宏伟

时间到了2020年5月,在村里做扶贫工作已经两年了。回首走过的这两年,收获颇多,感触颇多。

40多年时间里,人们常说的5种职业,工、农、兵、学、商,除了农这一行,其他或多或少我都有过接触,就是从来也没有真正体验过农村生活,曾经有的也仅仅是回老家的短暂时刻,对农村不了解,对农业不了解,对农民不了解。当2018年被单位派遣参加扶贫工作后,因为这些不了解,我曾经问过自己:你能完成好组织交给的这项重要任务吗?看过很多关于扶贫干部的纪实,在他们的字里行间都充满对扶贫工作的信心和决心,对我自己来说非常不了解村里的生活,如何做好这项工作?就这样,带着这些疑惑和忐忑开始了我的扶贫生活。

2018年5月10日,我和其他扶贫队员一起,经过5个多小时的颠簸,来到了豆口村。下车时,看着这个曾经来过有限次数的山村,我知道自己了解农村、农业、农民的愿望开始实现了。

一、从学习开始

2008年,山西省文物局就开始帮扶豆口村,建起了1座文博小学、修建了1所认知中心、帮助村里进行了水电站技改项目等。10个直属单位的党员干部帮扶贫困户,包括我自己也是帮扶干部之一,做了大量工作,取得了令人满意的效果。我作为工作队员,只能锦上添花,不能有任何闪失。该如何履行好一名扶贫队员的职责呢?只有努力学习。为此,我到村后的第一个工作首先从学习开始。党中央对扶贫工作的要求是“六个精准”,要做到“精准”,就要求扶贫干部对党的扶贫政策熟知、对村情户情熟悉、对帮扶措施熟练等,我开始把党中央以及各级政府下发的关于扶贫工作的各项政策深入学习,从学习中才了解到:从20世纪80年代开始的扶贫事业,到现在已经走过了30多个年头,党中央从多方面关注农村、农业、农民,各项惠农、助农政策非常多,特别是拿到《平顺县帮扶政策100项》以后,虽然初读的时候异常艰难，宛如天书，其内容是我从没有接触过的，但我知道，这就是完成扶贫工作最直接的教科书，只有学懂学会，掌握了相关内容，才能在扶贫工作上有目标、有方向，在实际工作中言之有物、行之有恒。其次，熟悉掌握村情、户情，这是做好扶贫工作的第二个关键。对帮扶村的情况不熟悉、对贫困户的情况不了解是完不成上级交给的扶贫任务的。豆口村人多面积大，村内地势高低起伏，想了解村情、户情，就必须迈开双腿。从进村开始，利用午休、晚上的时间，我和全体队员在村委干部的带领下，一次次走入村民户中，克服语言交流的障碍，和他们交朋友，谈生产、谈生活，了解他们的需求，帮助他们解决一些困难等。当第一双鞋开始破洞的时候，已经有很多乡亲知道了山西省文物局扶贫队，知道了我的名字。第三，在镇党委、政府的指导下，学习和完成各项政策落实工作。“上面千条线、底下一根针”就是对镇一级党委、政府工作最好的描述，在实际工作中，扶贫干部接受属地镇党委、政府的领导，也让我有机会近距离接触到了镇里的干部，从他们的身上，我感受到的是满满的工作热情、脚踏实地的工作作风、坚忍不拔的工作态度。在单位很多年，一直都认为我的工作是最辛苦、最劳累的，但是，和他们相比，我以往的辛苦已经不算什么了，“五加二、白加黑”是他们的工作常态，从他们的身上，我学到了坚忍。

二、由细微入手

2018年年初，豆口村新一届“两委”班子上任伊始，在党支部书记张凤兰的带领下，通过28天的奋战，把一座废弃的厂房改造成为游客接待中心，这也拉开了豆口村加快基本建设的帷幕。从那个时候开始，全村上下团结一致，出工出力，让豆口村每天都有新变化，每年都有新亮点，村内的工作得到了上级的肯定。也就是从我到村里开始，每天都在感受这样热火朝天、干劲十足的场面，让我坚定了按期完成脱贫攻坚任务的信心。

孙宏伟参加豆口村孝亲敬老活动

2018年6月，

平顺县委、县政府在全县范围内开展了观摩评比工作，要求所有乡镇认真梳理扶贫工作开展以来的各项帮扶政策、帮扶措施的落实情况，这对所有驻村工作队和村“两委”是个艰巨的考验。如何真正体现出多年的帮扶效果，体现出党和政府对贫困村、贫困户的关怀，完成好县委、县政府布置的观摩评比任务？尤其是我和其他队员刚刚到村，对扶贫工作和村内情况非常不熟悉，加之豆口村贫困户数量多、任务繁重，我在接到工作安排后非常担心不能按期完成。这时候包村领导张素珍镇长组织召开了村内迎检协调会，对迎检工作进行有条不紊的安排梳理，对“两委”干部、镇里的包村干部、工作队的工作内容都进行了周密部署，这才使我不安的心情稍稍平静下来。“凡事预则立，不预则废”，在做了大量调查、整理工作以后，在包村干部张镇长和常伟的帮助指导下，我和工作队的同志们开始对电子手册进行录入。这工作看似简单，可在实际操作中遇到的问题超乎想象，需要找到政策出处、执行情况、落实情况，以及其中的逻辑关系必须明晰等。半年的时间，无数个不眠的夜晚，经过多次的修改、核实、核对和工作队同事们的加班加点，一份内容比较翔实的电子手册终于完成了。通过电子手册的录入整理，我对所有贫困户的基本情况有了比较全面的了解，为今后的工作打下基础。

2018年八月十五前，紧张的观摩验收终于结束，所有队员已经长时间没有回家休整，都做好了回家团聚的准备。这时村里来协商，希望我们可以留下和村民过节，乡亲们今年在整治村容村貌工作中都出了大力，加之戏台刚落成，省文物局帮助协调送戏组织了7场豫剧慰问演出。和大家一商量，都同意留下。就这样，2018年的中秋节我们在看戏中度过，听着悠扬缠绵的戏曲声、老乡们兴高采烈的交谈声，看着一张张辛勤劳作的面庞、孔武有力的臂膀，我想这也许就是真正的农村生活吧。

三、用成绩鞭策

2018年开始，山西省文物局以及各帮扶单位都加大了对豆口村的帮扶力度，局领导及各单位负责同志多次到村里实地调研，每次都帮助村里解决遇到的实际困难。2018年帮助解决了豆口村打井和饮水安全问题，这是村脱贫的重要指标之一。2019年帮助解决了装修党建活动室和脱贫攻坚室的配套资金，对出现隐患的村东关帝庙进行了彻底整修，协调县级资金支持豆口村的环境整治工作等。各帮扶单位用实际行动支持脱贫攻坚工作，召开会议，下发文件，根据每个单位的特点拿出切实可行的帮扶措施，严格落实帮扶单位职责。结对帮扶干部到村入户、走访群众、扶贫扶智、整理环境，尽最大的努力履行好帮扶责任。

2019年是豆口村迎接脱贫验收年，年初开始，从山西省文物局到各帮扶单位都以高度的政治责任感开始了新一年的帮扶工作，很多单位为保证到户入户，采取文件形式把到户入户时间、人员、工作内容固定下来，压实责任，做好一切准备。

每个人都在为迎接国家的考核忙碌着，一遍又一遍地核对所有数据，一遍又一遍地入户走访，拾漏补缺。村里没有了闲逛的人，到处是忙碌的身影，做过的工作再检查，已完善的再加强。这种氛围也深深地影响着我，作为一名曾经的战士，没有在杀敌场上建功立业，在脱贫攻坚战役的最后冲刺中也必须全力以赴，奋勇争先。最终，在大家的努力下，豆口村顺利完成了第三方验收检查，圆满完成了脱贫任务。

四、把点滴汇聚

匆匆两三年，岁月不会停下脚步，人在逐渐成熟，每一段经历，当我们回忆的时候，都是那么的美好。在豆口村的扶贫经历，有完成任务的喜悦，有工作繁重的辛劳，有愧对家人的内疚，五味杂陈，当多年以后再想起这段难忘的经历，应该会历历在目。

2018年6月底，接到局里通知，所有扶贫队员回单位参加“七一”庆祝活动，全体扶贫队员要集体登台亮相，还有扶贫队员代表做扶贫事迹报告。因为那时刚刚开始从事扶贫工作，对曾经在扶贫队员身上发生的事情并不了解，他们的讲述，声情并茂，特别感人，让很多参加会议的同事都流下感动的泪水。单位的重视、老扶贫队员的故事使我深受鼓舞，也更加坚定了扎根农村扶好贫的信心。

因为工作的需要和天气的变化，2018年春节我在村里一直坚持到阴历腊月二十八才坐上返程的大巴，因为有雪，大巴停在了屯留高速口等待，3个小时以后才被放行，这时接到了单位的电话，院领导带领中层干部慰问扶贫干部，现在正在我家中，当得知我还在返程路上的时候，院领导在电话中多次强调要注意安全，并提前向我致以春节的问候。放下电话的那一刻，天寒地冻、归途漫漫的凄凉心态瞬间得到温暖。

写到这里，我在豆口村的扶贫经历就基本结束了。2020年年底，全国脱贫攻坚任务完成的时候，我们扶贫工作队的使命也告一段落。2021年，乡村振兴的号角已经吹响。国家多年以来的大额资金投入、几百万驻村帮扶干部抛家舍业的驻村工作队制度，已经为做好农村工作打下了坚实的基础，乡村振兴的队伍里也肯定会有我们的身影，也许会有更响亮的名称。我谨希望我的战友们继续努力完成国家交给的重任，为建成一个富裕、文明、绿色、美丽的新农村不辱使命、再创辉煌。

扶贫路上的点滴感悟

苏晓晖

我是山西省文物局派驻平顺县石城镇上马村第一书记苏晓晖。2017年至2019年驻豆口村任第一书记,2019年后任上马村第一书记。驻村以来,我始终牢记"抓党建、办实事、促发展"这条主线,坚持当村里人、说村里话,为村民办实事、办好事。我紧紧团结依靠支村"两委"和广大党员群众,凝心聚力,脚踏实地,苦干实干,解决了一系列困难问题,干成了一批实事、难事,并从中得到了前所未有的磨炼和提高。下面是我对干好第一书记工作的点滴感悟:

一、干好第一书记工作,必须牢记使命不动摇

驻村4年来,我帮助村委班子加强建设、兴产业促发展、办实事解难题,建设过硬党支部,推动脱贫致富,促进乡村文明。为此,我认真学习研究党的农村政策、现

苏晓晖帮助百姓下地耕田

代农业知识和涉农法律法规等内容,充分发掘所帮扶村的潜力,发挥帮扶村自身具备的优势,找准工作着力点和切入点,努力协调处理好帮扶单位、镇党委、镇政府、村“两委”成员等多方面的复杂关系,使各方形成心往一处想、劲往一处使的合力。

2017年我刚来豆口村时,豆口村还是一个比较落后、问题较多的村子。村里干部和群众关系紧张,“两委”班子组织涣散,群众对干部不信任,导致工作开展困难,一直都没有什么起色。2017年换届选举后,班子稳定了。我提出进行村内环境整治和发展乡村旅游这两项规划,目前看来还是很符合豆口村的现状和发展的,也取得了不错的效果。

2019年我任第一书记已到期,单位领导鉴于我驻村扶贫已两年,积累了丰富的经验,又对扶贫村的情况熟悉,想让我继续留任当上马村第一书记。我作为一个有30余年党龄的老党员、一个有13年军旅生涯的转业军人,深知组织需要就是我工作的动力和信念,于是我没有犹豫,又转战上马村开展扶贫工作。上马村人口虽比豆口村少,但也有其自身的问题和难题,到任后我一项一项地理清上马村的工作任务,制定相应的对策,希望不辜负组织对我的信任。

二、干好第一书记,必须用真情服务群众

干好第一书记必须带着感情和责任,全力帮助群众办实事,主动寻找解决办法,在与群众的零距离接触中赢得群众的支持与拥护,在解决问题的过程中树立良好形象。我在入户走访时接触到五保贫困户常俊田老人,老人头脑不清晰,性格古怪,很难让人接近,平日对别人横眉冷目。但我常常去看他,久而久之,他与我熟悉了,我每次都会叮嘱他要注意身体,并且嘱咐他外甥女时常给他做吃的送过来。贫困户常小明由于车祸截肢导致生活困难,我入户走访时鼓励其外出学习打饼子技术,他学成回来和老婆在村里开了个打饼子摊,有了稳定的经济来源。在入户走访中我常跟他们进行交流,并提议大家可以通过种植花椒树来获得日常生活的经济来源,也让自己有了养老保障。诸如此类的事情还有很多……

2019年,我到上马村任职后,看到群众饮水困难,积极协调联系县水利局解决上马村饮水问题,建设老汉岐、玉皇庙古井,马塔村3条输水管道,4个集中取水点。工程于2019年10月完工,上马村终于有了自来水,上马村千百年来吃水难的历史问题终于得到了解决。我认为除了要为村民解决日常生活问题,还要多关注村里的老、弱、病、残,时时处处给予他们关爱,在那份爱中不断感化他们,让爱流动起来。我想到一个故事。有一个人想看看天堂与地狱的区别。他先来到地狱,地狱的人一个个面黄肌瘦,是因为他们使用的筷子有一米长,各自夹着食物往自己嘴

里送，就是吃不着。这个人又来到天堂，天堂里的人一个个都是红光满面，因为天堂的人利用长筷子互相喂着吃！在我们的生活中，每个人每天都面临天堂或地狱的生活，当我们懂得付出、帮助、给予、分享，我们就生活在天堂；若只为自己，自私自利，实质就是生活在地狱里。

三、干好第一书记工作，必须俯下身子干实事

衡量第一书记工作是否有成效，就是看他为群众办了多少实事、群众得到了多少实惠，而且办事不能靠等，要积极主动去争取机会。一有机会，我就会向上级和有关部门反映和争取，4年来，我积极争取协调帮扶单位、各级党委和政府部门以及社会各界的支持和帮助，实施了自来水改造、田间路修建、道路工程绿化等基础设施建设项目，实施古村落申报、保护开发，农家乐开办，古建筑修缮，扶贫车间、养殖场、花椒加工厂建设等脱贫致富项目。据统计，我先后协调落实帮扶资金160多万元。我做事情总是先有构思想法，自己先制订一套方案，接下来与各方领导、群众不断交流商讨，机遇有时就在不知不觉中出现。我认为，只要你想活得有价值、有意义，只要你的想法、念头是美好、无私的，那么想实现你的想法，整个宇宙都会联合起来帮助你！妥善处理发展中的各种矛盾和问题，大家一起谋划，一起卖力，就没有干不成的事，即使现在没实现，早晚也会实现！为群众谋幸福需要积极思考，只有想不到的，没有做不到的。

农村生活确实能锤炼一个人，经过4年帮扶的淬火之旅，我收获满满！4年来，我们带领村民搞发展，遇到了很多难题。现在回过头来想一想，正是由于这些困难和挫折，才促使我们不断尝试、不断努力，最终学会了坚持与担当，自己也真正得到了提高！

扶贫工作事无巨细。作为上马村第一书记，在自己有限的任期内，能多为群众办些事情，也是我的福分和造化。让我们携起手来，立足当前，着眼未来，今生不要在此留有遗憾！

太行深处的记忆

郝　凯

2019年3月，春寒料峭，晋中盆地的树木刚刚冒出新芽，太行山中的连翘花偶尔泛绿。3月13号，我家小崽子迎着春天的花草呱呱来到了世界，对于两个“90后”，第一次做父母的我和媳妇沉浸在无比的喜悦中，四世同堂的幸福舒展了爷爷满脸的皱纹。

“时间永远定格在现在多好！”我悄悄地对自己说。

媳妇出院后，我回到了单位上班。第二天，领导把我叫到办公室，略带迟疑地对我说：“郝凯啊，家里的事情忙得怎么样了？”“都还好。”我爽快地回答。“现在有件更重要的任务需要你去完成。目前脱贫攻坚已到了最关键最吃紧的时候，我们经过商量，决定派你去驻村扶贫，一是因为你年轻，有朝气；二是你有长期基层工作的经历，能很快适应并投入帮扶村的工作中；第三也是为了让你增加锻炼，在农村基层迅速成长。经过我们综合考虑，觉得你是最适合的人选，你考虑一下，和家里商量一下。”

说实话，从办公室出来后，我心里五味杂陈。脱贫攻坚是全国的大事，如果我能投入这项工作，也是我的荣幸，是我人生经历的重要一笔，可想想刚出生不久的儿子和媳妇无助的眼神，我又有点犹豫。

回家后，我小心翼翼地把这个消息告诉了家里人。对于媳妇来说，我想无论她多么宽宏大量也不会是开心的，不过她也没有抱怨什么，只是告诉我，其实不想让我走，但愿意为我的工作让步，家里的事情她会照顾好。她让我去安心工作，既然代表单位下去扶贫，就不能给单位抹黑。

就这样，我收拾行囊，匆匆离家别子，向太行山出发！

没有培训上战场

4月8日，太阳刚刚出来，我开着我的小黑车，打开手机导航，定位在平顺县石城镇白杨坡村。依照手机导航的指示，经过五个半小时的颠簸到达了这个太行山

郝凯帮助白杨坡村民发花椒

深处的小村落，由此开启了我的扶贫人生。

太行山莽莽苍苍，山路弯弯，绿意盎然，浊漳河在山谷缓缓流淌，从小在平原长大的我还没有见过这么大的山，翻过一座又是一座，似乎没有尽头。

白杨坡村，一个小小的精致的古村落，一眼就能把全村看完，老百姓的房子像从山坡上长出来一样。村里异常安静，来了半天没见一个人影。经了解，全村共31户，户籍人口不足100人，在村的常住人口不足30人。村里连个小卖部都没有，买菜都需要开半个小时车去镇里买，取快递也一样。这让我这个“90后”感慨不已。

驻村帮扶工作对于我这个刚接触扶贫事业的新人而言可以说是两眼一抹黑，根本就无从下手，为此我天天向扶贫老队员们请教，自己定下一个方向：白天入户走访，晚上学习政策；然后根据学习的政策、内容白天再与户下交流，争取尽快进入角色。2019年是平顺县脱贫摘帽的关键一年，山西省文物局帮扶平顺这么多年，我一定不能在这最后一公里上掉链子，我暗自给自己定下决心。

力所能及暖人心

这里记录的一件扶贫时微不足道的小事情，算是我个人扶贫工作方面的一个缩影。贫困户谷来鱼奶奶是一个70多岁的胃癌患者，2019年以来一直卧病在床，家里孩子们特别孝顺，陪伴在她身边悉心呵护。5月20日上午，她闺女过来找我，说想去石城医院给老人输几天液，所以来寻求工作队帮忙。我说没问题，这是我们应该做的。我开着我的小黑车，去她家接上她们便直奔石城镇中心医院。趁路上的时间，我把我所了解的健康扶贫的相关政策做了简单的介绍和交流，她们表示该享受的政策都享受到了。到医院以后，看着老奶奶憔悴的面容，我知道她是没办法自己上楼的，再看看车上的两个阿姨，我只能抱起老奶奶，把她送到病房的床上。上楼的过程中，抱着老人瘦弱的身体，我感觉却是千斤重，小心翼翼不敢有丝毫大意。这时一个念头浮现在我的脑海，我的奶奶若有这么一天，我希望也会有那么一个人像我一样。到了病房，我轻轻地把老奶奶放在病床上，临走时阿姨表示给我一些路费，我给她们一个微笑，说能够为你们做些微不足道的事，我很欣慰。

孤单寂寞真滋味

一直以来习惯了在工地生活的我，从来没觉得自己会害怕孤单寂寞。古建施工的工地往往是在偏僻的地方，习惯了远离喧嚣的城市，因为有一群可爱的工人陪伴，并不会觉得孤单寂寞。2020年春，受疫情影响，我们延迟到2月24号下乡扶贫。来了以后的第一个周末，我因为家里有不足1岁的小孩，媳妇作出“指示”，疫情未结束，你出去了最近就别回来了。而我居住的这个接待中心因为疫情影响也没有开业，所以周末就只剩下了我一个人。你知道一栋楼只剩下一个人生活的感受吗？一个人做饭、吃饭、洗碗、工作，闲下来时候的静，可怕的寂静，只要你不发出声音，就没有声音，就没有生命活动的气息。我孤单吗？不，我并不孤单，有照顾我的领导，有深爱我的家人，有靠谱的朋友，可当万籁俱寂的白天黑夜只有你一个人的声音时，我甚至害怕自己会被人遗忘就此而去，这是一种无助的死亡一般的寂静！

牵挂妻子真性情

第一次当父亲的我不足一个月就离开了我的小崽子身边。说实话，起初还是没有太大的想念，可慢慢地思念越发深厚，从他第一次能坐起来，第一次会咿咿呀呀地发出声音，到能坐稳、站起来，我都是通过手机知道的。而小崽子今年的一个动作让我哽咽不已。在一次的视频中，还不会说话的小崽子，亲吻他妈妈手机视频画面里的我，媳妇儿说手机也是黏糊糊的了。这一吻，使我的眼泪瞬间夺眶而出。我含着眼泪笑着说：“和爸爸拜拜！”在儿子懵懂地挥舞小手时，我默默挂断了视频。

没有轰轰烈烈的大事，也没有动辄几万几十万的投入，我只是一个小小的扶贫队队长，默默在这片土地上播撒了自己的青春，我只希望白杨坡村的扶贫路上曾有过我这么一个小小身影就足矣。

累并快乐着

吕宏强

我是山西博物院的一名普通员工，2019年单位选派我到平顺县石城镇豆口村扶贫。转眼间，我已经在扶贫工作岗位上工作一年多了。这一年当中我经历了很多的事情，了解了农村的村情民风、当地村民的生产生活，经历了脱贫攻坚工作的酸甜苦辣，我们的工作队长兼第一书记孙书记在平时的工作和生活当中也给了我很多指点、帮助和支持。在我的扶贫工作当中，有许许多多的事情给我留下了很深刻的印象，尤其是以下这两三件。

2019年8月，初来到豆口村，乡村的一切对于我来说是非常新鲜的，如第一次见到从地里收割回来的小米、芝麻和韭菜花，第一次见到太行山和浊漳河，第一次知道麻糖和卤面，第一次见到花椒树和黑枣树……我来到豆口村，每天的工作都很充实，我的工作热情也很高涨。那一段时间是花椒收获的季节，村民们每家每户都在忙着收花椒，每个人都在辛苦忙碌着，我看到他们每天晚上从农用车上拎下来几篮子花椒，有说有笑，心里很羡慕，而且我也想认识花椒树，看看摘花椒的情景并想着要能参与进去就好了。于是一天中午，我鼓足勇气到了村委会对面玉娣大姐家里，和他们夫妻两人说我想帮他们去摘花椒。他们一听就笑了，说："你没干过这活，算了吧，那一摘就是一天，又会把手划破，你就别去了。"经过我软磨硬泡，他们终于同意了。那天下午天气很热，我们坐着农用车一路颠簸到了地里就干了起来。一开始不得要领，手上、胳膊上确实被划了好多血印子，后来大姐告诉我摘椒有窍门，那就是一只手把花椒枝拉下来，另一只手摘，而且要摘一整串的。我按照这个方法去做，果然用时少了，效率提高了，而且受的伤还少了。哈！我心里挺高兴的。可是我的新鲜感和热情只维持了半天，下午和第二天就被枯燥和辛苦包围了。他们知道我以前没有干过农活，干两三个小时就让我休息休息。我坐在地头，真心感受到老百姓不容易啊，我身体很结实，可是在干农活的时候却一点优势都没有，他们两口子不紧不慢地摘花椒，效率却是我的两三倍。不亲身经历这一切我是永远不会知道这种感觉的，这是劳动经验的积累呀。第二天晚上，大哥和大姐把我叫到他们家，并做了几道农家菜，有蒸的南瓜小米饭，有新鲜的茄子等蔬菜。我们劳动了一天也早就饿了，看到桌子上热腾腾的饭菜，我们喝着酒边说边笑，别提有多开心了！他们告诉我干农活当中的技巧和村里的劳动生活，真是令我大开眼界。劳动了一天之后吃着农家饭，真的太香了，这让我非常难忘。

还有一件事，就是2021年1月份山西省文物局消费扶贫的工作。那几天长治正下着雪，村民们听到村委会喇叭广播要收粮食，于是每家每户都扛着粮食来了。我在接到这项工作的时候就不止一次地提醒自己：不能有一点马虎。因为我知道我有这样的习惯，以前出去买东西的时候五毛钱、一块钱就算了，商家少给我称一二两也不计较。可是我知道，在消费扶贫的农产品当中，每个村民拿来的农产品都要斤是斤两是两地称精确，如果多称了，积少成多，我们还要垫钱；如果少称了，农产品送到山西省文物局各个单位职工手里又不够。在几天的工作当中，不管是下雪冷或是干活累，我没有一丝懈怠过。我望着不停下着的雪，心里有种说不出的感

吕宏强主动帮助百姓采摘花椒

觉。直到收的粮食称够了，装了编织袋分好并写好各单位的数量我才松了一口气。第二天我和胜利大哥装好车押车到太原，途中孙书记已经和各单位联系好，到了目的地，我们安全地把农产品交到各单位手里并办理好手续才算是完成了任务。那时已经是下午5点了，已经到太原了，又是年根，我真的很想回家，可是明天还有明天的工作，我们不得不返回村里。在回村的路上，我身体虽然很累，但是心里无比的充实和快乐，真的是累并快乐着。从早上7点一直到晚上10点已经连续工作了十几个小时，一天之内往返于太原和豆口大概500多公里，回到村里我狼吞虎咽地

吃了将近一斤半饺子。我已经离家很近了，但是却不能回家，真的很无奈。但是转念一想，我干的是光荣的扶贫工作，这种光荣感和使命感不是别人能体会的。

我的孩子今年上小学一年级了，以前在太原工作的时候因为每天能回家，我没什么感觉，来村里工作以后我只能通过视频和爱人、孩子聊聊天。最近几个月孩子见不到我，对我的依赖感变强了。有的时候，我在与他的视频当中询问他的学习和生活情况，得知孩子学习进步了，我由衷地为他感到高兴。孩子在学习和生活当中遇到了问题，我也会为他分析和想办法解决。记得前一段时间，我又连续三周没有回家了，孩子想我了要见我，我便答应他周六回太原和他一起去吃水煎包。孩子听了高兴坏了，便一天天地数着过日子。可是到星期六的时候我们村因为临时有工作，我回不了家，后来我才知道他哭了一晚上。等我回去一家人去吃水煎包的时候，我觉得这是一种平淡的幸福。

扶贫工作给我也带来了许多想象不到的快乐。有一次去白杨坡村做客，闫书记和白杨坡村的工作队员招待我们吃完饭后，大家一起去散步。我们走到了太行山脚下，走到了白杨坡水电站，我们工作队八九个人一起在白杨坡村美丽的山水之间合了影。我们打水漂、扔石头，还看到一大群野鸭子。因为我喜欢游泳，在清澈的小河边走着，心里就想着要是能游一圈就好了。后来我们队员之间打赌输了就游泳，我终于圆了我的游泳梦了。哈哈，在每天枯燥的日常帮扶工作之外，我们的生活也是多姿多彩的呀。

这几件事只是我扶贫工作当中的几件小事，还有很多很多的事情，不一一枚举。脱贫攻坚工作还在继续，我真的觉得今天还能到相对贫穷落后的地方工作、历练是人生的一种幸运。农村天地，大有作为。每位第一书记、工作队员都有许多难忘的经历。非常庆幸我能参与到光荣的扶贫工作当中，并且我想，只要当一天工作队员，就要干好我的工作，对得起这个称号，对得起自己。我也坚信全国的脱贫攻坚工作会在每个工作队员的努力下胜利完成。

两代人的扶贫

王　军

2020年5月，我参与驻村扶贫工作满一年了，其间的酸、甜、苦、辣都品尝了一遭，感触颇多。

其实，到扶贫一线去是我工作以来一直的愿望，这缘于我的父亲也曾参加过此项工作。十几年前，当我还是一名高中生时，我的父亲做过一任扶贫工作队队长，那时他经常给我讲贫困山区的情况，讲他们驻村生活的点点滴滴，就此在我心里埋下了一粒小小的种子。参加工作以后，我几乎每年都随着局领导到扶贫一线去采集照片资料，也亲眼见证了帮扶村这些年来的变化，到扶贫工作一线去的念头越来越强烈。

2019年，时值我局扶贫工作队员正常轮换，得到消息的我找到分管领导，主动申请参加驻村扶贫，并顺利地如愿以偿。其实驻村扶贫的艰辛，我在父亲担任队长时就深有体会，那时他驻村不在家，母亲也因上班路途较远和身体原因，不能回家给还在上学的我和妹妹做饭，我就得承担做饭、做家务、照顾妹妹的责任。这让好动的我感受到不少压力和不便。如今我去驻村，把这份压力又给了父母、妻子和孩子。但同时我也知道，这一届扶贫工作队的两年任期内，将完成脱贫攻坚、全面建成小康社会、实现第一个百年奋斗目标的任务。想到我能参与这一光荣的任务，并为之奋斗，见证这一历史时刻，我就充满了骄傲与自豪。

我记得，整理好行装，辞别家人到村的第一天，我收拾完宿舍，吃过晚饭，坐在村中抬眼望着满天星斗、看到银河而喜悦。转头回到屋里，才发现因为没关门、没关灯，飞虫满屋，难以入睡。

我还记得第一次入户走访，却听不懂村民口中的方言，没有农村生活经历不会跟村民沟通的难堪；第一次走遍全村的山路，腰酸背痛还崴了脚的痛苦；第一次在屋里见到蛇和蝎子的恐惧；第一次回家相聚又要分别时，孩子说会想我时的酸楚。

我还记得我们学习扶贫工作文件精神时的专注；为贫困户测算收入、填写帮扶手册时的忙碌；脱贫验收前，按照新要求通宵达旦整理完善资料的激情。老百姓的房前屋后有我们的身影，新冠防疫和护林防火一线有我们的身影，春耕秋收的田

王军入户宣讲扶贫政策

间地头有我们的身影。

我更记得，我们为贫困户测算收入远超过贫困线时的喜悦，村民收到我们春耕物资、防暑用品和年节慰问时的笑容，还有脱贫摘帽验收通过时的兴奋。

今后我将更加努力工作，积极响应习近平总书记号召，撸起袖子加油干，越是艰难越向前，把短板补得再扎实一些，把基础打得再牢靠一些，为打赢脱贫攻坚战做出自己的贡献。

真情扶贫二三事

冯建泽

2019年3月，我被山西省艺术博物馆派驻平顺县石城镇豆口村任扶贫工作队员。回想起扶贫以来的经历，每个日日夜夜都那样记忆深刻，一个又一个片段像放电影一样浮现在我的脑海中……

虽然驻村之前我就了解到，2019年扶贫工作队要使187户贫困户525名贫困人口在年底全部脱贫摘帽，会有很大的工作压力。但是，等我来到村里，才切身感受到此项工作真的很不容易，常常要接受高频率的开会部署，在层层压实、层层传导下，我们一丝不苟地做好扶贫工作。

刚开始，面对这种高强度工作我确实产生了不适应、畏难抵触情绪，难免抱怨扶贫就是天天做资料。一方面，资料的繁多复杂超过了我的想象，从摸底表到汇总表，从电子稿到纸质档，林林总总，让人眼花缭乱；另一方面，扶贫的精准性也体现在对资料的准确性要求很高。因此我们每天处于高负荷、神经紧张的工作状态，总在埋头做资料，一个不小心错了又需要重来，一个数据变动，整个资料或许就要改半天，晚上加班更是家常便饭。一个可爱的小男孩便见证了我们辛苦工作的每一天。这不，前段时间我在大队门口就碰见了这位原先村委会的“常客”，一个在文博小学上学的8岁小男孩，长得虎头虎脑甚是可爱。我问他：“最近怎么没见你到大队来‘巡查’我们了？”这一问才知道他去镇里上小学了。他家就在大队门口对面，去年小男孩下学后或者晚上经常跑到大队来，看见我们办公室灯还亮着就跑进来。“你们做甚咧？”是他的问候，“干活！”是我们的回答。在这样的一问一答中，我们熟悉起来，并亲切地称他为扶贫工作队的“巡查员”。这段小小的插曲，是我们在略显枯燥的资料整理工作中的放松和调剂。渐渐地，随着工作的开展，我慢慢地适应了驻村生活，并深刻地体会到，扶贫工作虽然压力大，但确实是松不得、放不下。脱贫攻坚责任重大、任务艰巨、情况复杂，要想在这项伟大事业上取得实实在在的成绩，就要不畏艰辛，扎实苦干。扶贫工作迄今为止能够取得如此大的成就，离不开包括我在内的各级扶贫干部的自我奉献精神！

此外，扶贫过程中我还有一些感悟，那就是：若想让百姓把我们当自家人，就要做到和老百姓多联系，去百姓家里多走走。因此即使工作再忙再累，我也经常抽空去和他们坐坐，实地了解他们的详细情况。只有这样，贫困资料才不是纸面上没温度的数字，而是鲜活的具体感受。

还记得我和村里的信息员第一次走进住在大庙里的一户贫困户家中的情形。他和老伴常年义务看护大庙和以前村里的小学。家就安在小学的一间教室里。他见到我们很高兴，在确认过我们是山西省文物局扶贫工作队后，说出了一段令我很惊讶的话，他说："我每天住在大庙里，总看到有些地方很破败，快塌了，为此我找过县、市文物部门，他们也来过，但还没修成。既然你们是省里来的，能不能给修修？"随后我和信息员进一步了解了他家的情况：他是一名共产党员，80岁了，身体还不错，现在在村里做保洁员打扫卫生，儿子在外务工，儿媳有智力障碍，孙子在外上学。尽管家庭情况如此令人揪心，当我们问到他的家里有什么困难时，他却说现在已经很好啦，国家给低保金，他和老伴有养老金，满足了。这让我很动容，作为一名老党员，贫困户，80岁高龄的老人，他没有停下自己的脚步，依然想着村里的事，想着文物保护的事，眼里满是知足，体现了一名老党员的情怀。故事的后续同样令人欣慰，在省文物局领导的大力支持下，在扶贫工作队的努力下，大庙已经修缮完成。完工的那一日，庙门口老百姓熙熙攘攘。看到大家真诚开心的笑容，我们也倍感欣慰。

冯建泽入户宣讲扶贫政策

作为一名扶贫干部，我每次接触到贫困户时，心里都五味杂陈，从内心深处真的很想帮他们多做些实事。虽然工作很累很辛苦，但每当工作有进展或者帮他们解决了一些问题时，我都很有成就感，同时也能从他们身上学到一些东西，并汲取到力量。2019年夏天的一个上午，我和村第一书记入户走访，来到一户贫困户家中。户主是一位女性，丧偶独居，患有慢性病，两个孩子中女儿已出嫁，儿子在外务工。当她和我们谈到家庭情况时，两眼不由得泛起泪花。她说她晚上总睡不着觉，一想到孩子他爸就哭，但说到脱贫问题时，她却坚强了起来，说："要脱贫奔小康，最重要的还是要靠自己，一味等、靠、要是不可能的。"接着她从抽屉里拿出一张纸，上面竟是手抄的《撸起袖子加油干》的歌词。我说："你会唱这首歌？"她说："当然会！我一个人苦闷时就唱唱歌。"我说："那咱们一起唱吧，你也教教我们！""撸起袖子加油干，好时代，人人赞，兄弟姐妹握紧拳，一路高歌，一路暖……"在歌声中，看着她渐渐露出的笑脸，我们的笑容也更加灿烂，浑身充满干劲。走访后没多久，我们根据她家的情况，协调村委医保局帮助她办理了慢病证。现在每次见到她都感觉到她比之前更加开朗了，劲头也更足了。

这就是我，一位普通扶贫干部在扶贫工作中的几个小故事，也许在大家看来太过平凡，但于我而言，这些是我在扶贫工作中难忘的经历和回忆，是我工作的缩影，是群众对我的认可和肯定，也是对我未来工作的鼓励和动力源泉。在51岁之际加入扶贫队伍，参与到这项伟大的事业中来，我深感终身有幸，不悔此生。我将再接再厉，坚守岗位，为打赢脱贫攻坚战贡献自己的力量，也创造属于我自己的难忘而美好的回忆。

我的上马村扶贫工作感想

刘俊文

2019年7月，山西省古建筑保护研究所派我到山西省文物局的扶贫点平顺县石城镇上马村参与扶贫工作。也许是我自幼出生于贫困乡村，以及工作多年来在佛光寺、南禅寺以一名“守庙人”的身份从事文物保护工作，让我早已习惯了扎根于农村的生活与工作。尽管我从未去过长治，但是对于农村的生存环境以及自然境况有大致认知，而这一次我将以一名扶贫政策“践行者”的身份真切地帮助那些处于贫困中的村民，我便感到发自内心的使命感与责任感。尽管我的工作可能微不足道，但是伟大的事业总是需要从毫末做起，守护国家文物如此，扶贫助困亦如此，我的责任从未改变过。

然而在接到上级的工作安排时，家中的妻子正在生病，双手十指红肿痛痒不能弯曲，久病难医，生活处处不便需要人照顾，家里还有小女儿在太原上小学需要接送。她们是我最爱的亲人，但是面对自己的职责，即便千难万难也不能耽误工作。在想办法安排妥家中事务后，我经过6小时的颠簸来到平顺县上马村，成为这里的一名扶贫驻村工作队员，开始了我的扶贫工作。

刚刚来到这个历史悠久的古老山村，闭塞、冷清是我对它的第一印象。通过进一步入户走访，我了解到村中人丁稀少不足百户，且大都是留守山区的老人，劳动能力有限，经济收入较低，但是在国家多年的扶贫发展之下，大部分村民已经摘掉贫困户的帽子。我们的工作就是进一步精准扶贫，不落一人，让全村人都过上小康生活。驻村工作是辛苦并且有意义的，入村后我们就住在村委，半个月才回一次家，这样我们就有充足的工作时间对村中贫困户进行深入走访，分析各户具体致贫原因，制订脱贫方案，提出脱贫措施，帮助贫困户提高经济收入；并且及时宣传最新的扶贫政策，将党的政策解读成老百姓通俗易懂的话语；还为村里建立了扶贫超市，将扶贫的政策、福利切切实实落实到老百姓身上。

同时我们也把工作任务落实到与村民生活的点点滴滴中。我们刚来时，村里还没有自来水，村里人吃水都靠挑井水。有一次我们在挑水时看到老乡不慎将水桶掉入井中，急得围着水井团团转。我们看到后立马找来钩绳帮他把水桶从10多米深的井里打捞出来。看到村民都自己拿绳打水,我们就想给井口安一条固定井绳,一是方便村民取水,二也是为了村民的安全着想。于是第二天我们便驱车到20公里外的镇上买了一条钢丝绳固定在井上,以后村民打水就安全方便了许多。后来在国家政策的大力帮助下,全村人现在已经吃上了自来水。

刘俊文入户讲解扶贫政策

入冬时节,看到村民不少住户没有御寒的门帘,山区的冬天又异常寒冷,于是我们又为每家每户送去保暖用的门帘。当我们敲门把门帘送到老乡家里时,老乡们又惊喜又感激。我们只是尽我们分内的职责做该做的事,但对于他们来说就是雪中送炭,我们用行动温暖了每一户村民,拉近了他们与我们的感情距离。到了2020年春耕备耕时,考虑到上马村的主要收入来源就是农业,而村民们每年都要花钱购买化肥,于是省文物局为帮扶村购置了一批有机化肥,由我们扶贫工作队负责发放给村民。在发放化肥时,看到有腿脚不便的村民前来领取,我们便扛起化肥"送货"到家。村民们对我们扶贫队干的一件件小事都看在眼中,我们也尽自己最大的努力去融入并改变着这个小小的山村,让春风化雨洒在每个村民心里。

扶贫无小事,每一件关乎老百姓生活的事情都值得我们去尽力完成,而扶贫所要完成的不仅仅是让村民的口袋富起来,更是要让村民的脑袋也"富"起来。认识贫穷才能摆脱贫穷,这是中华民族实现伟大复兴中国梦所必须完成的伟大事业,也是14亿中国人从富起来到强起来的必经之路。

情系农村的城市人

李 凌

我是一名中共党员，山西博物院办公室职员。从2018年5月到平顺县石城镇豆口村开始扶贫工作，在一年多的工作中，我从一个基层工作经历几乎空白的人逐步成长为一名优秀的扶贫队员。初到村里时，我不知道工作该如何开展。这个时候，通过学习扶贫政策和老队员传授基层工作方法、经验，我一头扎进了扶贫工作中。我一丝不苟，认真研究，迅速深入豆口村村民家中进行调查研究，同时结合在山西博物院的工作经验，不到两个月的时间，就对扶贫工作的基本政策、帮扶村贫困户的基本信息都有了较为详细的了解，掌握了扶贫工作的第一手资料。

初到农村工作和生活，我克服了很多困难。2018年夏天，我就打了一场跳蚤战。天气炎热，住宿环境潮湿，一夜之间，全身上下出现了无数被跳蚤咬过的痕迹，看着可怖，最后全部过敏化脓，足足有几十个脓包。同事们都劝我赶紧上医院看看，我嫌去医院太远了费事，于是，就到村上的卫生所买了药膏涂上继续投入工作。

群众所需就是扶贫工作努力的目标。为了尽快熟悉村里的基本情况，我开始入户走访调研，与村民代表座谈，听取困难群众的意愿，看他们想在哪方面得到帮扶，把贫困户的基本信息、致贫原因摸准摸实，一一记录清楚。白天入户走访深入群众，晚上整理资料录入系统，常常加班到凌晨三四点钟。家中年迈的老母亲住院、两岁的女儿因肺炎住院我都没有陪在身边，因为只有尽快摸清、摸准情况，才能为豆口村脱贫摘帽打下基础。

通过召开扶贫现场会，了解到村内存在饮水质量问题，在领导的支持下，扶贫队所有同志和相关部门协调争取，豆口村于2018年8月率先打井出水，彻底解决了村民的饮水安全问题。还争取到了文化送戏下乡、中秋节豫剧表演等活动，丰富了村民的精神文化生活。

在千头万绪的扶贫工作中，整个扶贫队的所有同志共同奋战在扶贫一线。一年来，我们始终保证驻村时间，严格做到“五天四夜”，从不因为个人原因耽误工作。村民们也对工作队的同志嘘寒问暖，从生活上关怀备至。在短短的一年中，我在思想上得到提升，能力上得到提高，从什么都不懂到现在也能说上几句当地话；从刚开始和村民说话无从开口，到现在能和他们坐炕上聊家常，讲讲党和国家最新的扶贫政策，让村民们感到亲切，愿意说心里话，让群众感受到党的温暖和关怀。

李凌在田里帮老百姓干农活

情系农村、让群众满意，是我奋斗的目标和永远的追求。我以自强不息的奋斗精神和爱岗敬业的工作热情，献爱于农村，服务于农民。在脱贫致富、创造幸福生活的进程中，我时刻体现着一名共产党员的先进性和真正本色。

上马村扶贫随笔

张洪峰

来到村里一年了，突然要写写这一年来的感受，我一下子还真不知从何说起。从一开始的失望和无奈，到现在的习惯和坚持，一路走来也说不清是什么感觉，也不知道如何去表达，就以一些凌乱的事来记录这一年来的经历。

到村第一天

第一次来到了上马村，天快黑了，第一印象很不好，除了村口的门楼，其他的建筑怎么说呢，整体感觉没有朝气。到了住的地方真的很震惊，还没有以前出差去过的村里的条件好，3人一间屋，连带的日常用品都没地方放，做饭还在屋里，有一股油烟味。还没坐下便知道了，村上没有自来水，吃水要去村口半山上的井里担水。我们刚来没有工具，去村主任家借了两桶水，为了省水，第一天刷了牙就睡了。第一天，总体感觉是无奈和失望。

担水扭了老腰

用水不便是个很痛苦的事情。人生第一次去担水，担了两个半桶水，路程也不算远，来回也就700来米。不过村里基本没有平路，路上有一个陡坡，还得上下几十级台阶，一趟下来花费了快40分钟，最终结果是水担回来了，腰给扭了，在床上躺了整整一周。之后用了两个多月时间每天练习担水，从开始的小半桶，到基本上一桶，虽然一路上还是有些喘，但是已经开始真正习惯了担水。过了半年，村里实施安全饮水工程，在村里设置了4处自来水供水点，有一处供水点就在我们门前不远处，这才体验到吃水不用担是多么幸福的一件事。

吃菜要到河南

上马村建在山上，公交没有通，买菜就成了一个大难题。一般我们来的时候在路上买点菜，有时任务重周末回不去，菜就不够吃了。开车的时候还好，背靠河南可以去那里买点菜，那儿菜种类多还新鲜，就是来回40多公里路有点远。没开车一时又回不去的时候就比较难过，菜得省着吃，偶尔花钱坐别人的车去河南买菜，有时村民从地里回来会带来点自己种的菜。这样过了多半年，一直到后来山下的村里有了卖菜的，买菜难的事情才算解决了。

床铺用凳来支

驻村的屋里开始只有床和厨房，带来的东西都只能放到地上，后来把厨房搬了出去，又在屋里弄了几个旧课桌，买了个整理箱，搬来两个沙发，屋子也就显得不那么凌乱了。睡觉的床不是很结实，有一天镇里来人，人比较多，就坐到我床上了，结果一侧的床沿给坐断了，后来用凳子支上用到现在，每天躺下都很小心。日常的生活条件虽然不尽如人意，但是慢慢也就适应了。

张洪峰入户宣讲扶贫政策

工作开始时的茫然

我刚到村里时，对于扶贫工作很茫然，该干什么、该怎么干都不知道。开始的十来天真是什么都不懂，每天都不知道要干什么，白天在村里转悠(来之前有个朋友告我到村里转转就都知道了)，可也没遇到两个人(后来知道了白天真的没有什么人在家，都在地里)，结果什么也没弄明白。有一天，我突然反应过来应该将之前的资料都认认真真看看，回去翻看了3天资料，虽然还是没记住多少东西，可是大概有所了解。于是就开始了我第一次认真的入户走访(晚上)。第一次入户，村里人基本都不认识，沿路只要看见家里亮着灯就往里走，进去了先自我介绍。大家态度都不错，很配合我的工作。用了大概一周时间，我才把当时住在村里的住户都走访了一遍。可能真的有点脸盲症吧，虽然都见过了，后来在村里碰上了，我只能说看着眼熟，对方是谁可是真的不知道。有的人见了十几回了，还是叫不上来，开始还问人家叫啥，问了三四回，也不好意思再问了。过了三四个月，我才把常常见到的人和名字对起来。就这样，工作慢慢地也步入了正轨。

安全饮水问题

村里最大的问题就是水源不足，之前打算打口机井，由于种种原因没有打成。日常用水大部分村民去村口挑水，不想挑水的村民有的会开上三轮车出去拉水，拉一车水可以用一段时间，总体来说日常用水很不方便。之前村里修建了水池，能存几百立方的水，但没有水源，光有水池没有水。后来通过有关部门协调，水源从山上老汉蛟的泉眼和村口的井里取水，修建了近3000米的供水管道，但水量有限，遇到2019年旱情，很难满足全村的日常用水。最后和镇里协商，修建300多米供水管道从山下的马塔村(村里有机井)抽水上山，在村里又建了4处自来水供水点，村民日常安全饮水问题才得以解决。2021年村里又实施了安全饮水提升工程，发放管道、电缆、水泵，让村民也能用上自来水。看着村民开心的笑脸，我也很满足。

入户偶遇

村里没有供水点前，不少村民家里都有旱井，县水利局每年都会给发消毒片。村民白天都在地里忙，所以晚上我和第一书记去挨户发放消毒片，并且告知他们注意事项。到了村民岳发先(她平常一个人住，女儿嫁到山下马塔村，儿子平常也不回来)家,刚过院门就听到有人“哎哟,哎哟”的喊声,寻声找去,发现岳发先倒在厨房门口起不来,一问才知道她是要进厨房吃饭时不小心摔倒了。我们赶紧小心地把她扶起来,她说腿动不了了,我俩慢慢地把她从厨房扶到屋里的床上,让她躺下。她的腿蜷缩着,我试着轻轻地按了按她的腿,没有大的疼痛,又试着慢慢地把腿放平,依我的判断她应该没有伤到骨头,休息下就好了。平常她就腿脚不便,这下动不了了,还是不放心她一个人在家里,急忙联系她女儿上山来,但女儿家里有事一时上不来。又联系村主任,直到有人来了,我们才离开她家继续发放消毒片。第二天一早,她女儿把她送到医院,她确实没有什么大事,在女儿家休养了一段时间就好了。之后我只要路过她家都会进去看一眼,没有什么事再走。对于独居的老人,日常还是要多一些关注,希望他们都健康平安。

扶贫扶志

村民日常缺少积极性,对于村容村貌等村中事务热情不高。我们在村里建起了扶贫爱心超市。超市并不卖东西,东西是用积分来换取的。我们会在开会的时候发积分,宣讲政策的时候发积分,参加村内卫生保洁活动的时候发积分,日常抽查发现村民家中打扫得整洁的时候发积分,清扫进村道路积雪的时候发积分,还有其他一些活动也会发积分。村民可以用积分在超市兑换日常生活用品、农药等物资。通过扶贫爱心超市的激励,村民参与村中事务的积极性慢慢地也调动起了,村容户貌也更加整洁了。我们的扶贫爱心超市实现了设立的目标。

夜晚的来电

村里的工作有些繁杂,不像在单位那么规律,晚上不时会有电话。大部分是村中事务,偶尔也会有村民给我打电话。记得2019年12月一天晚上9点多,我刚刚关了电脑准备下楼休息,突然接到王令见的电话:“张队长,麻烦你个事吧……”她和孩子长期在太原生活,母亲属于精神类的残疾。之前我打电话问过她家的情况,孩子当时上了高一,原来一直也没有在太原享受过教育减免政策,她让我帮忙问问学校是否可以享受这一政策。经过多方咨询,后来听说学校可以办理学费减免,但需要证明。一开始我们拍了扶贫手册发过去,但还需要网上的信息证明,并加盖公章。第二天一早,我就开车去镇里,打印出证明,盖上村里和镇里的公章。县里实在是不熟,辗转联系到她的亲戚,正好当时她要去县里,立刻又跑到那个村,把证明给她,嘱咐她尽快给办理。过了几天,我打电话询问结果,得知事情办成了,减免了

600元的学费。钱虽然不多,但确实落实了扶贫政策,让她们感受到了国家对贫困户的关爱。诸如此类的电话办起来虽然烦琐,但事情办成了总是有一种欣慰的感觉。

对家的愧疚

长期在村里,家里的一切都顾不上。上有老母,下有孩子。一回去看到满脸沧桑的母亲,迈着她那不灵便的腿给我张罗吃的;看着兴奋无比的孩子,在身边叽叽喳喳说个不停;看着妻子无奈的眼神……

这里写不下去了,感觉自己快哭了,有太多的牵挂和不舍。祝所有扶贫工作者的家人平安快乐!

平静背后显波澜

段双龙

2018年5月15日晚9点多，我历经8个小时的颠簸到达石城镇时，天一片漆黑，什么也看不到。然后乘坐支部书记耿富强的车在蜿蜒的黄花沟里向枣林村行进，那时我除了感受到汽车不断转弯而带来的身体倾斜和听到汽车爬坡时费力的轰鸣外，脑袋一片空白，心里是说不出的滋味。

君看白日驰，何异弦上箭。

转眼间，驻村扶贫已经两年了。此时回想这两年，万千感慨聚心头。经历了许许多多，现在却能很平静地去谈谈这些感受，而那份平静背后又有谁知道承载了多少心酸和感慨。

在这里，我感受到了历史的厚重

天亮了，当我站在枣林村的最高处，发现这个村庄自北向南坐落在一个缓坡上，黄红层次分明，就像一棵大树，北部高处的旧村是根是茎，南部往低处扩散的新村犹如新的枝叶徐徐展开。在旧村有民国村公所、尚家大院、解放时期枣林大队旧址、民国枣林界碑，一处处旧址见证着枣林的过往，散发着历史的厚重感，我想这应该就是枣林的根吧。

在这里，我感受到了扶贫工作的繁杂与不易

虽然出身于农村，但是没有真正在农村工作过，就不能理解真正的农村。扶贫工作是一个系统工程，从纵向来看，要按时进行扶贫对象的动态调整，完成帮扶责任人入户对接工作、贫困复核、贫困户信息采集、收支测算、线上系统信息更新及完善扶贫手册，迎接各级督导检查等一系列工作；从横向来看，又涉及低保、文化、慢性病、住院、培训、务工、上学、住房、金融、政策宣讲等。可谓千头万绪，每一项又必须到户到人。37户107人，庞杂而又琐碎。农忙时，老百姓白天在地里忙，好多工

段双龙入户宣讲扶贫政策

作需要在晚上进行。多少个夜晚我们深一脚浅一脚地走街串户，了解情况、宣讲政策。

通过一次次走访，一遍遍询问，我逐步建立起了枣林村的信息档案，并将其分类归册，彻底摸清了村情民情，夯实了驻村帮扶工作的基础。我也积极参与村里的其他事务，为村级建设贡献自己的力量。其中包括产权制度改革、文明村创建、农家乐申办、村级环境卫生整治、安置小区建设及分房等事项。

在这里，我感受到了责任与重担

2019年，经过一年扎实驻村工作后，我开始接任枣林村第一书记兼工作队队长。这一年，是平顺县脱贫摘帽之年。而当我要独自去面对这一份责任与重担的时候，那绝对是另一种不一样的感觉，是不安、是忧虑、是鞭策……我想，既然接下了这份担子，那就勇敢地走下去吧。

2019年是踏实奋进的一年。这一年，枣林村在山西省考古研究所的支持下建立了爱心扶贫超市。我想，建立爱心超市的意义非同一般，它同时承担着转变农民思想、提高农民素质的重任，是一件好事，但一定也要办好，各环节不能出一点问题。我在村里多次与村“两委”主干、村民进行交流、询问，探讨对爱心超市的建议。尤其是物资采购方面，我想所采购的物资一定得是村民最需要的，是村民认可的。

经过一段时间的征求意见后，枣林村召开支村“两委”会议，决定进行物资采买，也初步确定了采买的内容。我先后两次冒着酷暑前往长治进行物资采购，从货架到物品，每一件都是我经过深思熟虑后才进行采买的。比如创可贴，想着枣林村户户种花椒，村民天天干地头活，手上有个小伤口很常见，用创可贴一贴方便卫生又能避免感染，贴上它老百姓心里是暖的。我从《习近平关于扶贫论述摘编》中选取“坚持群众主体，激发内生动力”作为爱心超市文化墙的标语，以便广大干部群众深刻理解爱心超市的作用。结合爱心超市的运行，我们开展了扶贫政策宣讲、贫困户慰问、户容户貌整治、鼓励村民积极参与集体活动等一系列工作。

这一年，枣林村新时代文明实践站也逐渐铺开。“段书记，什么时候开会啊？”那是8月下旬，由于农忙，新时代文明实践站工作暂停了一周，村民便着急地开始询问。自新时代文明实践站工作开始以来，我们隔周于周四集中组织村民进行对政策的宣讲，村民已经养成了固定时间学习的习惯。我们通过集中宣讲政策、提高政策的知晓度，让贫困户明白自己都享受了哪些政策，还能享受哪些政策，确保国家政策的落实；也让老百姓知道，我们的党，我们的国家，一直都在努力，努力让人民过上更幸福的生活，让老百姓在享受政策的同时，也拥有一颗感恩的心。

这一年，我们还对田间路路基进行扩修。花椒是枣林农民最主要的经济收入来源，花椒种植关系到枣林村每家每户的切身利益。然而长久以来，去往田间地头的路荆棘满地，仅能容纳一人通过，更不要说旋耕机、三轮车，人们仅能靠最原始的方式进行花椒树的维护及花椒的采摘，农作效率极低，束缚了枣林农民的双手。田间路路基的扩修是所有枣林人多年来的夙愿，然而由于缺少资金而被搁置。时值山西省考古研究所所长王晓毅到枣林村进行扶贫调研，将此事作为帮扶的重点工作之一全力推进。之后我与驻村工作队员、支村“两委”一同对枣林村田间路进行了实地考察并征求多方意见，根据实际情况撰写了《枣林村田间路路基扩修报告》上报单位。单位立即召开会议进行研究。在会上，与会人员一致同意支持枣林村田间路路基扩修扶贫项目，拨付7万元用于田间路的修缮。于是，当挖掘机的轰鸣声传到村里，枣林人的脸上又一次笑开了花。枣林村原有的狭窄田间路变成了宽3米、农业机械能通到田间地头的“大道”。

这一年，我们尽力为老百姓排忧解难，为患癌贫困户办理救助金。“补助的那5000块钱到账了，你帮了大忙，太感谢你了！”胃癌患者的父亲孔和平激动地跟我说。

这一年，我们还逐步推进党建工作，规范了组织生活制度，创新方法管理流动党员，开展慰问活动、消费扶贫，为枣林发展谋篇布局。

我们坚守岗位，日夜鏖战，奋力拼搏，终于收获了成功。2019年，平顺县顺利脱贫摘帽。

在这里，我感受到了质朴

一次次走访，一句句问候，一件件实事落地生根，老百姓都看在眼里也记在心里。“小段，去我家吃点饭吧。”“小段，这是刚从地里摘的豆角，给你吃。”“小段，这是我儿子给我的红薯，分你们点蒸上吃吃。”就这样，一天天地相处、一点一滴地感触，我对枣林村及村民的感情悄然发生着变化。俨然，这里已经成了我的第二故乡。

在这里，我感受到了心灵深处的震撼

现在进出枣林村的黄花沟宽8米的柏油路，从20世纪60年代前的古道、到60年代后的山村公路，再到水泥路，最后到2017年拓宽后的柏油路全线竣工，近半个世纪的不屈不挠、数代人的奋力拼搏，终于彻底而且高水平地打通了这条交通要道，打开了一条通往沟外世界的路。这是一群值得敬佩与敬仰的人，他们向往美好、渴望富足、自强不息，我想这应该就是枣林的魂。

我也有愧疚与自责，亦有无能为力

每一个地方的发展，都有其特定的环境与复杂因素，尤其在农村。而我们驻村时间有限，不能扎根，这就是我们的弱点、我们角色的尴尬。旅游的发展非一日之功，传统产业的再发展也非一人之力可为，我的力量太过微小，能做的实在有限。枣林村的进一步发展，尚需时间、环境与机遇。

在这里，我也感受到了不解与愤懑

驻村工作也不是一帆风顺的。当一周去4次的贫困户冷不丁地说不认识你，又对你千般刁难；当拉架却反被讹诈，又该用什么去抹平那心头的创伤与愤懑？这里是抛却一切奋战努力的地方，这里是一心想尽力去用自己的微薄之力为之谋求改变的地方，可又能怎么样？只能忍着，毕竟……

我也感受到了来自家庭的包容、理解与别离的伤痛

这所有一切的前提，当然是父母妻儿的支持与奉献。记得当初决定驻村扶贫

时，刚刚生产的妻子强忍泪水说的那句“你安心扶贫，家里我会照顾好儿子，照顾好自己”，可谁又知道，这其中包含了多少辛苦、多少心酸、多少无奈，更有多少包容与理解。后来，孩子慢慢长大，每次离家去村里，最不忍的就是和孩子说拜拜，不忍看孩子那不舍的小眼神，那离别的痛楚反复戳痛着我的心。

每一份经历或许都有它的价值，值得去用心感受，也值得去感谢，因为它都带给了我们太多的成长。

又是一年5月，夜已深，天依然漆黑，但此刻我的心里却无比平静与明亮。衷心祝愿枣林这棵参天大树越来越茂密、繁盛不衰。

点滴记录驻村扶贫　坚守职责不改初心

李小龙

岁月不居，时节如流。从2017年响应省委组织部号召，来平顺县石城镇扶贫工作站挂职工作，到2020年与山西省文物局扶贫工作队的战友们一道决战决胜脱贫攻坚，已历3载。很荣幸能够作为亲历者参与其中，在农村基层见证中国全面小康社会的到来，这是可遇不可求的历史契机，更是镌刻于心的无上光荣与自豪。

回首往昔，历历在目。初到石城满怀激情与兴奋，蜿蜒崎岖的山路，乡风纯朴环境优美的农村，勤劳朴实、奋发向上的村民；通宵熬夜完善资料的繁忙，下乡防火排查隐患的艰辛，走村入户讲解政策的场景，迎检考核顺利摘帽的喜悦；甚至于不被认可委屈郁闷的失落，同事调动徒留自己的感伤……一切的一切都好似发生在昨天，每每想起心中总有波澜。

不能忘的是两年的挂职经历。“上面千条线，下面一根针。”在乡镇的日子里，我真切体会到了“基层工作的繁杂”和“一线人员的坚守”。石城镇有30个行政村，在平顺县是有名的大乡镇，但由于离县城比较远，条件艰苦，常年人员短缺，“一岗多责”可谓常态。我到石城以后，根据属地化管理的原则，按照镇党政联席会议决定，成为黄贝坪村包村干部。这要求我在做好工作站本职工作的同时，还要兼顾所包村的各项事宜，是挑战，更是考验。“挂职就要挂心”，为了能够尽快了解镇情、村情，较好地完成相关任务，虚心请教、入户走访、熟悉环境成为常态；交流学习、深夜加班、撰写日志则成为工作必备。犹记得2017年以前，石城镇仅有7个村脱贫，时至今日，全镇已高质量完成脱贫成效验收考核，顺利摘帽。这背后，是全镇干部群众共同努力、奋斗的结果。而一个期满考核的“优秀”等次，就是对我个人付出的肯定。

不能忘的是浓浓的“战友”情谊。在决战决胜脱贫攻坚的“战场”上，有幸能与许多“志同道合”的人结伴同行，这是一种幸运。县、乡的各级领导，镇机关的全体同事，“尖刀班”的同仁，各村的支书、主任、第一书记、工作队……大家共同组成一个团结紧密的集体，向着胜利的目标不懈努力。然而，“铁打的营盘，流水的兵”，离别总是伤感的，特别是作为一个“老人”，见证了同期山西省文物局工作队成员的调整，经历了其余7位挂职干部的返岗，眼看着两位扶贫专干离开石城，送别了工作

李小龙帮助贫困户测算收入

站到期的3位见习岗成员……内心涌起孤寂与凄凉，总归不能平静，只能在夜深的时候默默祝福，愿大家在新的岗位上安好。

不想忘的是平顺的“山水”和石城的“乡愁”。通天峡、天脊山、太行水乡、神龙湾挂壁公路、太行天路……堪称平顺的“窗口”；最美乡村白杨坡、明清古村豆口、圆梦山庄枣林、鸡鸣三省上马、世外桃源岳家寨……已经成为石城的“名片”！得益于自己骑行的爱好，使自身不会被交通状况束缚住双脚，可以利用闲暇时间，用车轮去丈量土地，用汗水去感受美景。两年的时间里，我骑遍了石城镇的所有村落，走遍了平顺县的全部乡镇政府所在地，体味着不同的风土人情，尽情陶醉于“绿水青山”之中。

不会忘的是驻村豆口备战脱贫验收，迎接“国考”的日日夜夜。从手册的规范填写、收入的真实测算、政策的逐项落实，到完善前期资料、整理台账、录入扶贫信息系统，保持线上、线下数据一致；从环境卫生整治、产业项目帮扶、爱心超市激励，到各单位帮扶责任人入户走访、了解近况、联络情感，巩固脱贫成效，山西省文物局局机关、帮扶单位、工作队、镇政府、豆口村“五位一体”形成合力，共同努力，终使豆口在贫困“歼灭战”中取得完胜，实现高质量脱贫，得到大家认可。尤其让人感动的是在第三方抽中豆口村的当天夜里，山西省文物局工作队全体人员自觉齐聚豆口村，有的帮助整理资料，有的准备手册，还有的去厨房给大家做了一锅热腾腾的汤

面，这种集体的关怀与温暖、后勤与保障让人感动，给人力量。事实证明，我们是一支积极向上，有凝聚力、战斗力，能经受住考验的团结的队伍，能成为其中的一员，是福分。

不敢忘的还有组织的挂怀与信任，家人的默默承受与付出。3年时间里，我曾3次站到台前，向山西省文物局的干部职工讲述扶贫故事、分享扶贫经历、汇报扶贫成果，并有幸获得山西省文物局"2019年度优秀共产党员"荣誉称号。正是局领导对扶贫工作的重视、局扶贫队队长对我的支持，才给了我这样的荣光。当然，我也要感谢我的家人，2017年10月接到下乡命令的时候，妻子已经怀孕6个月，如今孩子已两岁多了，我却依旧身处一线。是家人的帮忙才解决了我的后顾之忧。在此，我要感谢所有帮助过我的人，谢谢你们对我的爱护，未来我将竭尽所能进行回报。

旌旗猎猎，击鼓催征，需要的正是一鼓作气、奋勇向前的姿态和百折不挠、圆梦今朝的行动。曾经很多人问我，作为一个走职称的专业技术人员，用三四年的工作时间去扶贫，荒废了专业，会不会有些太亏？我想说的是，能够有幸参与到脱贫攻坚这项伟大的事业中，乘势而上，实践自我的价值，是值得一生骄傲、一生铭记的事情，我为自己能切身参与其中而感到自豪。

激情难忘的岁月

袁文明

依稀记得那是2017年的秋天，刚刚过了秋分，阳光和煦，天高云淡。在这个美丽的季节，我收拾好了行囊，推迟了原定于国庆节的婚期，奔向了一个新的战场——石城。石城是名副其实的石城，山峦耸立，群山环绕，太行山以宽广的臂膀怀抱着这个拥有30个村的小镇。山高、沟深、土薄是这里的真实写照。在石城我的主要工作是扶贫，一身兼两职，一职是镇扶贫工作站的一员，一职是驻村工作队员。基层不同于机关，工作复杂多样。面对突如其来的转变与困难，我没有逃避也没有退缩，而是勇敢面对，迅速调整心态，转变角色，全身心投入一线工作中。镇扶贫工作站负责全镇30个村的扶贫工作，可以说是全镇最繁忙的部门。工作多、任务重，人手短缺，作为其中的一员，我承担着镇、村两级扶贫资料的整理、完善、归档，以及贫困管理动态调整工作信息录入、移民搬迁的办理和资料的整理建档、国家扶贫开发信息系统扶贫信息的录入与修改等工作。“白加黑”“五加二”，更是家常便饭。让我记忆犹新的是2018年9月全县大观摩时的全镇扶贫工作大会战。这场大会战持续了半个月，早上6点钟坐车出发去村里整理资料，直至深夜才能回去。自开始到结束，晚上12点以前从未休息过，凌晨三四点能休息已是幸运。晨兴下乡去，带月乘车归，无疑是最为贴切不过的写照。付出与收获总是成正比的，在此次观摩中石城镇一举跃入第一方阵，打了一个漂亮的翻身仗。

扶贫工作不能脱离乡村，不能脱离群众，要入户走访，了解民情、民心、民意。我所在的王家庄片区，9个贫困村扶贫工作较为落后，作为片区中唯一一个从事扶贫工作的专业人员，自5月开始，连续4个月，我几乎每天都去村上入户走访，宣讲扶贫政策，指导填写扶贫手册，晚上10点以前从未回来过。努力没有白费，经过一段时间的辛勤工作，片区的扶贫工作得到了质的提升，由倒数第一名提升至全镇第二名。尤其是我所包的牛岭村，更是实现了华丽的转变。作为石城镇最偏远的村，基础差、底子薄、全镇排名倒数，是镇领导和广大干部对牛岭村的基本印象。从2019年开始，我同支村“两委”、工作队，对扶贫手册逐本逐户进行核实完善，更换全新的扶贫手册，对村级资料进行全面整理、完善、归档，对村容村貌进行深度治理

袁文明整理扶贫档案资料

改善。经过艰苦的努力，牛岭村的工作成绩得到了县、镇两级领导的高度认可，现已成为全县的标兵。

扶贫是我的主要工作，但不是我的全部工作。除了扶贫，我还包着村、协助分管领导负责文物旅游工作。身份多样、任务繁重，但我一样都没有落下。文物是古人遗留下来的宝贵资源，一旦毁坏，不可再生。石城镇具有较为丰富的文物资源，村村有庙是这里的特色。为了更好地保护这些资源，我积极与村里对接，签订文物安全责任书，加强对各村文管员的管理培训，切实将文物保护落到实处。截至目前，未出现一起破坏、损毁文物资源的事件。业余时间，我还在附近搞起了考古调查，先后发现多处旧石器时代遗址，不仅丰富了石城的文物资源，更为以后的旅游发展提供了良好的素材。与此同时，我还积极参与乡村旅游发展，先后参与筹备“古韵风情、记忆乡愁”平顺县首届美丽乡村摄影大赛、太行天路旅游公路石城段的征地补偿等工作，有力推动了全域旅游产业的发展。由于工作成绩突出，我先后获得“石城镇2018年度优秀扶贫工作队员”“平顺县2018年度优秀扶贫工作队员”“平顺县2019年度优秀扶贫工作队员”，以及“平顺县第三届十佳青年脱贫攻坚带头人”提名奖。

回首3年的扶贫岁月，我的心情久久不能平静。一桩桩，一件件，一幕幕，犹如一部老电影在我脑海里飘过。电影中，妻子站在窗前目送我离开的身影，眼睛里强忍着的泪水，微信里不舍的依恋与关心；父母饱经沧桑的脸庞，布满老茧的双手；小山村里宽阔的水泥路，拔地而起的安置房，大爷脸上满足的笑容；还有那早上出发晚上归来的石城至太原的大巴车……这是一段艰辛的岁月，亦是一段光荣的岁月、激情的岁月、难忘的岁月。于我的人生，它是美丽的风景，因为它教会了我坚忍、拼搏，教会了我“捧着一颗心来，不带半棵草去”。感谢有你，我的扶贫岁月！

责任使命在肩头　脱贫致富在路上

柴斌峰

2015年8月，我作为平顺县石城镇上马村第一书记开始驻村工作，2018年5月兼任该村扶贫队队长，2019年8月卸任。回想4年的扶贫工作，感触颇多，有辛酸、有感动、有悲伤、有欢笑。4年的基层锻炼给我的人生增加了绚烂的一笔，让我的人生更加充实。

上马村地处晋、冀、豫三省交界处，是一个鸡鸣三省的偏僻小村。

既来之，则安之。驻村后，首先我沉下心来，认真学习相关政策，同村干部同吃同住，入户走访座谈，访贫问苦，积极争取项目资金，改善全村基础设施，发展特色产业，为村集体的建设和贫困户的脱贫做了很多实事，得到了群众的一致好评。

大学毕业后，我一直从事博物馆工作，"三农"经验偏少，履职第一书记深感压力很大、责任很重，可是开弓没有回头箭，困难再多也不能辜负组织的信任。进村后，首先面临的是语言交流不畅的问题，经常听不懂村干部和老百姓的讲话。为此，我没事就到老百姓家里和田间地头同老百姓交流，学习当地方言，一段时间后，我既听懂了村民的讲话，也拉近了同村民的距离。

要扶好贫，就必须要了解国家的政策理论。围绕脱贫攻坚这一神圣的政治任务，我深入学习习近平总书记关于扶贫工作的重要讲话和精神，认真落实各级、各部门关于脱贫攻坚的部署和决定，深刻研读省、市、县关于精准脱贫工作的相关政策和文件。首先做到"自知"，再不断地给村民讲解扶贫政策，做到"众知"。上马村老百姓有不懂的政策都会主动向我咨询，我也有幸成为老百姓心中的"政策解读员"，极大地提高了群众的满意度。

党组织是脱贫攻坚的领头羊，我通过定期组织全村的党员干部学习党的政策、文件精神，认真落实"三会一课"，积极开展"两学一做"教育活动。始终坚持将党建工作与脱贫攻坚有机统一，始终将抓党建成效与脱贫攻坚的成果紧密结合。通过学习，进一步统一思想、拓展思路，保证上马村的各项扶贫工作顺利、有序开展。同时积极改善村集体活动场所，增设电脑、打印机、桌椅等办公设施，对图书馆、医疗室、路灯等惠民设施进行了翻修和重建。

上马村是典型的纯农业贫困村，地处太行山深处，土地贫瘠，干旱少雨，产业单一，基础设施落后，资金、资源短缺。我进村后第一件事就是挨家挨户走访，深入了解全村50户居民的基本情况，倾听群众意见、建议。我制作了上马村村情、民情表格，详细记录各家各户的人口、年龄、耕地、住房、饮水、职业、受教育程度、在校生状况、疾病、诉求等情况，并制作了分析报告。经常走进田间地头，和老百姓唠家常、帮助干农活的同时，我用心倾听群众最关心的热、难点话题，掌握第一手资料，做到对村班子建设、生产生活状况、民风民俗、民情民意了然于胸，底子清、情况明，为开展工作奠定了坚实基础。

通过入户走访，我发现该村有扶贫对象不精准的问题，部分老百姓对扶贫工作持敷衍和不信任的态度。为做到习近平总书记要求的"真扶贫、扶真贫"，上任没多久，我就进一步严格规范对象识别程序。根据国家"八不进"的要求，组织全村开展了"回头看"工作，将上马村不符合贫困标准的贫困户和空挂户出列，并私下里耐心做工作，以理服人，进一步做到贫困数据清、贫困底子明。同时，帮助贫困户制订帮扶计划和帮扶措施，建好一户一档，精准实施一户一册，为全面落实好扶贫政策提供了翔实、准确的数据资料。

上马村农业收入以花椒为主。为实现农民增收，我联系农业专家，组织村民积极开展花椒树提质增效培训，为农民提供花椒树修枝、剪枝、水肥管理和病虫害防治等技术培训，免费发放农药、化肥等物资。2018年，完成花椒树提质增效100余亩，亩产量由原来的40斤增到50斤，全村花椒树效益增长4万元，人均收入提高300多元。引进先进的农业种子和施肥、除草等农业技术，自费给上马村购买玉米播种机、农药、地膜覆盖机等农业设备，减少了村民的劳动量，提高了土地产量。

上马村于2014年11月入选"第二批全国传统古村落"，距离河南省红旗渠旅游景区仅有两公里，发展乡村旅游有得天独厚的优势。驻村后，我经过与村"两委"、主要领导干部和村民的交流，确立了上马村未来"发展乡村旅游、带动村民致富"的总体战略。成立了上马村乡村旅游开发领导小组，我担任组长，并负责制定总体规划和招商引资。经过4年努力，相关的乡村旅游设施已接近完成，越来越多的游客自驾来上马村游玩。2016年通过招商引资实现了上马村集体收入零的突破。同时积极协调上级单位，投入150万元建设村东大门和广场、停车场、文化墙；协调帮扶单位山西省文物局和山西省古建筑保护研究所，争取资金80万元，对上马村最大的玉皇庙和金华庙进行了修复保护；投入75万元建设步游道2.5公里；投入40万元建设旅游接待中心1处；投入10万元实施农家旅社提档工程2户，增加9个房间、18张床位。

"授人以鱼，不如授人以渔"，扶贫不是单纯地输血，而是要增强农户的自身造

柴斌峰帮百姓运送化肥

血能力。利用国家提供培训就业的机会，我组织全村有劳动能力的人员全部进行了乡村旅游接待培训。组织参加厨师、挖掘机、铲车等国家各种技能培训30余人次。协调帮扶单位山西省古建筑保护研究所出台转移就业帮扶方案，在单位施工地提供就业机会，实现外出务工创收5人，平均每人收入1万余元。

我也是农民的儿子，从大山里走出来，现在我要反哺大山里的人们。关心上马村特困户，特别是因病致贫的贫困户已经成为我的日常习惯。村里只要有人生病需要去医院，我都会主动开车送到医院，积极联系医生，办理相关手续；每年自费租车组织全村慢性病患者办理慢性病证明；贫困户王狗成得重病后，我个人捐款1000元帮助其治疗；2017年12月，为因病困难农户每户赠送200元、1桶油。我觉得，这才是干部最应该做的事情，是贴近老百姓最好的方式。

4年的扶贫工作已经让我和上马村融为一体。“一分耕耘，一分收获”，我以实际行动为自己的扶贫驻村工作写下了饱满而精彩的一笔。“责任使命在肩头、脱贫致富在路上”，虽然自己的第一书记任期已满，但今后我会持续关注扶贫工作，将扶贫责任继续扛在肩头，永不止步。

心系百姓 敢于担当

郭树广

我是2018年5月成为石城镇岳家寨村扶贫工作队队长的。在工作中,我不断调整帮扶思路、强化帮扶意识、落实帮扶项目、解决农村实际困难,使扶贫工作队驻村帮扶工作扎实有序开展,有力地改善了帮扶村的基础设施,提高了贫困户的生活水平。

一、走访了解村情民意

为了准确把握目前村级状况,有针对性地做好扶贫工作,我深入帮扶村贫困户家中与其交心交谈,倾听他们的心声,适时讲解党和国家的方针政策。通过认真细致的调研摸底,我掌握了第一手资料,对本村的基本情况、经济发展现状、群众脱贫愿望和扶贫开发规划等有了较深刻的认识。岳家寨村是石城镇最小的行政村之一,该村有3个自然庄,现有8名党员,2019年发展了1名新党员。岳家寨村全村人口共36户79人,其中贫困户11户19人,主导产业是乡村旅游及花椒种植。

二、几件具体的小事

一是在制订脱贫攻坚帮扶计划时,因地制宜,从“输血式”扶贫向“造血式”扶贫转变。首先,组织村委干部、驻村帮扶工作队外出到井底村、西沟、虹霓村等地学习,并积极筹集资金帮助贫困户岳松堂农家乐进行房屋改造。岳家寨村现有农家乐22家,床位400张,户均年收入1.2万元。其次,引导群众做好乡村旅游特色产品,如花椒、核桃、龙柏芽菜等产品的销售。

二是积极联系平顺县林业局,将岳家寨村没人打理的荒山建成青翘采摘基地,占地面积达200亩,解决了7户贫困户的就业问题,让荒山点亮脱贫路。

三是协调30余万元资金修缮两座蓄水池共400立方米,改造厕所3处,实现自来水管道户户通。全村的村容村貌有了明显的改善,群众的脱贫意愿更加强烈。2015年,岳家寨村整村脱贫以来,11户贫困户顺利脱贫,无一户返贫。

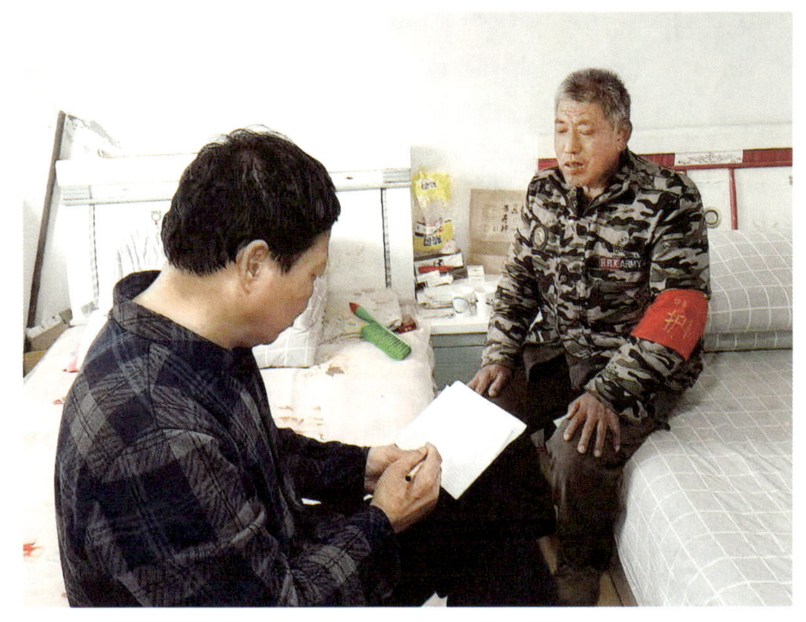

郭树广入户核对贫困户信息

四是利用电脑为每个贫困户建立纸质档案，并在电脑上录入贫困户住房、本人照片、户籍、一卡通、家庭成员等信息，以便随时查询和动态管理贫困户信息。

五是组织单位结队帮扶干部走访慰问。2019年4月，为贫困户岳云令和张扎根送上慰问品；中秋、国庆节慰问五保户，送上爱心慰问品；年末开展“送温暖”活动，为11户贫困户送上米、面、油。组织走访活动，既让贫困户感受到党和国家政策的温暖，同时又拉近了单位结队帮扶责任人与贫困户之间的距离。

六是在多次走访调查过程中，发现贫困户岳云令、岳书勤家人完全符合申请残疾证的条件，但他们不知道如何申请。得知此情况后，我与驻村第一书记主动为两位贫困户到村委、镇残联、县人民医院、县残联申请残疾证，经医疗专家确定，两位村民符合残疾标准，现已拿到残疾证。贫困户岳松堂夫妻二人在村里开了农家乐，是村里的致富带头人，每年旅游收入都在5万多元，2019年县里奖励他们5000元。岳松堂高兴地说：“都是党的政策、政府的支持、帮扶单位帮助的结果。”

70岁的五保户岳忙枝独身一人，2017年做了胃切除手术，无依无靠，生活很困难，我就经常去老人家里看看，帮他买些生活用品，给他备些常用的药，每次回村都给他带些干粮。老人感动地说：“帮扶单位的人成了我的亲人了。”

七是2017年单位投资给村里改建了岳家寨供销社博物馆，70多岁的岳晚增老人说：“我在供销社干了58年了，以前靠背篓步行进货，现在条件真是好多了，经过改造，我们的供销社博物馆更有特色了。”2019年，岳晚增老人被评为“长治市供销社背篓精神”称号，捧回了牌匾，老人高兴地说：“全靠党的政策和帮扶单位的支持才有现在的供销社啊。”

“不一样”的脱贫攻坚

贾 伟

在我的印象中，贫困村就是一个到不了的地方：没有尽头的盘山土路，弯弯曲曲紧挨着悬崖，下雨更是无法通行；冬暖夏凉的土窑洞，睡的大通炕；得去1公里以外的深井打水；没有信号，没有网络；还有操着满嘴听不懂方言的村民，面朝黄土背朝天。

在我的印象中，扶贫工作就是所有人想要的退休后的生活。没事在村里转悠转悠，无聊了爬会山等。

2020年5月23日，接到院领导的电话，派我去扶贫，让我考虑一下。我脑子里就呈现出上面所有的画面，分分钟就答应了，一晚上兴奋得睡不着觉，我媳妇说我神经了。至于为什么，我也不知道。

然而，一切的想法，都在2020年5月23日开始悄然发生了变化。这些变化，都在向我展现着一个和我印象中“不一样”的贫困村，“不一样”的扶贫工作。

所见所闻，展现脱贫成效

5月25日，我开上车，载着闫丁、段双龙，揣着激动而又兴奋的心情前往枣林村。太长高速、青兰高速、324省道、石自线，一路坦途。进村的路不是紧贴悬崖的盘山土路，而是畅行在太行山间且带有护栏宽8米的柏油马路，虽曲折蜿蜒，但与云环雾绕的太行山相匹，更显风景这边独好。在石自线中段，到达了枣林村。进入村庄，干净整洁，没有牛粪、猪粪的臭气熏天，没有泥路、土路的满天飞尘，给人的是一种宁静、祥和，好不美气！

下车后，段书记和村里联系安排驻地。不一会，村主任代林科自己背着床，还有一个阿姨一个姐，都来帮忙给我们收拾驻地，好不热情。代主任和我说：“小贾，来这就是到家了，缺什么少什么的，随时和我说。”一起来帮忙的小丽姐也说：“不合适了就来我家吃饭，我给你们做上。”我的心里感觉好暖啊，虽离家数百公里，来了这里，我却没有感觉到陌生。

贾伟整理扶贫资料

很快收拾好了驻地，段书记开始带我熟悉村里的情况。深入枣林，仔细端详它，和我想象的实在不一样。枣林村分旧村和新居两部分。所有的道路全部硬化，现在村民们都住上了三层高的楼房，自来水入户，现代化的厨房、卫生间，家里电器设备如冰箱、电视、洗衣机样样不少。网络宽带、手机信号都没有问题。村民们也都衣着整洁，精神面貌良好。在村里，村民们热情地与我们交流，我感觉到了村民们对我的热切欢迎。从安排驻地到在与村民的交流过程中，我感受到扶贫队在枣林村有着良好的群众基础，也深受老百姓的认同。

之后，我们又到了山西省文物局出资修缮的民国村公所、龙王庙，帮助装修的卧龙潭宾馆、爱心超市，这些都是省文物局、考古研究所发挥自身行业优势助力枣林村发展乡村旅游产业的项目。在山西省文物局、山西考古研究所、驻村干部、各行业部门及社会的全力支持下，枣林村于2016年已经脱贫，经过几年的巩固，如今，村民“两不愁、三保障”问题得以解决，村基础设施建设、基本公共服务得以完善，村集体经济逐渐壮大，人民生活也越来越好。

所感所知，体会工作不易

经过近半年的工作，我发现，真正的扶贫工作和我想象的也实在不一样。

记得有一次段书记早晨5点多就把我拉上山，为村里修蓄水池进行调研，一起去的还有村里的和平叔和俊科叔。在后峧沟，经过3个多小时的翻山越岭，我已经累得直不起腰来了，回头看看和平叔大气不喘慢悠悠地紧跟其后，我问他："叔，你不累吗？"他说："不累啊，习惯了。"我轻装就累成这了，想想村民们每次来给花椒树打药，上山还得背着几十斤水，其中的艰辛难以想象。拍照、记录，能干点啥干点啥，尽点自己微薄之力吧。调查完第一个，还有第二个、第三个……我已经半躺在地上了。

我本是抱着养老的心态来的，可是我错了，来了将近半年，从填写扶贫手册、整理扶贫资料，到完成镇上给安排的一切工作，整天有干不完的琐碎活。从6月份开始，为迎接全国脱贫攻坚普查而做前期工作，更是没白天没黑夜地加班。后来实地调研田间蓄水池，我跑遍了枣林村的山山沟沟，虽然累，但是却觉得好有意义。

和我印象中"不一样"的贫困村、"不一样"的扶贫工作，展现了枣林村扶贫工作的扎实有力、脱贫成效的显著。我为能亲身参与这场与贫困的时代之战而感到无限光荣、自豪。经过数年的艰苦奋斗，枣林村的脱贫攻坚战已经打赢，对于后来者的我，更希望能以此作为起点，努力工作，尽职尽责，做好脱贫攻坚与乡村振兴的衔接。

我的扶贫路

荆泽健

小时候，望着远处的大山，总在想大山深处会有什么，有人生活吗？有炊烟升起吗？从小到大，一直没有机会真正深入大山，了解大山。

机缘巧合，在我27岁的时候，根据单位安排，我来到平顺县枣林村参加驻村帮扶工作，加入这场必定载入史册的“脱贫攻坚战”。

相遇相识

2019年7月14日，我独自一人开着车，穿过隧道和高架，越过重重山峦，经过近5个小时的车程赶到了枣林村。

那天行驶到北耽车乡的时候，下起了暴雨，雨刷都已经刷不过来了，平时车流量很大的324省道上空无一车。面对着一边是大山、一边是河流的路况，第一次走山路的我不敢开了，只好找了个安全位置把车停下，打算等雨小一点了再出发。夏天的雨来也匆匆去也匆匆，雨过天晴之后的山路，格外的干净，格外的清爽，尤其是进入黄花沟，让人有一种心旷神怡的感觉！

来到村里，正好赶上县里组织的第三方检查，行李还没来得及收拾，我就投入了迎接检查的准备工作中。初次到来就这么紧张，不过在准备过程中也让我很快了解了村情民意，也算大有收获。

我也是农村孩子，从小在村里长大，对农村的情况也算了解，但是到了这里，发现跟我了解的农村不一样。这里位于大山深处，土地资源有限，每人平均不到一亩地，而且七零八落的，老百姓们去地里干活都要走很远的路。这里人口稀少，最大的村落有千数来人，大部分村都是一二百人，我所在的枣林村总人口150余人，贫困人口37户107人，而且大部分年轻人都在外地打工，留在村里的大都是老人。因为村里没有学校，儿童也很少，大部分儿童在镇里的学校寄宿，到了冬季，村里仅有不到30人。这里自然条件较差，老百姓以种植花椒为主，得天独厚的条件使得平顺的“大红袍”花椒远近驰名，但是没有粮食作物也使得这里的生活比较困难。

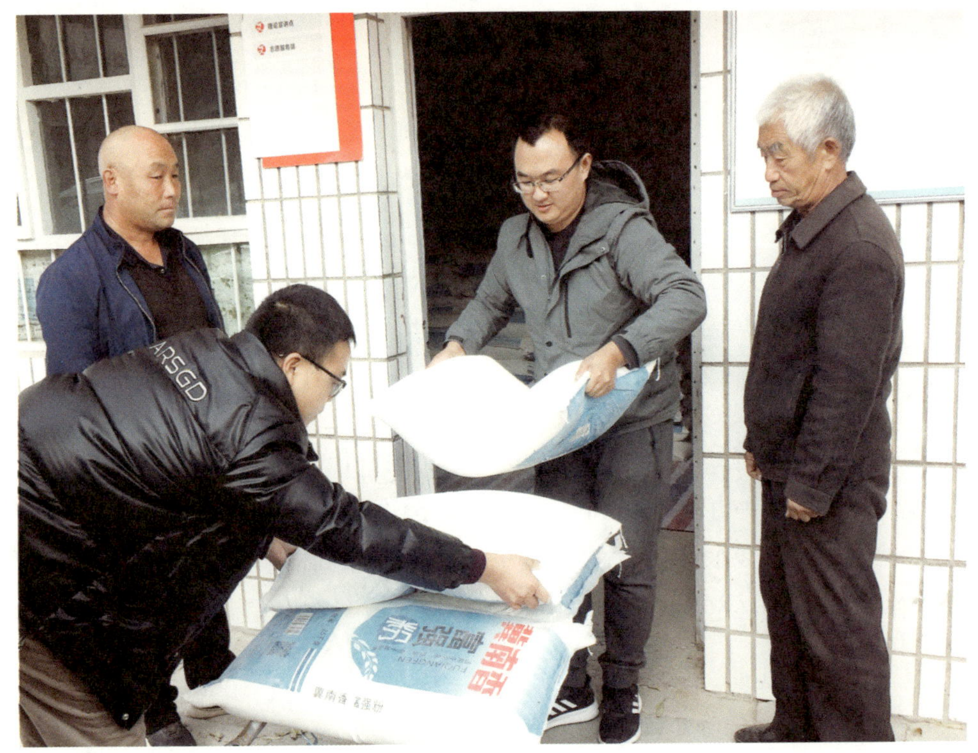

荆泽健帮助百姓领取慰问物资

近年来,这里发展得很快,整个黄花沟的路都修成了双车道柏油马路,公交车通到了家门口。村民们喝上了深井自来水,住上了崭新的移民小区,生活条件改善了,精神面貌也好了,村民们发展乡村的动力更足了!

相知相伴

初来乍到,很多朋友都问:你们一个搞考古的单位能去帮助人家贫困村做什么?我也有很多疑问,在枣林村我们到底能做什么?慢慢地,我发现我们可以做的太多太多,抛开我们专业及业务本身,我们深入户下宣传扶贫政策,收集贫困户的家庭基本情况,做好村里贫困人口的动态调整,帮贫困户算好经济收支,帮助他们排忧解难;结合我们单位性质和职能,配合单位搞好对口扶贫项目建设,对村内文物古迹进行修缮,为沟里的乡村旅游提供支持;开设"新时代文明实践站"和爱心超市,丰富老百姓业余生活等,扶贫与扶智同步开展,让村民不仅富了口袋,而且也满了脑袋。

我们一天之中最清闲的时间应该是傍晚时分,在地里劳作了一天的村民们回到村中,端着饭碗有说有笑地聊着,我们也趁这个时候在村里转转,跟村民们拉拉家常,聊聊村里发生的事情,拉近他们与我们的距离,加深彼此之间的了解。时间长了，枣林村村民对我们很热情，我们也将枣林村当作自己的家。隔三岔五会有大爷大妈给我们送菜送馍，有时候我们工作忙得顾不上做饭，村里乡亲就来叫我们去他们家吃饭。我们自己闲暇时也会叫上几个人来一起吃饭，就在这一来一回之间，我们的感情更深了。

在农村最热闹的时候就是有人家里办事，全村老少爷们在村委大院支起灶台，吃那一碗大锅饭。不用请外面的厨师，大家八仙过海，各显神通。妇女们洗洗涮涮，两三个老爷们掂起饭勺，年轻孩子们端起盘子，似乎一切都不用专门安排，都能找到自己的活，这或许就是大家怀念的农村文化吧。我们在这个时候也融入其中，同吃一锅饭，拉家常聊发展。

驻村时间长了，总会有些磕磕碰碰。有一次去户下发放政策明白卡，有个人喝了点酒，就找各种问题。我们找来村支书出面才压住了场面，最后才得知这位村民是因为家庭矛盾导致他借酒消愁，正好碰上我们入户，就撒酒疯把怨气发到我们身上。

2019年年底是平顺县脱贫摘帽迎检的关键时期，期间我们最长的驻村时间是连续一个多月没有回家。每天重复入户、整理台账。在焦急的等待中，有一份期许，有一份紧张，就像小时候考完试等待公布成绩一样。

2020年2月27日，经山西省人民政府批准，平顺县等17个贫困县正式退出贫困县序列。经过数代人的努力，我们在这场战役中取得了阶段性的胜利。

驻村的这段时间，我们同枣林村村民相知相伴，把大部分时间跟精力都奉献给了扶贫工作。由于离家比较远，本来同家人相聚的时间就少，加上工作繁忙，能够在一起的时间更是少之又少。338公里，是家的距离，是角色切换的距离。每次回到家中，我都尽量去把所有家务都干了，都会给孩子买点玩具、零食，弥补不能在身边陪伴的遗憾。

共同圆梦

枣林村有个“圆梦山庄”，它的创办人是前任村支书赵永翔。赵书记为了报答当年村民集资救助他父亲的恩情，放弃了太多外出及升迁的机会，坚守在黄花沟10余年，现在从黄花沟到河北雪寺村的柏油路、枣林村的深井水、移民小区等，都离不开赵书记的辛苦付出。他创办的圆梦山庄，正是利用黄花沟的自然条件，发展乡村旅游，带动沟里村民摆脱贫困、共同致富。正是赵书记的初心，让我感觉到感动的人就在身边，感动的事每天都在发生。

大山深处有希望，正是因为有习近平总书记对于脱贫攻坚的高度重视，正是因为有许多类似于赵永翔这样的乡村干部和第一书记、扶贫工作队"不忘初心"的奉献之心,正是因为有无数淳朴的村民自力更生、艰苦奋斗的决心,才会有我们今天脱贫攻坚战的伟大成就!

"不积跬步,无以至千里;不积小流,无以成江海。"在太行山深处,有那么一群可爱可敬的人,他们守护着脚下的土地,从一点一滴做起,带领着广大群众一步一个脚印地向前走。坚信所有的付出都会有收获的!衷心祝愿枣林村的明天更美好,黄花沟百姓的生活越来越有滋味。

我和农村的另一段情缘

扶贫队员闫丁之妻　陈汾霞

当2020年的这个特殊春天终于向我们展露出原本姹紫嫣红的色彩，老公也下乡扶贫满一年了。过去的这一年，对我们这个小家而言，是艰难而漫长的，然而每一位成员都得到了锻炼和成长。

这一年，我慢慢习惯了靠自己撑起这个家，在工作和家庭之间艰难平衡；这一年，儿子学会了独立洗碗、扫地、拖地、下楼打水、购物，能自己列学习计划并逐项完成；这一年，往日常年正装的老公变成了穿着休闲运动装的邋遢模样，我十几年娇养的他，如今也在那太行山深处的小山村里学会了自己洗衣做饭。曾经需要彼此依赖的我们，有了各自独立的风采。

我记得，2020年春天他突然接到驻村扶贫工作任务的时候，习惯了稳稳的幸福的我们都难以接受。当时8岁的儿子在了解了爸爸的新工作以后，愤愤不平地喊："为什么他们不能自己努力去挣钱，还要靠别人去帮忙？"

2020年冬天的一个周末，我带着儿子去探望驻村扶贫的老公，路途漫长而艰险，山村冷清而寂寥，吃住环境简陋。归来已数月，每每想到这里，我总忍不住落泪。

清楚地记得，返程的大巴上，儿子对着车窗玻璃上的雾气画着凌乱的线条，后来我才发现他在偷偷抹泪，追问之下他说"舍不得爸爸"。回来几天后，他和我说："妈妈，以后我穿小的旧衣服能不能让爸爸送给村里的小朋友？"

我和老公都来自农村，通过10余年苦读走进城市，而过去的这一年，种子、化肥、春种、秋收、林区防火……这些话题串联起我们家一整年的聊天记录，那个叫作平顺县白杨坡村的地方和老家的界限越来越模糊，就连儿子的梦想也变成了养猪。曾经，我们拼尽全力想逃离的生活，以这样一种形式复活了，并将继续延续下去。

我想，一定是我们和农村还有未尽的缘分，值得好好珍惜。

这一两年

扶贫队员吕宏强之妻　刘　静

2019年7月15日，我像往常一样欣喜地在家里等着丈夫回来，想要告诉他孩子摇号到了新道街小学。我们的宝贝到9月就是一名光荣的小学生了，而我们也将迎来新的生活。不过我还没来得及充分表达自己的喜悦之情，他就一脸严肃地说有事要和我商量，他说他想去参加扶贫，要走一年左右……这无疑是给我如火的心情浇了一盆冰水，眼泪如断了线的珠子落下来。缓过神，我眼前是这样一幅景象：山区里破烂的学校，孩子们求知的眼神；崎岖的山路，老人们拄着拐杖，望着渐行渐远的亲人；烈日下晒得黝黑的农民在地里干得热火朝天，女人们在田边数着指头，苦于花椒、核桃没有销路……

"好吧，你去吧，家里的事不用操心。"我故作心宽地说。

"去吧，去吧，家里的事有我们呢。没事，年轻人，以国家、事业为重，出去锻炼锻炼是好事。"公公婆婆附和着。

丈夫没有说话，只是欣慰地笑着，而我对他要去扶贫的事不但没有犹豫，还有一些小期待。

随后，身边有了越来越多反对的声音："孩子还小，你怎么忙得过来？""你又要上班，又要带孩子，太累了。""孩子在上学的关键期，爸爸不在怎么行？""家里四个老人，一个孩子，没事便好，万一有什么事，你可怎么办呀？"

一向争强好胜的我，在工作中虽然兢兢业业，但对家里的事却甚少插手，殊不知，家里的烦心事才是一团乱麻。

记得每次回来，孩子都会缠着要爸爸、要抱抱……我们以为这只是孩子在撒娇而已，并没有当回事。可是随着日子长了，孩子每天晚上哭着要爸爸，我们只能不停地劝孩子，让他等了又等。看着孩子哭花的小脸，我心里说不出的心疼，渐渐地，我开始每天盼着丈夫回来。

可是，丈夫回来后说得最多的不是对我们这个家的关心，而是扶贫工作，弄得每次聊天，都像汇报工作一样：XX家的慰问品还没送到，得下周赶紧送；入户了解了哪些情况，还需要再努力做些什么，预计下周可以做到哪步；危房改造情况、数据入库情况、资料汇总情况、收入测算情况、手册填写情况；等等。连我们这些门外人也快成为扶贫达人了。

2020年9月，我在医院体检时发现身体有个囊肿，大夫说需要马上做手术，让家属来签同意书。我一边故作坚强地要求自己签字，一边抹着眼泪不知所措。丈夫的辛苦我是看在眼里的，但是，那个时候我感觉自己委屈极了，回家后，我整天闷在家里，就盼着丈夫能早点回来，可是好不容易盼回来了，他说的念的还是村里的事。久而久之，我觉得自己被冷落了，我有时觉得委屈，有时觉得不值。也许丈夫也意识到我们之间出现了问题，在回来的日子里越来越包容我，不管在外面多苦多累，回来都抢着替我分担家务，为了哄我开心，他用书信传递他给我写的诗，看到他口语般的诗，我“扑哧”一声笑了。

“大好河山我饱览，一行四人出来干；扶贫攻坚虽艰难，不及我们意志坚。家中生活被打乱，贤妻一一化解完；心中对她有亏欠，待到日后如数还！”

其实，我知道全中国千千万万个奋斗在一线的扶贫工作者都不容易，家里都会遇到许许多多想象不到的困难，只有得到家属的充分理解与支持，这些时代的英雄才能无后顾之忧地去投入扶贫工作中；我知道一代人有一代人的担当，一代人有一代人的使命，那句“不忘初心”更是要我们用那颗初心去服务、去奉献，在为扶贫做贡献中实现自身价值。如今的我，早已在用心去感受丈夫的付出，以爱之名，愿同丈夫一起奋斗在扶贫一线。待到夕阳西下，我们再回想起这段光辉的历程，可以坦荡地说：“我们无愧于祖国、无愧于人民，我们是真正的共产党员。”

太行深处的生活

扶贫队员郝凯之妻　李雅君

其实对于黑先生不在身边这件事已经习以为常，我本身是个无忧无虑的乐天派，生活在自己的小世界里自由自在，而且恋爱期间就是异地恋，而我们恋爱了10年才结婚，所以婚后的异地生活从两人的情感上来说并无太大影响。但是我却忽略了一个问题，结婚以后会有小天使来报到，不再是简单的两个人的生活。

我家黑先生在我生完小孩一个月后就下乡扶贫了。月子里有妈妈、婆婆无微不至的照顾，没有太多感觉，仅仅有点不舍和依恋。然而事实并不是我想象的那样，照顾得再好也代替不了黑先生的存在，这时候我才知道，曾经那个晚上温暖的怀抱，简简单单却是那样的不可或缺。很多时候我就想哪怕他什么都不做待在我身边，我也是开心的，因为有那么一个人，给我的感觉是任何人都无法替代的，也是一辈子不可或缺的。

不知不觉黑先生下乡扶贫已经两年了，孩子他是基本顾不上的。截至现在，孩子打了13次预防针了，没有一次是他陪着我去的。黑先生家是四世同堂的大家庭，家里一向是大事不出小事不断，尤其爷爷年老生病，有脑梗和脑萎缩的后遗症，每天喜欢念念叨叨，每到这时候就特别想念黑先生，因为家里只有黑先生能完美地把爷爷安抚下来，屡屡这样的情形让我目瞪口呆又惊叹不已。厉害的黑先生，离不开的黑先生！

日常的聊天中，黑先生经常问我家里有没有什么事情，我都会说没事。一个人在外面打拼本就不容易，我在家做好自己的事情，让他安心就好。但是却又有很多鸡毛蒜皮的小事，在当时很想给他念叨念叨，可等他问起来或者回来时候我却又不知从何说起，深藏在心底的一个角落，等待以后慢慢翻出来，坐着摇椅慢慢回忆。

扶贫心

扶贫有感

山西省文物局　王晓东

参加山西省文物局的扶贫工作已10年有余。还记得在吕梁市石楼县扶贫时，修路工地上的大汗淋漓；记得在长治市平顺县石城镇豆口村我局捐建的希望小学开学的红火热闹；记得在白杨坡村种植花椒树；记得局里给帮扶的5个村修路、打井、建生态博物馆；更忘不了我的结对户岳根生、岳晚梅两口子，我在他们家坐过炕、吃过饭、唠过家常、送过温暖。花椒红了、柿子黄了，白杨坡的夜空亮了；家电齐全了、收入上线了，脱贫的笑容打心底里绽放。

来自农家的孩子，心里还恋着那方热土。乡情，心田永驻。割不断，不舍离。

王晓东在白杨坡帮助种花椒苗

有一种感动来自帮扶

山西博物院 韩腾飞

人的一生会经历许多种感动，这种感动既可以来自家庭，也可以来自学校，更可以来自工作。在家庭里，为父母做一件力所能及之事，父母就会感动，自身也会受益；在学校中，为同学分析一道难题的解题技巧，同学就会解惑，自身也会开心；在工作上，为岗位多操一份心，为同事多担一份责任，领导就会放心，自身便会释怀。

我是一名基层服务人员，也是一名共产党员，来山西博物院工作已有10余年，这些来自家庭、学校和工作中的感动我都经历过，正因为我觉得这些感动的经历十分美好，因此我便将它们都保存下来，珍藏在我最美好的记忆当中，希望我可以时常怀揣一颗感恩之心去继续发现生活中其他的感动和美好。而这次我要讲述的感动来自帮扶，是建立在我作为一名帮扶责任人和贫困户之间的一种交流和感动。

自从国家实施精准扶贫的帮扶措施以来，我院结对的帮扶村是长治市平顺县石城镇的豆口村，我作为一名共产党员，同样也有帮扶的贫困户，我和贫困户之间的帮扶关系可以说是从羞涩到成熟最后到感动的一种情感升华。

记得那是2017年的一个秋天，我院党支部要求所有有帮扶对象的党员去豆口村实地慰问贫困户。这趟帮扶和感动之旅也随之拉开了序幕。我的帮扶贫困户是张胜堂，家中有一个先天智力残疾的儿子，而他爱人也做过一次妇科手术，因此家中的劳动就都落在了户主的肩上。由于这次是头一次来豆口村，我也从来没有和村民打过交道，因此心里还是略有一点紧张的，担心村民的方言听不懂，琢磨如何可以给贫困户留下一个好的印象。虽然万事开头难，但既然已经结对帮扶，就要深入了解贫困户的实际信息，和户主建立起一种真正的沟通和帮助才行，因此我将自身的心态做了一个调整。在稳定情绪后，我在当地村民的引领下来到了户主张胜堂家。说实话，虽然我调整了一下心情，但是敲门的一刹那心里还是会有一种莫名的紧张。不过还好，一名中年妇女很快就开了门，她开门之后还没等我说话，就拉着我乐呵呵地说："小伙子，你是扶贫队员吧，我们早就听说你们今天下午要过来慰问，所以我中午连觉也没睡，一直在家等着你们呢。我爱人去地里干活去了，有什么需要帮助的和我说就行！”由于大娘十分健谈，因而一下子就打破了我们之间可能尴尬的局面。听着大娘朴实的话语，我的心态平和了许多。头一次的对话我只是基本了解了一下贫困户的家庭情况，虽然我的话语不多，但是我从心里喜欢大娘的朴实，希望通过我的慰问可以为他们全家带去祝福、送去温暖。

如果说头一次的慰问还略显羞涩，那么第二次的慰问我就成熟了很多。2018年我去了3次。虽然3次慰问依然没有见到张胜堂本人，但是每次我和他爱人的聊天还是很愉快的，我们不仅会聊到各自的身体情况和生活状况，还会聊到一些乡村建设和城市发展等社会层面的问题。在这一年里，我感受到的不仅是大娘言语的朴实，更是大娘内心深处对乡村发展和社会变化最真实的看法，还有对我们扶贫工作的认可和支持，我可以感到大娘每次和我对话都是心存感激的。

在2017年和2018年这两年当中，通过我的走访和慰问，我对自身的扶贫工作有了更为深入的了解，我作为一名帮扶责任人为贫困户带去的不仅是一份诚挚的慰问，更是一份坚定的信念。2019年我走访贫困户4次，我印象最深的就是第四季度与户主之间的沟通和交流，因为这次贫困户主一家三口都在家中。记得那是一个初冬时节，入住豆口村时，西北风呼呼地刮着，但是凛冽的寒风依旧挡不住张胜堂一家的热情。这次一进家门，大娘就把刚刚洗好的小酸果给我拿了一把，还给了我好几个晒好的柿饼，她说我来的这个季节刚刚好，正是吃柿饼的季节。望着大娘热情的眼神，我也不好拒绝，就尝了一个柿饼，酥软和甜香的口感更让我感受到了村里人的敦厚和质朴。而还在我沉思遐想时，大娘从阳台上又拎下一个沉甸甸的麻袋，麻袋里装满了核桃。我已经明白了大娘的心意，于是我和大娘推脱了起来，但是最后大娘还是装了一小袋核桃塞到了我的双肩包里，她说我们这里的核桃比你们城市里的核桃好吃，少带点也可以给家人和朋友一起尝尝。话已至此，我握着大娘的手久久不愿离开，也许，这就是我和大娘发自内心深处的一种感动。这种感动，对大娘而言，是对我扶贫工作的肯定；对我而言，是对大娘真挚情感的肯定。离开户主的家中，我的眼睛湿润了。通过这两年的扶贫结对和入户走访，我收获满满、信心满满。

2020年是脱贫攻坚收官之年。对于我来说，这3年的扶贫经历已经给我的人生带来了很多感动。我想，人活着就是要多付出、多奉献，用一颗诚挚之心去感悟人生道路上的诸多情感。只要你善于发现，真情就会无处不在；只要你善于捕捉，感动就会伴你终身。

扶贫感悟

山西博物院　史倩羽

接到这次关于收集扶贫事例的通知后，我一直迟迟未动笔，因为我觉得自己是没有资格去写这篇文章的，接到这个任务时脑子一片空白，一直在努力回想我与我帮扶户的交往，越想越觉得自己做得太少，对于帮扶户的关心也太少。一直以来都是驻村扶贫队员们在帮我照顾着他们，而我能做的就是尽量每个季度能跟着支部党员去看一看他们，这个时间是很有限的，大多情况下一天要跑好几户，很难在我的帮扶对象家里久坐，与他们唠唠家常，所以开始我很难回忆起我与他们有些什么难忘的经历。为了完成这次任务，我还是迫使自己坐下来，静下心，慢慢回忆起……

我第一次接触我的帮扶户还是在山西省艺术博物馆，当时我刚参加工作没多久，接到单位通知，要求每个党员必须要一对一帮扶一户贫困户，当时也没多想，单位随机给分配了一户。我只知道省文物局当时包的是长治市平顺县石城镇的豆口、白杨坡、岳家寨等村子，我的帮扶户在豆口村，他们家户主的名字叫张德元，一家三口人。我对于平顺豆口是没有什么概念的，在此之前我并没有去过平顺。由于我从小在县城长大，对于农村的记忆是儿时暑假在爷爷奶奶家的时候，有望不到头的庄稼地，连片的桃树、苹果树，吃不完的桃子、苹果、葡萄、西瓜……所以从小农村的记忆对于我来说就是绿树成荫、瓜果飘香，村口有嬉戏的孩童，树荫下有摇着扇子的爷爷奶奶，充满着欢乐与悠闲。

当第一次通知我去下乡入户时，我是很兴奋的，感觉可以重温一下儿时的记忆，但当坐了五六个小时的车到达平顺县城后，还要再坐一个小时的车才能到豆口村，我最初的兴奋劲已经荡然无存了。等到了村子我已经顾不上欣赏什么风景，拖着疲惫的身子一头扎进扶贫手册里，了解帮扶户具体情况，了解当地扶贫政策，准备入户开展宣传工作。当地村干部带领我们挨家挨户地入户走访，等到了我的帮扶户家里时，只有一个60多岁的妈妈带着一个30岁智力有缺陷的儿子，那时我才知道户主张德元已经去世一年多了。环顾家里的环境，真的可以用家徒四壁来形容，当我把一些慰问品给他们时，他们一直推辞，说能来看望他们就已经很感谢了，不能再留东西了。听到这么质朴的话语，我真的很感动。

山西博物院党员干部在豆口村进行入户前培训

由于初次见面，再加上语言问题，大家都显得很拘谨，好在有村干部在旁边帮我询问一些基本情况，这样我才慢慢进入状态，了解到户主在不久之前因病去世了，家里的女儿已经嫁人了，就剩张海英妈妈带着儿子一起生活，家里种了一些地，村里给办了五保户，每年政府会给一些补贴，生计暂时是没有问题的。听到这些，我一直揪着的心才放下来。虽然见面的时间很短暂，但是等到离别时，张海英妈妈一句“下次记得再来啊”，让我顿时感觉我就像她即将出远门的女儿一般，有种依依不舍的感觉，心里默默告诉自己，只要有机会一定要多来看看。

就这样，在接下来的3年多的时间里，每年支部都会带着我们至少4次下乡入户，而我对于豆口村也越来越熟悉，谁家住在哪个方位，村大队旁边的小卖部是谁的帮扶户，村里有些什么农作物、经济作物等，都一清二楚。虽然常年在太原工作，但是心里多了个牵挂的地方，每次看新闻或者和别人聊天聊到长治市平顺县，我就会跟大家介绍我的帮扶户就是平顺县豆口村的，在潜意识里自己对于这片土地有了一些别样的感情。

2020年后半年，我因工作原因，从山西省艺术博物馆党支部转到山西博物院第一党支部，刚来没多久就跟着新支部下乡入户，这一次去见张海英妈妈有些许“不顺利”。我们刚去时，邻居告诉我们张妈妈带着儿子下地了，我们就只能先去别家转一圈回来，在门口等了好久，张妈妈才干完农活回来，手上还提着一笼黑枣。由于我没见过这种枣，就问东问西，她见我很感兴趣，就高兴地给我讲他们这里的特产。虽然她说的话我基本上靠猜，但是看到她眉飞色舞的讲解，我还是很配合地假装全都听得懂。当我提出帮她挑拣黑枣时，她露出了怀疑的表情。为了证明我是可以干好这项工作的，我积极表现，又是搬凳子又是提篓子的，终于张妈妈同意让我和她一起来挑黑枣。看似很简单的农活，实际是很考验眼力和耐力的，不一会我就眼酸腰痛的。虽然有些酸痛，但是我与张妈妈的相处还是很愉悦的，两个人就好像相识很久的朋友一般唠家常。当听到他们2019年年底就将实现全村脱贫的消息时，真心地为他们感到高兴，也为我们整个扶贫工作队感到高兴，这些年他们驻守在这里，远离城市，远离家人亲朋，对自己的爱人孩子疏于照顾，但对村里的帮扶户如亲人般呵护，是他们用爱心和汗水换来如今的成绩。

“但愿苍生俱温饱，不辞辛苦入山林”，脚下沾了多少泥土，心中就沉淀了多少真情。每一个扶贫工作队员像战士般冲锋在前，我们就是他们的大后方，大家心中都有一种信念叫“助力脱贫”，有一种热情叫“参与脱贫”，虽然豆口村已实现全村脱贫，但我们的任务还没有结束，在接下来的工作中我们将初心不改、不负韶华，继续为全面建成小康社会贡献力量，而我也会继续做好我的“大后方”。

让展览展示为扶贫攻坚贡献力量

山西省民俗博物馆　安　海

石城镇位于山西、河北、河南3省3县(市)交界处,与7个乡镇接壤,是平顺县的东大门,距离平顺县城65公里,距离河南林州市65公里,距河北省涉县35公里。浊漳河横穿东西,324省道贯穿全境。全镇有3个出省口,自古为出豫、冀入晋之咽喉,晋、冀、豫商贸流通之要道。石城镇是一个文化底蕴深厚的文明古镇。豆口、石城、王家庄都是有着上千年历史的文明村庄,这里有五代、元、明、清时代的建筑。这里民风淳朴,即便是在建设社会主义新农村的今天也迸发出它奇特的光芒。这里还是中共前委领导人之一、抗日民族英雄、中共早期党员赵作霖和20世纪30年代北平学生运动领袖及抗日英雄岳增瑜的家乡。石城镇在1942年是平顺县区治所驻地;1953年经批准作为平顺县第三行政区驻地;1958年8月撤销乡制,石城划为人民公社;1984年实行乡村制,改公社为镇。石城村是镇政府所在地,也是全镇政治、经济、文化的中心。历史上后赵石勒曾在此地筑城储粮,是北部地区商贸集市重镇。

平顺县石城镇交通和自然环境相对封闭,形成了具有浓郁地方特色的民风民俗和乡土建筑,尤其以石城镇豆口村、白杨坡村、岳家寨村最为突出。作为定点扶贫单位,山西省文物局10多年来为长治市平顺县石城镇的5个村落筹资后建起豆口村博物馆、白杨坡村博物馆,改造了岳家寨供销社博物馆,在改善农村文化旅游、古建筑保护等方面做了大量工作。帮助农村兴建博物馆,成为省文物局扶贫工作的一大亮点和特色。

山西省民俗博物馆在省文物局的大力支持下,调用馆里一切可以利用的资源,本着投入小、立意高的指导思想,发挥博物馆策展和藏品保管优势,积极思考如何在扶贫点保留当地文化、宣传地域特色的思路,最终决定按照生态博物馆的模式改造了岳家寨供销社博物馆。

山西省民俗博物馆以这3个村统筹规划北方汉民族地区首家生态博物馆的思路,成立了"太行三村生态博物馆"。这座以村寨为单位、融山区生态景观和以山民文化为主题的人文景观为一体的没有围墙的新形态"活体博物馆",其核心意义在于使文化遗产和与之相关的生态环境得到整体的、原真的、活态的保护，并使之不断延续和可持续发展。豆口村是活体生态博物馆的中心区域，豆口村又被称为豆口民俗文化村。据《豆口村志》记载，豆口村始建于南北朝时期，至今已有1500多年的历史。村里民俗文化的形成，有着千年历史积淀的文化底蕴。豆口村的地理位置很有特点，它一面靠山，三面临水，整体的地形为“金龟探水”，而豆口村就建在这个金龟的头上。整个村子的设计也很巧妙，如同一座小型的城池被山水环抱。可以说，豆口村是浊漳河两岸村庄的一个代表。

新落成的豆口认知中心是“太行三村生态博物馆认知中心”之一。认知中心的馆址由一座建于20世纪50年代的3层阁楼式人民礼堂改造而成，建筑面积450.82平方米，布展面积363.97平方米。陈展内容分为3个部分，以第一主人公的视角，再现了豆口太行水乡的秀丽风光、历史悠久的特色古建、柿红米香的丰富物产、享誉3省交界的民俗红火。民俗红火尤其是当地的一大特色，豆口村在3省交界之处出名就源于每年农历二月二都要举行传统的“二月二庙会”，吸引着山西、河北、河南3省交界地带的百姓云集于这里，素有“百里水乡三省交界第一会”之说。豆口村红火在方圆百里内享有盛名。主要原因是：豆口一方灵土孕育了一代又一代心灵手巧、博才多艺的人。他们能把舞台装点得独具一格，并能举行生动活泼、形式多样的民俗文艺活动，由此闻名遐迩。该处陈展的内容就以实物加图片的形式充分反映了这一地域民俗原貌。在该处的陈展藏品选择上，我们尽量使用当地的遗存物，保持具有当地特色的万千风物原貌，从生活用具、生产用具、交通与运输用具、经济社会发展用具等方面原地征集、原地展示，从而最低程度地人为干涉和输入外界文化，真实反映当地的文化特征和原貌。这也是生态博物馆的藏品展示、保护的特色。

山西省民俗博物馆参与建设的博物馆自开放以来，以独具特色的风格，成为平顺县旅游文化的阵地。我们相信，随着扶贫任务的持续开展，山西省民俗博物馆对于生态博物馆和认知中心建设水平的不断提升，将在展览主题上更加突出民俗文化的特点，突出民俗文化的源流，突出民俗中的积淀，并更加注重陈设细节，树立精品意识，使来到生态博物馆和认知中心的人们能够感受到民俗文化的生活化、大众化，拉近博物馆与群众的距离，让展览展示能够为扶贫攻坚、文旅融合做出博物馆应有的贡献。

枣林的变化与时代同步

山西省考古研究所　武俊华

我的家乡，是吕梁山最南端的一个小山村。儿时的记忆里，家乡是时断时续的河滩路、永远也走不出去的大山沟，还有那忙不完的农活，即便早已历经多少年的岁月沉淀，也一点不觉得有丝毫的美好可言。生在农村，长在农村，走出农村，我一直以为自己对贫困、落后这样的字眼，不会再有超越记忆的新认知了。尽管很多次到访过一些贫困地区，也在电视、网络中看到过更多事例，但记忆这种东西一旦深刻地形成，似乎就很难再有所动摇，又或者这些后来的所见所闻，于自己而言，仅仅只是过客般的存在，并不觉得又有什么触动心灵的感觉。成长的阅历，让自己多了一份精致的冷漠。而改变，是从自己参与扶贫工作开始的。

初到枣林村，是在2015年前后。当时从石城镇到枣林村还是一条未硬化的简易道路，一路坑坑洼洼、颠簸不止，转过村口的大弯后，一个坐落在半山腰的小山村豁然映入眼帘。村子不大，房子也依山就势而建。放眼望去，除了院落，几乎看不出来哪儿有一块平整地。进入村子，房屋破旧，一幅衰败的迹象。与很多山村并没有什么两样，村子里的年轻人多外出打工，留下的多是老弱病残。

党的十八大以来，习近平总书记针对扶贫工作提出了“精准扶贫”重要思想，就是针对不同贫困区域环境、不同贫困农户状况，运用科学有效的政策、措施对扶贫对象实施精确识别、精确帮扶、精确管理的治贫方式。为落实上级要求，单位专门选派了干部进驻枣林村，全身心投入“精准扶贫”工作中，全体党员干部也一对一确定了帮扶对象和帮扶责任人。我的两位帮扶对象，家庭条件极为困难，其中一户孩子还很小，且疾病缠身。在村干部和驻村工作队员的关怀与帮助下，每次前往枣林村，我们都要逐一入户走访各自的帮扶对象，帮助他们建档立卡并随时更新，了解政策，探讨发展路径。几年的扶贫工作下来，村里帮扶对象的家庭成员情况、致贫原因、生产生活条件、帮扶情况等信息，都深深嵌在了脑子里。扶贫不是个一蹴而就的过程，在这个学习与实践过程中我深刻感受到了驻村工作的辛苦和不易，也深刻感受到了帮扶单位和驻村工作队身上的担子。

5年的努力，功夫没有白费。如今再去枣林村，一路通畅的旅游公路、整洁亮丽的村委大院，以及建在悬崖边的漂亮的接待用房，无不在诉说着生活的变化。村里的乡亲们脸上洋溢着幸福的笑容，辛苦的劳作换来了翻天覆地的变化。这短短5年扶贫工作的见闻，就像打开了一扇看向天下的窗口，透过这扇窗，看到的是在习近平总书记和党中央坚强领导下，祖国日益繁荣富强、人民生活更加美好的长幅画卷。

扶贫感想

山西博物院　孙冠一

我见过高楼耸立的城市，见过干净整洁的新农村，却从未来过如此贫瘠的山村。经山西博物院党支部组织安排，我成为长治市平顺县豆口村的一名扶贫帮扶队员。2017年，我第一次到村里，坐车走了280多公里，虽是时节不错，目之所及，却满是荒凉。

下车的一瞬间，黄土就没了鞋面，随后我们逐一走访了贫困户。我的帮扶对象是一名叫张其梅的衣衫褴褛的大娘，在简陋的院子里做着农活，鞋和裤子沾满了灰尘。队长向她介绍我是新来的扶贫队员，大娘亲切地牵起了我的手。那一刻，温暖潮湿却也涩得扎人，我感触到了她满手僵硬的老茧，不禁有些哽咽。如果在城市里，这个年纪的女人，一定是在安享天伦之乐，而在这里，大娘却要独自一人下地干农活。儿子不在身边，女儿远嫁他乡，她也从没出过远门，一年都不一定去一次县城。除了交通不便，来回24块钱的路费对大娘来说也是很昂贵的。

听完大娘的讲述，我深刻体会到中国农村扶贫的重要性和必要性，也体会到了为什么说脱贫是一场攻坚克难的战役。像这样的家庭不胜枚举。还有一些家庭因家庭成员丧失劳动能力，毫无经济来源，看病和教育都成为生活的障碍。如果想让这样的家庭走出困境，除了社会兜底保障之外，更应该聚焦健康扶贫和教育扶贫两个重点，才能真正实现党中央提出的“两不愁，三保障”。

水调歌头　戊戌秋豆口扶贫

山西博物院　苗春景

山间漳水吟，
峰岭彩叶飘。
观音戏台庙会，
村落展风骚。
土墙石壁并肩，
新宅老屋毗邻，
庭院青石绕。
民风犹淳朴，
人文显新貌。
耕地少，
资源乏，
路陡峭。
百姓辛苦劳作，
富裕难，
享温饱。
特色邀世界，
技能赋村民，
经作遍山坳。
脱贫向富足，
文博来引导。

我与我的结对户

山西博物院　李彦奇

豆口村，一个古老而精致的村落。村子深居太行山腹地的峡谷风景带，背山面水，山奇水美。然而，就是这样一个美丽的地方，却一直被贫穷困扰着。

作为扶贫队伍中的一员，初次来到我的帮扶户王海龙家中，看到破旧的院门、杂乱的院落、低矮的房门，我的心情久久不能平静。进入昏暗的房间，一台20英寸的电视，两个简易沙发，一张床，一个用了很多年的柜子就组成了这个家，整个屋子给人的感觉就是黑乎乎的，很压抑。家里有两位老人，女主人热情地招呼着我们，看上去比实际年龄大许多的男主人在床上坐着，不好意思地说："我去年到地里干活时腿摔断了，现在一变天腿就疼。你们快坐，我就不下床了。"朴实的老人、简单的话语，让我心酸了。随后我和老人聊了许多，了解了老人的家庭基本情况、子女的情况、家庭收入等，又把我的基本情况告知了老人，告知了驻村工作队的基本情况，还和老人讲了很多国家有关扶贫的好政策。随后，我为老人打扫了房间，整理了院落，看到老人满脸的笑容，我的心总算可以微微平静一会儿。

按照国家的扶贫政策，帮扶工作一直进行着。再次来到我的帮扶户王海龙家，崭新的院门映入我的眼帘，进入院中，只见一捆捆的木柴整齐地堆放在院子的角落里。看到我们来了，老人微笑着把我们迎进家中。老人正在自己编写万年历，他高兴地说："国家政策好了，现在不愁吃、不愁穿，住房也有保障，过冬物资也有保障。农闲时，我就试着编写一下万年历。"老人又把我领到窗台前，让我看他亲手雕刻的一排石狮子，一个个活灵活现，好不威武，让我着实佩服！随后又了解到，老人种的花椒今年大丰收，收了200多斤，收入近8000元，加上各种政策补贴，年收入达到9291元。看到老人的生活质量逐渐改善，看到老人幸福的微笑，我也感到无比的高兴。

豆口村扶贫随笔

山西博物院　赵怡

2017年年底，接到山西省文物局贫困帮扶任务，作为贫困户帮扶责任人，我第一次来到了长治市平顺县石城镇豆口村。古朴、安静、自然是我对豆口村的第一印象，这里没有城市的喧嚣，没有拥挤的人群，巍峨的太行山脉、如银线盘流的浊漳河、旧式明清的建筑，浑然一体，合成了这座宁静的山村。

到村后，在驻村工作队员的带领下，我们实地走访帮扶对象，了解贫困户的基本情况。绕过村礼堂，向东南方向走几十米远，我们就到了帮扶对象的家。

我的帮扶对象是一位年逾古稀的独居老人，老人家得知我们要来，早已守候在家门口。只见他那黑红的面庞下满是慈祥的微笑，身材不高却很健朗，他用朴实而真诚的挥手动作示意我们进屋里坐。老人仍住着明清老式建筑的小院，小院分前后院，住着3户人家。屋内一眼便可看到全部陈设，一张土炕、一张八仙桌、几把椅子、一个灶台、一台黑白电视机，简单而整洁。可以看出老人家平日生活得非常干净利落。时值冬日，屋里很冷，没有生火供暖，老人家说要留着做饭和晚上取暖用。

在深入交谈的过程中，我得知了老人家的儿女在镇上居住，自己在生活方面尚可自理，就留在村里一个人居住。老人每日仍坚持力所能及地下地务农、生火做饭，保持着良好的劳动习惯。随着年龄的增大，劳动能力逐步减弱，收入来源也少了许多。我耐心地向老人讲解国家扶贫政策和优惠措施，请老人家放心并保重身体。临行时我们互留了电话，以便老人家有困难需要帮助时联系到我。我放下了提前给老人家准备的米、面、油，老人激动得不知道说些什么，一直把我送到路口。

回村委会的路上，我一直在想，这么美丽的山村，这么丰富的物产，这么悠久的历史文化资源，如果能够得到合理开发利用，村庄和村民一定会走出贫穷，摘掉贫困的帽子。

精准扶贫　大爱自强

山西博物院　黄菲

世界上
爱
有好多种
亲情之爱、友情之爱、爱情之爱
还有家国情怀的深情大爱
很幸运
我正好置身在这大爱之中
作为精准扶贫一员
个中的感慨我深有体会

脱贫攻坚
是一场没有硝烟的战争
在长治市平顺县豆口村
在这个无硝烟的战场上
涌现出了一个又一个帮扶的身影

我们
朴实无华
上顾不得年迈父母
下管不了待哺的幼儿
我们视贫困群众为至亲至爱
我们把困难群众的每一件事
都当作自己的事、天大的事
为帮助困难群众脱贫殚精竭虑

我们
把扶贫当作理想
把豆口当作故乡
把困难群众当作亲人
将责任扛在肩上、把老乡放在心上
用实际行动帮扶群众
不图回报

我们的扶贫队伍里
有默默无闻的干部
有年龄较大的老哥
有血气方刚的小伙
有风华正茂的姑娘
更有待产、哺乳的母亲
我们在战斗打响的那一刻
任何事情都顾不上

我们
精准识别摸清家底
对接明确到户
让扶贫工作在豆口生根开花
我们心地善良、柔情似水
我们心胸开阔、踏实勤奋
是什么在支撑着我们舍小家为大家
是一种向上的、积极的力量
是勤奋担当、大爱自强的博物院精神
若要问我们为了什么
只为豆口彻底脱贫
只为这片土地万象更新
只为总书记那一句嘱托：
“精准扶贫不落一人”

入户帮扶暖人心

山西博物院　刘振泉

全心全意为人民服务是每一名中国共产党人的宗旨。作为一名党员，一名帮扶人员，我的职责就是尽心尽力给予贫困户帮助，解决困难；不仅要在经济上帮助他们，更要在精神上帮助他们脱贫。我帮扶的对象是豆口村的赵保玉。他患有肺气肿、冠心病，常年被病痛折磨，卧病在床，身边只有老伴照顾。他还有一双子女，已经成家，但因常年在外打工，难以对家中老人进行照顾。老伴行动不便，但仍坚持种植农特产，减轻儿女的经济负担。

每次入户帮扶，我会陪老人聊聊天，嘘寒问暖，了解两位老人的实际需求，帮忙打扫家里卫生；同时通过“以购代捐，以买代帮”的方式推广老人自家种的农特产，帮助他们家脱贫增收。

印象最深的一次是2019年12月9日入户帮扶时，我才知道赵保玉老人已经在1个月之前去世了，家里只剩下赵保玉老伴1人。聊天中老人说很感谢党和国家以及我们对他们一家的帮扶以及关怀，自从老伴走了以后，儿女各自忙于工作，已经很久没有人陪她好好地聊聊天了。听到这里，我心里顿时阵阵酸楚。虽然这只是帮扶工作中的一件小事，但是真情温暖人心。

我与赵叔一家

山西博物院 沈燕东

我是山西博物院的一名员工，一名中国共产党员。2015年，我积极响应山西省文物局党组的脱贫帮扶工作安排，前往长治市平顺县石城镇豆口村进行脱贫帮扶工作。我的帮扶对象叫赵联成，出发前自己还在想：这去了能帮什么忙？能干什么呢？

第二天，我和同事来到这个村庄。驻村扶贫干部告诉我们，今天的工作任务就是按照精准扶贫的要求，通过面对面了解、面对面宣传的办法，先了解帮扶户的贫困原因，宣传好国家的相关扶贫政策。我在村民的带领下来到了我的帮扶对象赵联成的家(后文简称“赵叔”)。一进院子看到赵叔，我不由得有些感触，宛如看到我的父母一样鼻子有点酸涩。因为我出生在山西省长治市沁源县的一个小山村，父母都是普普通通的农民，一辈子辛苦劳作供养我们兄弟3个上学。在院子里我和赵叔详细了解了他家的基本状况和两位老人的身体情况。通过赵叔的叙述，我才真正明白造成贫困的原因是由于家庭条件不好，两个儿子都去外地打工，姑娘也在外地很少回家，目前两位老人带着孙子在家，基本收入就是靠种地。两位老人年龄偏高，身体还有些不适，在村里也没有额外的收入。听着老人的讲述，看着老人满脸的皱纹，我心疼了，也想到了我的父母，他们何尝不是这样为我们付出？我决定一定要认真完成这次扶贫任务，尽我的能力让赵叔他们家早点摆脱贫困。我也和赵叔详细讲解了现在国家的扶贫力度和相关政策，赵叔很认真地听着，不时还问问不明白的内容。

就这样，我们聊了很长时间。结束的时候，为了能帮老人销售一些农产品，我主动提出了购买。可老人却说要送给我。我对赵叔说：“叔，这是不可以的，您卖了钱还要给孙子上学用，还得买药。我不能白拿。”

就这样，每年我都要到赵叔家几次，帮家里收拾收拾庭院，干些农活，给赵叔讲讲当年的扶贫政策和增加收入的技能技术。每次到赵叔家都有很大的变化，院子整洁了，屋里也干净了，老人的精神状态变好了。赵叔告诉我：“感谢国家的好政策，感谢省文物局同志们的关怀，感谢你们这几年来的宣传。以前没有文化，总感觉好政策都是给有关系的人、给有钱人的,没有想到我们老两口也可以享受到这么好的待遇。现在每月水电费村里给出,还可以领养老金,生病住院报销得也多,减少了很多负担,手里的钱也比以前多了起来,就可以收拾收拾屋里屋外的环境。你看看,我们老两口和孙子住的可比以前干净宽敞多了。”看着赵叔脸上的笑容,我心里也感到很安慰。

2019年,我再次来到赵叔家,赵叔看到我就高兴地说:“儿子回家了,不去外地打工了,现在还是村里的会计,家里地里的活也能帮着干些。孙子和父母有了更多的接触和交流,学习成绩也比以前好了很多。”我也很是感慨,我个人能力有限,只能解决燃眉之急。可是,国家、集体的力量是不可估量的,这也是所有贫困户的希望。

这几年通过和赵叔一家的交流,我明白老人对儿女的期盼和希望,也希望自己有好的归宿的愿望。我更感动的是国家强大对人民的回馈。在这次任务中,我只是一个普通的宣传者,村民赵叔不肯放弃、敢于改变的精神才是我应该学习的。

扶贫点滴寻初心

山西博物院　柳发辉

我是山西博物院的一名基层党员，自幼在山区农村长大，大学期间入党，如今已参加工作15年，也就是每年探亲时回老家看看父母。因为精准扶贫政策，让我有了更多的机会再次走进山区农村。

我的帮扶对象是一位60多岁的大叔，有一个女儿已远嫁，家里再无其他亲人。2014年，大叔因患癌接受手术治疗后丧失劳动能力。因为大叔的年龄和我的父母相仿，所以每次见到老人我都倍感亲切。

每次我到豆口村下乡入户走访，除了宣传扶贫政策、帮大叔干点力所能及的活，就是了解了解大叔的近况，唠唠家常。记得有次入户走访，正好赶上村里二月初二唱戏，老人当时正准备去看戏，我就帮他把椅子搬到戏台前。就这么一件小事，基本上每次见面他都会提起。我曾开玩笑和大叔说："叔，我每年见您的次数都比见我父母多……"大叔憨笑着紧紧握着我的手，浓厚地方口音的言语里满满都是感谢党、感谢政府、感谢我们的话。多么淳朴的村民！"我们"只做了点滴的事情，他们却对我们无比地感恩……

其实，精准扶贫政策也是党和国家与百姓之间一种心与心的沟通。在国家精准扶贫政策的指引下，在省文物局扶贫工作的安排部署下，在驻村干部和扶贫队员的扎实工作下，在每一位党员的用心宣传下，能够让这些因病或其他原因致贫的老百姓切切实实感受到党和政府的温暖与关怀，不正是我们每位党员应该做的吗？

不忘初心　为脱贫攻坚尽己之力

山西博物院　吴楠

近几年来，在党组织的决策与领导下，我们与平顺县豆口村展开“一对一”帮扶工作。这几年，通过一路的走访慰问和各方面的大力支持，我局帮扶的平顺县5个村已顺利实现了脱贫，贫困群众的生活也有了较大的改善。而我帮扶的赵大哥一家以及豆口村的每一位乡亲都让我时常牵挂于心。可喜的是，这几年我见证着赵大哥一家生活发生的变化，他们的日子过得越来越好，小儿子也考上了大专，一家人的生活有了新期待。

回忆与赵大哥一家的相识，还是3年前，那时的我正好怀孕待产。这几年的扶贫之路，因为各种原因，走村访户相对较少，虽然见赵大哥一家人的次数不多，但一直通过微信了解赵大哥一家人的生活动态。每一次帮扶走访，我们都带着细心、关心、诚心，将心比心，以诚相待。如果对群众没有感情，不仅仅会损害人民群众的利益，还会损害人民群众对党的感情，动摇党的执政基础。为此，我们与接触到的村民交朋友，实打实地给群众排忧解难，把帮扶走访当成一场走亲访友的“亲情之旅”、当成送关怀送温暖的实际行动。脚上沾的泥土多了，离乡亲的心更近了。怀着一颗爱民敬民的心，2020年底，我们再次踏上豆口村的土地，看着赵大哥家里窗明几净，听着赵大嫂跟我唠着家常，感觉真的特别亲切，他们就像自己的家人。

没有华丽的辞藻，没有虚伪的表情，我们脸上洋溢着最诚挚的微笑。我们带着党的关怀，走访了村里的贫困户家庭，静心倾听了他们的心声。在走村串户的路上，我们不仅与赵大哥一家相识，也与当地的乡亲们结下了深厚的感情。赵大哥的邻居王阿姨，虽然不是我的帮扶对象，但我每一次去豆口村她都会拉我去她家唠家常，给我做饭吃。他们的善良，也时刻感染着我。这次的走访，我们有个重要任务就是需要跟乡亲讲讲扶贫政策。其实在走访前，我心里也在犯嘀咕，怕群众反感、不配合，但真正踏入走访户家里时，乡亲们给了我们很大的支持，他们对我们的工作都十分理解，积极配合。扶贫路上，乡亲们的朴实、善良，总是让我内心感动满满，温暖满满。也许有时候走访解决不了什么问题，但我们来了，与老乡的心就更近了。

帮扶走访的同时，也让我们了解了驻村干部的辛苦和工作的不易。他们的工作一方面要联系群众，另一方面也要和基层干部协调合作。走访期间，在驻村党员干部的带领下，我们对豆口村现存问题有了更多的了解，对基层教育现状有了更深的认识，对村干部“基层工作难”的心声有了切实的体会。经过和乡亲们近距离的接触，实实在在地密切了党群关系，心中的感触多了，从实践中收获的也更多了。帮扶走访，对我们年轻党员来说，是非常好的锻炼，我们深入基层一线，就是要学习基层先进经验，了解基层实际情况，“接地气”，体民情，提高自身适应新环境的本事，学习基层干部克服困难、排忧解难的本事，学习乡亲们那种不怕吃苦、自力更生、淳朴善良的传统，经过锻炼，助力成长。

我相信，任何困难都是暂时的，只要我们有脱贫致富的勇气和决心，日子就一定会越过越好。相信在党和政府的带领下，经过自我的勤劳双手一定会创造出完美幸福生活。在脱贫攻坚路上，作为共产党员的我，也一定会不忘初心、尽己之力。

豆口村扶贫有感

山西博物院　游恺

浊漳水美山林秀，石城豆口古村清。
牢记使命福民众，扶贫助困党员心。
春风送暖家家到，惠农政策户户明。
怀想小康嘉福日，粮丰果满谱新曲。

豆口扶贫有感

山西博物院　王佳

太行山边接豆口，山重水复路生疑。
东边日出西边雾，北岭云沉南岭霓。
山高路远人困顿，地贫土瘠苦耕耘。
全面小康跨快步，复兴大业奏高音。
全员参与攻坚战，领导率先又长征；
入户驻村谋发展，追根究底遣贫穷。
越岭翻山不畏艰，进村入户济苍生。
扶贫处处要精准，致富村村会有期。

扶 贫

山西博物院　杜维

翻山涉水坐炕头，干群协力共绸缪。
入户详问查穷本，修路建屋解民愁。
层层麦黍千重浪，树树柿香压枝弯。
莫嫌劳作身体苦，康福美满汗中来。

豆口村扶贫随笔

山西博物院　张慧中

平顺县豆口村，深居太行山腹地的峡谷风景带，背山面水，独有一份幽静。这里是山西博物院对口扶贫村，自己也曾多次走进。每次走进豆口村，我都会被这里的那份沉静所感染，磨光锃亮的石板路、挂着黑枣的树枝、坐在石头上晒太阳的老人、草丛里悠闲觅食的母鸡……似乎岁月静好的村子，却也无不透露出一份冷清，大部分年轻人外出务工，村子里留下的多是老弱妇孺。当真正走进贫困户家中，会有一种时光倒退二三十年的错觉。贫困，这是多么真切的字眼。

我的帮扶对象是张保生一家。这是一个4口之家，爸爸、妈妈和两个女儿，两个女儿都在豆口村小学上学，父亲在外打工。这个家庭贫穷的原因是缺乏技术。

豆口村学生参加扶贫公益活动

这不是个例。通过走访了解可知，因为身处大山之中缺乏产业技术造成贫困的家庭很多。在张保生家里的墙上贴着一幅龙形觥的作品，这是我们在豆口村小学做教育活动时的项目之一。当我入户看到这幅作品的时候，感触十分深刻。想起学校做活动时孩子们开心的样子，那种对知识的渴望以及对博物馆的向往让我记忆犹新。我入户时只有妈妈在家，两姐妹去上学了，但是看到这幅作品贴在墙上中间的位置，就知道它已经给孩子的心里埋下了一颗博物馆的种子，一份对大山之外学习生活的向往之情。同时也让我真切地认识到博物馆文化传播的意义所在和作为一名博物馆教育工作者可以做的其实还有很多。

转眼到了2020年，这一年注定会在历史的长河中留下不平凡的印记，2020年全国脱贫攻坚取得了决定性胜利。如今，通过政策扶持、技术扶持等多种方式支持，几年间这里也逐步实现脱贫，正逐步走向乡村振兴。希望豆口村以后会越来越好。

扶贫小记

山西博物院　彭蓓

我的帮扶对象叫赵彭波，似乎很有缘分，因为我的姓名里也有彭字，所以我刚一听到这个名字时，便产生一份亲切感。

我是从2017年11月21日开始帮扶的，那是第一次走进石城镇豆口村。我们每位党员带着1桶油、1袋面、200元，敲开每一家需要帮扶的村民。看到有的是孤寡耄耋老人，有的是老人带着残疾儿子……他们因没有生活劳动力而致贫，家境破败不堪，展现于眼前的是脏、乱、差。更有甚者，床上被可回收的瓶瓶罐罐罐占据着大半个空间，仅余歇息的一角。贯穿每一家的坑洼小路除了泥泞就是扑鼻而来的臭水味……终于走到我要帮扶的赵彭波家。之前了解到这家是3口人，因缺乏技术而致贫，他与妻子岳素飞在重庆打工，留守儿子赵志杰在党和政府的资助下，在家就读中学，已属脱贫不脱政策的范畴。接待我们的是赵彭波的母亲，家境没有想象的那么差。了解到家里的农副产品只有花椒和核桃，我抱着助农的心态买了些许。老人很朴实，笑盈盈地把秤称得高高的，还把我们送出很远，淳朴的笑容至今都浮现于我眼前。

第二次去豆口村是2018年4月，入户了解农户生产、生活，了解新一年生产计划，了解赵彭波夫妻二人在外务工的生活，宣传党和国家的帮扶政策。同时加上了赵彭波的电话与微信，询问他们的近况……

2019年，连续4次到豆口村时，在党和政府的帮扶和驻村党员干部的协助下，看到村容村貌明显有很大的改善，路面铺得平整，帮扶对象家中环境干净。同时也让我看到了驻村党员干部们扶贫工作的艰辛。

如今，经常看到赵彭波在微信朋友圈和抖音发些幸福生活场景，整洁干净的居家环境、洋溢的满足笑容、陪母亲在大城市拍照留念的幸福时刻……无不使我感动不已，感动在党和政府的关怀与帮扶下，贫困村民走出大山，真切感受着安居乐业，真正有能力去为家人尽爱尽孝……

一次次的下村走访，让我和村民有了更多的交流。他们总是在夸赞现在的国家政策好，对自己的生活感到满意，称赞中国共产党千般万般好。他们的生活质量也日益提升，充满希望。

冬日麦香

山西博物院　韩宁

冬天的太阳若隐若现，一路颠簸的大巴车平稳地驶入豆口村。步入村支部大厅，经过一番资料的整理与填报，老乡们已经将热气腾腾的白面馒头和大烩菜端上了桌。大家连连道谢，蒸锅上一股一股蒸腾的白气，融入老乡们淳朴的笑声。

精准入户，带着沉甸甸的年货，我来到张根连老大娘的家中。齐整的小院，利落的土房，大娘倚着灰旧的门框远远地向我们招手，大门正中的红色福字映衬着大娘爬满皱纹的脸颊，沐浴着冬天的暖阳，多了几分灿烂。走到近前，才发现大娘一点一点地慢慢挪动，裹着厚厚的棉裤，愈发笨重，举步维艰。她踉踉跄跄地带着我们来到她家的大屋，昏暗的光线下，破旧的墙壁上，一张全家福映入眼帘，原来是个四世同堂的幸福之家啊。顺着光线来源，我看到靠窗的炕上，半躺着身患贲门癌、一年前刚刚做完手术的她的儿子赵广明。他斜靠着被垛子，无精打采地望着窗外，看到我们，慌忙要起身，我赶紧向前紧走几步制止了他。“做了手术恢复快一年了，还是没精神，总得躺着……”赵广明拖着细微的声音小心地震动着嗓子。已经82岁的大娘听到这话，也连连摇头。这时我才发现她的眼里微微泛白。“大娘，您的眼睛不舒服吧？”我问道。“前阵子问了医生，说是白内障，打算开春去做手术。”大娘不以为然地笑着。这时，她的儿媳笑盈盈地走进来，也加入了我们的聊天。

一晌将近，当我踏出门槛，发现院子里她的孙媳正在用力地打搓板洗衣服，但她始终只是在用一只手。看她累得脸通红，我蹲下来忙说：“我帮你换水吧！”“哦，不用不用，自己来，自己来。”她不好意思地站起身。看我一直望着她的手，她苦笑了一下，“去年骑车子摔下来，骨折了，看了一年多，跑了省内外各大医院都没见好！”我把清水倒进盆中，这时，一个小男孩急匆匆地跑过来，和我撞了个满怀。他大眼睛扑闪扑闪地望着我，小脸红扑扑的像个苹果。“哥哥追我！”他一点儿不认生。顺着他指的方向，一个七八岁的男孩冲了进来。两人一前一后绕圈跑着，你追我赶，欢声笑语充满了整个院子。告别这痛并快乐的一家子，我们驱车赶往省文物局资助的小学。学校门头上赫然写着红色的“文博小学”几个大字，掩映在茫茫的田野中，和着孩子们的嬉闹声，为这严寒的冬日送来了阵阵清香。

扶贫随感

山西博物院　杨芸

豆口村位于山西省平顺县太行水乡之畔，毗邻潞林公路，浊漳河绕村而过，红旗渠水盘山横流。第一次来到这里，我被她的美所感染，也被她的穷所“震撼”。2017年，按照山西省文物局扶贫工作会议的部署要求，为切实落实好“精准扶贫、精准脱贫”精神，我与这座有着1500多年历史的小村落结下了不解之缘。

往昔的扶贫画面，仿佛一部老电影，历历在目。我走在古板铺成的巷道上，小村庄错落有致，农民们三三两两坐在门前，穿着打扮还是那么的原生态，我好像穿越到了远古的村落。终于来到我负责帮扶的赵晋红大哥家，却吃了个闭门羹，经过一番打听才知道他和他爱人都去南方打工了。我带着一丝遗憾和好奇离开，期盼着下一次扶贫时能够见到他。

2019年我又一次来到这里，熟悉的感觉油然而生，下车那一刻就见到了陌生却又熟悉的赵大哥，他个子不高，敦厚老实，不善言辞。我将提前准备好的米、面、油交到他手里时，他万分感谢并邀请我去他家看看他新盖的房子。来到赵大哥家，满屋的亲戚，炕上坐的，地下站的，用我听不太懂的长治方言欢快地交谈着，好不热闹。这次也见到了赵大哥的爱人，她热情好客，拉着我的手开心地让我看新盖的房子，让我看一双儿女获得的荣誉证书，让我看今年花椒和柿饼的收成……我环顾着这个处在贫困地区的小家庭，虽然贫穷，却收拾得干净整洁，很温馨。同事们讲自己所帮扶的对象，是如何穷，家里条件如何差，而我觉得自己很庆幸，帮扶的是这样一对年轻有活力并且有想法的夫妻，他们虽然生在贫困县，却用自己的努力换来幸福美好的生活，盖了新房子。赵大嫂告诉我还想明年再修修旧房子，把老人们接过来尽尽孝，也讲了自己的教育经，告知自己的一双儿女，要想走出大山，看看外面的世界，必须好好学习，这是唯一的出路。听着赵大嫂侃侃而谈，我也深受感染和鼓舞，我们不能决定自己的出生，却可以靠后天自己的努力，去改变贫穷，创造新的生活。

2004年9月我走进山西博物院，在这里我认识了一群与众不同的小伙伴，他们就是山西博物院的志愿者，是他们让我的人生境界得到升华，让我懂得了付出比索取更重要。而今天的扶贫工作更让我懂得了有希望就有动力，有希望就有未来。村落里红红火火的石榴树，寄托着屋主人对子孙后代的殷殷期望。我也希望赵大哥全家早日奔向小康生活，儿女学业有成，今后的日子红红火火。

山西博物院志愿者在豆口村小学开展公益活动

一位老人的目光

山西博物院　田银梅

望着你的目光
我的眼里滚动着泪花
简陋的柴门
低矮的窑洞
多少次让我午夜梦回
多少次让我驻足回望
多少次泪水在我心中流淌
而你的目光
却是那么热切,那么慈祥
含着多少疲惫
露出深深忧伤
透过山野苍凉
在你沟壑纵横的脸上
布满岁月的沧桑
艰辛的生活重担
压弯了你的脊梁
挫折积累了一身病痛
劳碌也使你遍体鳞伤
你是普通的农村老人
你是我们心心念念的帮扶对象
长治市平顺县豆口村
一个年逾古稀的老人张反元
瘦骨嶙峋两鬓如霜
年年岁岁
你在思念远去的老伴

岁岁年年
你站在村口
那一场场风霜雨雪
那一年年寒来暑往
劳累多病
你在贫穷中挣扎
你在风雨中踉踉跄跄
你的目光
还是那么热切
还是那么慈祥
窑洞新了,粮仓满了,道路宽了
房前屋后绿树成荫瓜果飘香
你的目光
不再失落,不再疲惫,不再忧伤
对三个儿子含着浓浓的爱意
对扶贫工作队充满久久的敬意
在你的目光中
我读懂了生命的意义
冬去春来
我见证着农家小院的奇迹
晨昏月夕
流云匆匆从天边掠过
释放出春风荡漾
望着老人感动的目光
我早已热泪盈眶
望着你的目光
总是那么热切
总是那么慈祥
唤回了多少尘封的记忆
收获了多少感恩与感动
从此刻起
不再为衣食住行发愁
不再为油盐酱醋担心

不再被霜刀雪剑刺伤
你可以没有豪宅宝马
你无法富甲一方
但不会为生存苦思冥想
你可以安居乐业
门前的泥泞小路已经是大道康庄
榆树柳树梨树杏树苹果树在微风中起舞

望着你的目光
总是那么热切
总是那么慈祥
微风荡开了你的笑容
夕阳微醺了你的倦意
挂满枝头的瓜果
为你洒下了一片金黄
我在欣赏夕照的美景
我在迎接明天的希望
再见了,平顺县
你一年四季花团锦簇
再见了,豆口村
袅袅炊烟在我心头萦绕
宁静的山村笼罩着一片祥光
再见了,农家小院
一年四季我都能闻到你独有的芬芳
再见了,张反元老人
我尊崇你的高风亮节
我敬佩你的铁骨柔肠
大门旁边的白杨
是你生命韧劲的延长
你灿烂的笑容
是对我最好的回馈
你慈祥的目光
是对我最高的奖赏

我会经常回去看你

我忘不了忠厚老实的一家人

忘不了那个让我魂牵梦绕的地方

不是亲人胜似亲人

不是故乡胜似故乡

岳家寨的供销社

山西省民俗博物馆　李晓红

在晋、冀、豫三省交界的平顺县大山深处，有一处被誉为“世外桃源”的岳家寨，山村因为道路艰险，几乎与世隔绝。我们有幸与这样一个风景优美、民风淳朴的地方结缘，对接这里的扶贫工作。

初到这里做调查，了解到这里有一间小商店。这个小商店是20世纪60年代建设并投入使用的双代店。双代店是当年公社供销社分设在自然村代购、代销的服务点。供销社隶属于县里供销联社。在计划经济时期，双代店的作用非常重要，作为统购统销的重要渠道，它几乎是这个深山老村唯一有效的物资交换点，乡民把收获的土产和山货换成钱，再从这里购得所需的生活用品。

配合乡村旅游，这个供销社成为村子里的一个亮点，我们决定发挥我们博物馆的展陈优势，对这个供销社进行改造。

在这里做陈列改造的时候，我们提出利用附近村民家里的老物件做陈列展示的想法，这样更有年代感，也更贴近百姓生活。在村委会主任的号召下，附近村民纷纷拿出自己家里的东西，问我们可不可以展示。这个热情劲儿真让人感动。每个人都期盼着这里能够越来越好，旅游者越来越多，大家的生活越来越富裕。

大山的隔绝和岳晚增老人的爱护使这个供销社保持了当时的整体风貌。时间被裱墙的报纸和奖状定格为“历史的活化石”，于长辈是回忆，于后辈是新鲜。隔世相见，古韵依然。

保护昨天，收藏今天，而我们也愿和乡民们携手并进，共同创造美好的明天。

在扶贫工作中的感想感悟

山西省民俗博物馆 王志强

脱贫攻坚，是14亿中国人民共同的梦想，是2020年党中央要求完成的目标任务。在我扶贫工作的过程中，最让我难忘的是2018年10月17日，第五个国家扶贫日。这一天，我第一次参加到了扶贫工作中，怀着一颗爱民敬民的心，来到长治市平顺县岳家寨村，深入贫困户家中见面交谈，详细了解帮扶家庭的生活、生产等方面面临的困难及致贫原因，为今后有针对性帮扶做准备。

我的帮扶对象身有残疾，无劳动能力，年龄偏大，刚刚娶妻，妻子患有精神病，无形中加重了家庭经济负担。微薄的收入只够活命，吃药看病都很困难。第一次来到他家，三间陈旧的平房，杂物随意堆放着，屋内生活设施简陋，有的房间仅有一张木板床。他的家庭主要经济来源为亲戚救济和政府低保。了解到这些情况，我差点落下泪来，镇定了一会儿，我赶紧向他讲起当时的扶贫政策……

经过这次走访，我深刻了解到，在偏远的乡镇，仍有部分老百姓挣扎在温饱线上，他们确实生活困难，这也成为我们实现中国梦的一个重大缺口，不能解决贫困人口的困难，那么我们的目标就无法达到。在实现中华民族伟大复兴的征程中，党员干部要紧紧地抓住贫困户的手，带领他们走出困境。那一天，我暗自下定决心，一定要认真扎实地投入扶贫工作中，尽最大能力帮助我的帮扶对象，打赢这场脱贫攻坚战。

不知不觉，我参加扶贫工作已经两年，作为山西省民俗博物馆的扶贫联络工作人员，对扶贫工作感悟颇深。在扶贫过程中，一定要把贫困群众当作亲友，倾听他们的诉求和想法，设身处地地谋划、实事求是地规划，维护他们的人格尊严，保护他们的脱贫愿望和发展生产的进取性。只有充满正能量地去应对此刻的问题，加大智与志的帮扶力度，永久脱贫、直奔小康才不会是一句空话，才不是遥不可及的愿望。只有真心付出、真心帮扶，扶贫工作才会取得实效，实现贫困人口如期脱贫，是我们党向全国人民作出的郑重承诺。实现这一承诺，需要各地付出更大努力。贫困不是一两天产生的，要想根治，也不可能毕其功于一役，必须和发展相结合。2020年是脱贫攻坚的决胜之年，我相信在我们所有帮扶干部、驻村干部的不懈努力下，未脱贫的一定会脱贫、脱贫的一定不会再返贫。

扶贫工作中的一点感悟

山西省民俗博物馆　王艳忠

岳家寨村是我们单位的结对帮扶村，在帮扶的几年时间里，我们目睹了岳家寨村由一座无人知晓的深山小村转变为旅行者趋之若鹜的著名景点的过程，当地群众脸上总是能洋溢出幸福的笑容，这正是在扶贫工作的大力推进下所带来的巨大转变。

脱贫攻坚，是14亿中国人民共同的梦想，是2020年必须要完成的目标任务。这段时间以来，我深入贫困户家中，见面交谈，深入了解帮扶家庭的生活、生产、子女等方面面临的困难及致贫原因，为今后有针对性地帮扶打下基础。

通过走访，我感悟到脱贫攻坚工作虽然取得很大的进展，但仍有需要继续努力的地方。

一是要加强动态管理。广大农村基层，是扶贫工作的基础。扶贫档案的管理、科学的统计、精准的识别，这个过程就是一个动态管理的具体体现。所以，有一个好的统计管理体系，是我们扶贫攻坚的重要基础。

二是要加强扶贫工作队员的管理。农村缺少的是发展的意识和路径，农村不是没有好的东西，而是缺少对外沟通的桥梁，导致越来越落后。所以只有加强对扶贫工作队员的动态管理，让他们发挥出桥梁作用，那么扶贫才能更成功。

三是要让贫困户动起来。经过几年的扶贫，各项优惠政策深入基层农村，农户受益颇丰，但也产生了一些负面效应，如部分贫困户越来越懒。针对此类问题，我们只有加强排查，加强督促，让贫困户动起来，真正做到贫困户有事可干，最终实现自我发展，这样我们才能把扶贫做好、做成功。

精准扶贫工作任重道远。我相信有党中央、习近平总书记的英明决策，有国家的惠民政策，有每一名基层扶贫干部的不懈努力，我们有决心、有信心打赢这场扶贫攻坚战，最终实现贫困人口的如期脱贫。

从下石壕到岳家寨

——新时代的愚公移山"搬掉贫困的大山"

山西省民俗博物馆 贠泽荣

下石壕和岳家寨是一个自然村落的两个名字，2014年之前下石壕用得多，2015年之后岳家寨用得多。了解这个变化过程的人都能感受到变化所承载的心愿，那是一个从贫困奔向小康的梦想和期望。道理非常朴素，就像一个命运的抗争者期望通过改名来实现改变的无奈之举，总希望有用，哪怕一点点。不同的是，这个改变是一群人响应时代召唤做出的尝试，这个过程我有过见证和参与，现在分享给更多的人。

这个村子位于长治市平顺县石城镇，是建在太行山深处悬崖之上的一个小村落，全村分为两个自然庄，约40户，不足百人。村里山大坡广，石厚土薄，百余亩耕地皆为石山坡地，耕种收入非常少，人均年收入2500元左右，乡民生活十分艰苦。

2015年年初，单位领导找我谈话，大意是需要一个扶贫的驻村干部（第一书记）。当时感觉这是好事啊，虽然顾虑很多，但还是口头应下了。后来因为种种原因未能成行，只做了一个帮扶责任人，对接了一个儿女不在跟前独自生活的大娘。节日看望、填资料等，例行任务每年都要落实，这些事单位和驻村干部最为辛苦。除此之外，还有一些临时分派的任务，这些任务往往比较特别，记忆也更为深刻。

2015年6月中旬前后，我接到单位通知，准备去帮扶点开展工作。大概6月下旬，我与单位领导、同事和局里领导一起搭车前往这个村子，300多公里的路程走了5个多小时。下了高速公路不久，车就开上了太行峡谷中的县级公路，车子只能低速行驶。前往村子的道路在谷底、岩壁、峰顶之间蜿蜒，壮观、惊险、刺激。不记得拐了多少个弯，最后在一处"世外桃源"红色漆书的崖壁旁到达村子的入口。

进村后不久，我们就看到建立在直立悬崖上的民居，层层叠叠、错落有致，着实壮观。当时，我们是和镇上的负责人一起进的村，负责人简要介绍了村寨的情况和镇上的设想规划。镇上为解决村寨的贫困问题已经做了很多年的工作，最近的规划是发展乡村旅游，灵感来源于爬山摄影引发的轰动。最早拍照和发布时间已经模糊，太行深山"世外桃源"村落的声名却不胫而走，引得四面八方的游客接连造访，人数高峰时山路上停车、错车都很难。镇、村负责人看到这些情况，经研究商议形成“旅游扶贫”的思路。按照镇、村的设想，政府负责公路修筑、环境卫生等公共设施，解决进村难、停车难的问题；政府和村民合作，让村民利用老宅子解决游客的住宿、吃饭问题，老宅子的客房改造由政府投资，收益双方按比例分成。我们问过老乡，改造当年就有收益，从千把块到好几千都有。当地负责人意气风发地带领我们参观了改造后的民居，确实别有风味。第二天碰上雨后起雾，在壁崖上的房间里看着窗外满满的碧翠和萦绕的云雾，漂亮极了。

我们的任务是配合当地政府丰富、充实旅游内容，具体工作在去的当天就安排了，将村落里的供销社改造成文化识别点，为这个自然风景优美的村落增加更多的人文气息。

这个供销社的情况让我惊讶而感动。这是一个20世纪60年代，老乡们用当地的石块、石片、木料建立的供销社代购点，正式名称是“石城镇下石壕大队代购代销点”，货架是当时的，柜台是当时的，主人岳晚增也是当时的售货员，货架后面贴有毛主席逝世时期的报纸，主人椅子后面满满一墙全是代销点获得的奖状。岳晚增曾经在几十年的时间里用背篓连接起了山里、山外的物资交流（村里通车是在2006年，之前的物资运送只能肩扛、畜驮）。1982年，岳晚增曾在供销联社大会上做了题为“背篓办商店，辛苦为群众”的发言。看完现场，经大家商议，决定采取复原和维护的办法强化这个文化识别点。单位筹措经费，将室外的小院进行平整、硬化，并修了院内的小水池；室内请设计公司做了简单的布展陈设。之后每次去的时候，我们都会看看岳晚增老人，老人也会热情地招呼我们。

2019年年初，单位安排我和几个同事协助当地开展旅游深化。当地负责人向我们讲述了最新的规划：进山的公路正在进行拓宽，更多的文化点也在打造之中，未来村子将会是一个以石头房子为中心、融合历史传说和自然风景的旅游区，“岳家寨”的文化塑造便是其中之一。据当地传说，村里的岳姓人家为岳飞后代，忠良岳飞之子岳霖之后曾隐居于此。2019年5月前后，村委会主任带我们实地察看了正在修复的岳家祠、村里的花椒地和新建的饮水池。在村里，我们了解了关于岳飞的传说和遗迹，传说实难考证，扶贫脱困的行动却是真实。

2020年春节前，单位安排我和几个同事制作岳家寨台历，当我们拟定“深山古寨、云中秀色、乡愁驻心、为民谋福”的按语时，心里有一种油然而生的安适。一个好的时代是老百姓最大的福，岳家寨一定会越来越好。

很小就听过愚公移山的故事，当时并不理解愚公的伟大。很早就听过扶贫不如安迁，经济账还蛮划算。随着年岁的增长和阅历的积累，越发感觉有很多东西不是经济账可以衡量的。为人民搬掉贫困大山而不是迁走人民，这是真正的以人为本。愚公精神折射出一种尊重人性的伟大，永远闪耀着人性的光辉。

扶贫路上的所思、所想、所悟

山西省考古研究所 梁宪亮

扶贫工作是一项关乎民生问题的大事,也是我们联系群众最直接、最根本的工作。开展扶贫工作,实现贫困地区脱贫奔小康,离不开党的关心与支持,更离不开每一名扶贫队员的凝心聚力、不懈奋斗。习近平总书记强调:“对困难群众,我们要格外关注、格外关爱、格外关心。”三个“格外”字字千钧,寓意深刻。我们要深入践行“三严三实”,主动与困难群众“结穷亲”,把群众当作自己的亲人和朋友,想困难群众之所想、急困难群众之所急、忧困难群众之所忧,把全部精力投入精准扶贫工作中来,做到扶贫精准到人、精准到户,让困难群众的基本生活真正得到保障,感受到社会主义大家庭的温暖和关怀。

在开展扶贫工作的过程中,我们按照“瞄准特困对象,实行兜底保障,开展精准扶贫,同步建成小康”的工作思路,尽可能地到群众家中看一看、听一听,采用拉家常的方式,以请教的语气,重点了解群众家庭生产、生活中存在的问题,对群众实话实说。对于有些群众当面不情愿说的话,也会留下公示的电话,期望能听到他们的真实声音和期盼。在走访过程中,看到部分群众生活相当艰苦,尤其是一些因病、残导致家庭贫困的现实(群众年老、身边无人照料、房屋破旧、生活贫苦),我们都一一进行了解和记录。

作为一名扶贫工作者,我对此既感到是工作的动力又是工作的压力。一方面,扶贫工作受到各级党委、政府的重视,工作环境得到改善,工作力度不断加大,扶贫工作成效更加突显。另一方面,机遇与挑战并存,要抓住机遇谋发展,就必须开拓创新,探索新形势下扶贫工作的新思路和新办法,这是每一名扶贫队员不可推卸的职责。因而在工作中要勤于思考,充分研究实际情况,因地制宜,合理调整帮扶措施。

1.持之以恒开展帮扶。精准扶贫是一项长期、系统工程,需要长期的努力。应根据实际,制订长期计划,给予扶贫对象长期、持续跟踪的帮忙。

2.结合被帮扶对象的实际特点开展帮扶。在帮扶对象中,因病致贫、因贫返病现象相当普遍。应立足实际,创新帮扶措施,增强其脱贫本事,使之早日脱贫致富。

梁宪亮入户慰问帮扶贫困户

3. 加强与村、镇、县的沟通联系，给困难群众创造适宜的就业机会和致富途径。进一步采取措施，切实解决其生产、生活中的困难，力求从根本上提高困难群众的生活水平。

重情重义的贫困户

山西省民俗博物馆　马煜娟

2020年是脱贫攻坚决战决胜之年，做好脱贫攻坚的任务，是我们每一位扶贫队员的重要使命。作为扶贫队员之一，我们多次前往平顺县石城镇下石壕村，为贫困户送去米、面、油等生活物资，并一对一进行入户走访，了解贫困户的生活情况。

作为扶贫队员，我积极跟随组织入户了解贫困户生活的困难。张扎根是我的扶贫对象，一位近40岁的皮肤黝黑的中年人，记得见第一面时，他露出朴实的、激动的微笑，说感谢我的到来。听到这句话后，我第一次感受到自己的帮助也许对他是十分重要的。我和他唠家常，了解他的基本情况。原来他有一位生有重病的哥哥，长年卧床，重情义的他不愿远离家乡，于是种起辣椒养活自己和哥哥。虽然最后哥哥去世了，但是他说他尽力了，也十分感谢政府对他家的帮助。现在他在政府的帮助下，学习技能技术，还有了医保，村落也成了旅游景区，这让他的生活有了翻天覆地的变化，如今已成功脱贫。记得最后一次见他，我开玩笑说，你现在就差一个媳妇了。他不好意思地挠挠头说："日子好了，媳妇也不愁了！"虽然我们相见的次数不多，扶贫的日子却是朴实而有意义的，我们的微信里仍旧加着对方，逢年过节也会彼此分享祝福的话语。

这次的扶贫走访，让我切实感受到了群众的需求和政府对群众方方面面的关心，切实感受到扶贫的巨大意义。

我的两户帮扶户

山西省考古研究所　贾尧

2018年4月，我与长治市平顺县枣林村的耿俊科、刘忠俭建立结对帮扶关系。同年6月，我走访了结对的老乡家里，了解了老乡家的基本情况和实际困难。耿俊科家的致贫原因主要是缺劳力，老两口享有低保，主要经济来源为务工和种植花椒。刘忠俭常年随儿子在新疆务工，老伴去世，因病致贫，2019年年初返村，不享受低保，曾为村里的赤脚医生，除务工外无其他经济来源。结合贫困户的实际困难，我们与驻村帮扶干部制订了有针对性的脱贫计划，从改善居住环境、发展产业等方面帮助贫困户排忧解难。通过两年多的结对帮扶，两户老乡已脱贫，整个枣林村也全部脱贫。刘忠俭老人2020年年初也办理了低保，基本生活得到保障。枣林村里建起了爱心超市，发展了花椒种植产业，部分村民也搬进了新建的住宅楼，生活质量和水平得到明显改善。

2020年是脱贫攻坚的决胜之年，收官并不意味着终点，而是新的起点。我们会积极响应和落实党中央的扶贫政策，巩固现有扶贫成果，坚持“脱贫要精准，致富可持续”，积极谋划可持续的脱贫机制，带领村民走上致富小康路。

结对帮扶　助力脱贫

山西省考古研究所　赵辉

自2018年起，我参加了平顺县石城镇枣林村的结对帮扶活动，与耿俊平、程富贤两户成为帮扶对子。通过了解他们的致贫原因、家庭收入和实际困难，我与驻村扶贫队员一起解决他们的实际困难。这项工作是一个持续性的工作，通过结对帮扶，他们的基本情况和每年的变化还是可喜的。当好贫困户和党中央之间的桥梁，把党的扶贫政策和扶贫举措落实好，切实解决实际问题，带动他们增产增收，实现脱贫致富、共同实现小康，是我们的共同心声。祝愿枣林村乡亲们的生活越来越红火。

山西省考古研究所党员干部在枣林村宣讲十九届五中全会精神

我的扶贫感想

山西省考古研究所　王洋

初识枣林村，对这里印象最深的是宁静，半日车程，远离繁华城镇，道路蜿蜒，环境平静且原始。尽管基础设施非常落后，室内多简陋昏暗，但小村子道路非常干净，老乡们的院子小却非常整洁，丰收季节屋内大多飘着令人愉悦的"椒香"。几年来，随着扶贫工作的不断推进，枣林村也旧貌换新颜，田间路变宽了，田间蓄水池变多了，农活儿效率高了，乡亲们参与工程的收入也提高了。村民们搬进了集中安置的小楼，屋内通了暖气，楼前还安装了健身设施，连做窗帘的小广告都贴到了枣林村，繁荣的气息一点点走进这个小村落，着实是房子大了，村民生活好了，日子越来越好了。

扶贫工作的心得体会

山西省考古研究所　白曙璋

山西省文物局帮扶的是长治市平顺县石城镇，山西省考古研究所帮扶的是枣林村。2020年年初，我向党组织递交了入党志愿书，4月份机构改革完成后，作为一名决心入党的中层干部，我领到了扶贫帮扶任务。6月，按照单位安排，我第一次到了枣林村，探望了我的两户帮扶对象，并且实地走访了村里的多户人家，同乡亲们进行了亲切的交谈。通过走访和了解，我知道这几年来经过大力扶贫，枣林村发生了大变样。首先，村容村貌有了很大的改善。从前山路难行、房屋破败不堪、卫生状况不容乐观，现在枣林村干净整洁，几乎见不到垃圾；其次，房屋经过翻修，村民基本上都住进了安置楼房，村民们安居乐业，脸上增添了美丽的笑容。在村里，见得最多的是老人。这也是现在一些农村的样子，年轻人基本都外出打工挣钱了，留下老人们成了空巢老人。这些老人在过去生活十分艰辛，经过这几年扶贫工作的深入，老人们的生活质量提高了，看病有了着落。最直接的例子就是，村里有了自来水。过去百姓用水得下山去井里挑水，现在家家通了自来水。村里还有了扶贫爱心超市，人们生活得更加便利。

驻扎在枣林村的第一书记叫段双龙，刚开始时他是扶贫队员，经过历练，现在成长为年轻有为的第一书记。这位第一书记与我是大学同学，本科4年、硕士3年，我们一路走来，建立了十分亲近的兄弟情，后来我们又都进入同一个单位，从认识到现在已有13年了。通过我的这位同学，我深知驻村扶贫队员和第一书记的工作十分艰巨，生活十分不易。他驻村扶贫已有两年多的时间。这些年来，他的儿子出生了，他却没有时间来陪伴；这些年来，我们俩见面的次数可能没有超过10次，一年最多见面两三次。有时候给他发信息，他都没有时间及时回复；有时候询问他什么时候回来，他都不知道。最近一次见到他，是在前段时间单位选拔中层干部的时候。选拔的前一天，他刚从家里回到枣林村；接到通知后，他又立刻折回太原；会议结束后，又立即赶回枣林村。就是这样，不管有多烦琐，他心里永远记挂着枣林村，枣林村的扶贫工作在他心中是第一位的。2018年冬天，我在闻喜县考古发掘，跟他通过一次电话，得知他的驻地用水不便，有时候没时间做饭，就随便吃点馒头，甚至不吃了，我心有所动，就去镇里买了便于保存的手工麻花和其他一些食品，给他寄过去，以解燃眉之急。

通过以上两件事情，我对扶贫工作从不关心到逐步关心，再到亲自参与到结对帮扶中，用自己的眼睛和耳朵，看到、听到这些贫困地区正在发生的深刻变化。我深刻体会到，扶贫是一项伟大的事业，是我们实现中华民族伟大复兴的必经之路。同时也看到，这些成绩是我们党带领人民取得的伟大成就。2021年是中国共产党成立100周年，能够实现全国贫困地区脱贫，真是全世界自人类诞生之日起，最重要的成就，注定会彪炳史册，注定会被人民感激。

“扶贫助困”在路上

山西省古建筑维修质量监督站　杨卫东

我们帮扶的豆口村深居平顺县太行山腹地的峡谷，“横漳水而带行山，枕龙门而控凤壁”，山奇水美。按照省文物局扶贫工作的统一部署，2015年8月起，由我对接帮扶豆口村贫困户张援朝一家。张援朝一家4口，2014年被识别为贫困户。张援朝已近70岁，患慢性胃病（内腺癌），基本不能干太重的体力活儿。老伴儿患有严重糖尿病，丧失了劳动力。他们膝下一儿一女，文化水平偏低，无法保证生活来源，早早就外出打工，常年不在家。两位老人的生活只能靠自给自足，却因身体多年患病，生活得非常艰辛。初次走进张援朝家，看到的是老旧的板式院门，院内杂乱，低矮的土坯房又破又旧。老人中等身材，偏瘦，脸色有些发黄。握着老人粗糙、暴着青筋的双手，我对老人说：“今后啊，你就叫我老杨，我就称呼你老张，好吗？”老人不住地点头，嘴里说道：“好！好！”顿时觉得我们的距离拉近了。

在扶贫帮困工作开展过程中，我坚持问题导向，把握“两不愁，三保障”要求，深入贫困户家庭，仔细了解老张一家的生活状况、身体状况，将党和国家制定的“精准脱贫”补助医疗、养老等方面的惠民政策逐条、详细给老人讲解，鼓励他们两个儿女多参加培训，由简单的体力劳动向技能劳动转变，同时为他们提供就业信息。除此之外，我详细了解老人的胃病情况，电话咨询大夫，帮助老人减轻心理压力，积极治疗。帮扶期间，我还给老人送去生活必需品，和同事一起将老人户里户外进行了整理，使老人居住的环境有了大的改善。

2016年5月，张援朝的老伴不幸去世，我入户对老人进行了安抚，也希望老人从悲痛中尽快走出来，保重身体；同时一再叮咛老人，家里墙上留着我的联系电话，有要求一定要告我。老人说道：“现在政策好了，感谢党！感谢国家！”几年来的帮扶之路，多次促膝交谈、唠家常说里短，我渐渐和老人建立起了一种友情。

记得2019年年底，临近新年，我们赴豆口村看望老人，进村时已近下午5点了，在村委会门口下车后我们与驻村队员进行了短暂的交流。这时我的手机铃声响了，一看是张援朝老人的电话，接通后，听到老人在电话里操着浓浓的地方口音说道：“老杨，听说你们要来，我已经给你擀好面条了，等着你啊。”我赶忙拎着米和油直奔老人家里，一进屋看见冒着热气的臊子，案板上码放着整齐的面条，心里有一种说不出的感觉。我紧紧握住老人的手说："快过年了，来看看你！"2020年年中，因单位工作安排在外出差，未能与同事一同去豆口村看望老人，我打电话与单位同事沟通，一定要代我去看望老人家。老人听说我这次出差没能到村里，再一次拨通了我的电话。电话那头还是那口浓浓的乡音："老杨，听你的同事说你有事没能来，我想你啦！"我的鼻子顿时一酸，泪水在眼眶中打转："老张，保重身体，有时间我一定去看你。"多么淳朴的一位老人！他总记着你对他的好。友情可以升华为亲情，只是看我们怎么去做。

经过几年的帮扶，老张家的生活也越来越好了，2014年老张一家人均可支配收入不足万元，截至2019年底，人均可支配收入达到17500多元。这就是"精准扶贫"、消除贫困、改善民生、逐步实现共同富裕的政策带来的成果，这就是人人都应享有改革开放带来的红利的体现。

贫困户的脱贫之路，激励着我不断前行。今后工作中，我要进一步深入学习领会习近平总书记关于扶贫工作重要论述的精髓要义，带着感情学、带着责任学、带着问题学、带着任务学，在学懂、弄通、做实上下功夫；要从习近平总书记扶贫工作重要论述中寻找解决难题的"金钥匙"，提升脱贫攻坚的真本领，为打赢全面脱贫攻坚战做出新的贡献。

我的扶贫体验

山西省古建筑维修质量监督站　王卫滨

古人云：仓廪实而知礼节，衣食足而知荣辱。习近平新时代中国特色社会主义思想明确了坚持和发展中国特色社会主义的总任务。这就是实现社会主义现代化和中华民族伟大复兴，在全面建成小康社会的基础上分两步走，在21世纪中叶建成富强、民主、文明、和谐、美丽的社会主义现代化强国。要实现这一任务，扶贫工作首当其冲。

要切实领会习近平总书记关于扶贫攻坚系列重要讲话精神，理论联系实际，用党的最新理论知识指导扶贫工作的实践。做好扶贫工作，需要走群众路线，应持之以恒践行“一切为了群众，一切依靠群众，从群众中来，到群众中去”的群众路线。

按照单位党支部和扶贫工作队安排，我于2015年8开始结对帮扶，我的扶贫生活就此开始。

一、走访结对贫困户

只有深入农村工作的第一线，才能掌握扶贫工作的第一手资料。去之前我通过网络和书籍对平顺县石城镇豆口村的情况有了初步了解。到达豆口村后，首先是在驻村扶贫队同志的带领下对村容村貌和全村的基本情况有了一定的了解，对群众对政策的知晓、了解情况做了认真了解；接着与群众和村干部及驻村扶贫的同志开展座谈，了解村情、民情，熟知村里的现状和村民的生产、生活情况，掌握好第一手材料，做到心中有数。

带着诚心对结对贫困户入户调查走访中，我看到一对年迈的老夫妇，老大娘因病致残在床上躺着，老大爷的身体看起来也不太好。他们住的是一间破旧的老房子，家里空间狭小，家具摆设也很简陋，唯一的家电就是一台老式电视机。我们把慰问品送到他家，说明来意后，老大爷很激动，一直说“谢谢”。这个家庭生活相当艰苦，特别是因病残导致家庭贫困。该户共两口人，住房面积30平方米，为一般贫困户，家中有耕地1.9亩、林地1亩。户主张铁先64岁，有慢性病，在家务农，普通劳动力。妻子张爱堂63岁，患有脑梗、肢体二级残废，生活无法自理，丧失劳动力。我临走时留下公示的联系电话，便于他们有困难时，可以通过电话反映他们的真实声音和期盼。

回去的路上，领我们去的村干部说，我们发的这些米、面、油等的价格稍微高一些，所以他们都不舍得吃，平时他们连油、米都吃不起。这些贫困户的收入低，甚至没有收入来源，加上家庭成员患疾病等因素，造成贫困加剧。

二、制订帮扶措施

为结对贫困户提供最合理的扶持，解决最需要解决的问题，是结对扶贫工作的重中之重。该家庭主要因病致贫，因此对其家庭帮扶应从健康扶贫和社会保障方面着手，使其充分享受国家的好政策。为此，在征求贫困户的意见后，我制定了以下帮扶措施：一是“两不愁、三保障”政策方面落实计划，包括健康扶贫、生态扶贫（新农合减免等）、社会保障（养老金）、村集体分红（水费、电费）。二是开展“送温暖、献爱心”活动，宣传精准扶贫、医疗惠农政策。三是不定期到户帮助其整治院内外和室内外环境卫生，通过爱心捐赠米、面、油等，帮助其解决生产、生活中的实际困难。

三、加强协调帮扶力度

做好物质上扶贫的同时，更重要的是要做好思想扶贫。生活困难的人在压力面前总是处在低谷阶段，总会认为自己命中注定要穷，再加上因病致残的原因，再怎么努力也没用。有了这种思想，自然失去了自立自强的信心。我个人觉得，要想帮扶结对户，首先应该让结对户从思想上站立起来。因此我鼓励老两口克服困难，增强战胜困难的勇气。

扶贫可以有多种渠道和方法，解决一袋米、一桶油，或者给几百元钱都可能在某种程度上减轻结对户的生活负担，缓解暂时的经济困难，但都不是万全之策，要想帮助结对户彻底走出困境，必须真心实意帮助他们做些根本的事情，出主意、找对策，从源头上解决问题。老两口一个是年老有慢性病的普通劳动力，一个是患有脑梗、肢体二级残废、生活无法自理、丧失劳动力的困难户，你不可能一辈子供他们钱花，要想让他们脱贫，必须找出脱贫的办法。

老两口文化水平低，在宣讲政策时，我们都耐心讲解，一遍不行，讲两遍、三遍。通过我们的宣传，老两口一次比一次更深入了解了当年国家的政策，及时了解了

“新农合”医保政策。我们还为他们讲解住院报销流程和比例，掌握医药费用占收入的比重，鼓励他们积极对待疾病；宣传社会保障政策，讲解低保办理条件和程序。在我的反映下，在支村“两委”和扶贫工作队的共同努力下，2017年10月，我们帮助他们落实了低保政策。

2019年10月8日，经认定，张铁先家脱贫。

四、用心支持扶贫

扶贫攻坚，更需要我们党员干部多一些担当、多一些办法、多一些接地气的思路，用换位思考的方法，来解决群众遇到的实际困难。

在扶贫工作中要勤于思考，充分考虑实际情况，因地制宜，合理进行调整。对贫困的群众，我们有一种发自内心的同情，因为帮扶几年的扶贫入户使我对豆口村的乡亲有了更深的了解，更加增强了我对扶贫攻坚的使命感与责任感，这是用心扶贫的必要条件。在一家一户的走访过程中，太多的久卧病床的老人、太多的渴望走出困境的村里人，更加驱使我用心去帮扶他们。

如果仅仅把扶贫当作任务，为帮扶而帮扶，敷衍了事地填写扶贫手册；或者为入户而入户，表示我来过、我见过，然后纸上谈兵，这些被动的扶贫、被动的工作，没有一丝的责任感，更谈不上用心。每次到豆口村，都会看到奋斗在一线上的扶贫工作队的党员干部，感受到他们从内心深处怀着对弱势群众的关爱、对困难群众的同情，坚持行善、向善的信念，变任务为责任，变压力为动力，充满激情、充满爱心，积极主动地投身于扶贫攻坚战中的态度和行动。

我相信，任何困难都是暂时的。现在村民的生产生活条件已有很大的提升，只要大家有脱贫致富的勇气和决心，只要认真学习致富技能、拓宽增收渠道、提高家庭收入，相信在党和政府的带领下，通过自己勤劳的双手一定会创造出更加美好幸福的生活。

核桃的故事

山西省文物交流中心　闫红霞

我们扶贫的是位于河南省、河北省与山西省交界处的平顺县豆口村。这里因为紧靠着浊漳河，不宜进行规模化养殖，老百姓只能靠种植花椒等经济作物为生。这里四面环山，土地贫瘠，产出有限。我的帮扶户张大爷一家3口人，妻子腿脚不便，张大爷又上了年纪，只能干干地里的话，近几年孩子大了在外打工还能补贴补贴家用。大爷儿子都二十七八岁了，也到了找对象的年龄了，可大爷说在外找对象找不起呀，人家姑娘要房子要车，咱上哪儿给筹钱呢。

核桃、花椒、柿子是这里的主要农产品。2017年初春，因为天气缘故，花椒刚刚开花便被一场寒流全冻死了。2019年11月，我们又一次来到豆口村，一到村里孙书记就告诉我们，今年天旱，咱们村的收成不好，花椒没有收入，核桃没有长大，核桃长得特别小，商贩根本不收购，没有办法，大家买点小核桃回去，帮咱们的贫困户销售销售，因为核桃放的时间久了就很难销售！我来到张大爷家，给大爷买了牛奶和挂面，大爷和大娘正在院子里晾晒核桃，看到我来了放下手里的活，赶快把我让进门。我拿起核桃，核桃有大有小，小核桃占了整个的2／3。大爷说今年天旱，核桃没有长好，卖不上价格，商贩只收大的不收小的。我说，大爷，您把那小核桃卖给我两袋子，我带回去吃。走时我把钱留给大爷，让大爷把核桃装好，第二天我过来拿。第二天我们过来拿时，大爷去地里干活了，没有碰到大爷。因为我们要赶回太原，没有拿到核桃。在回往太原的路上，接到孙书记的电话，说大爷听说我们走了把核桃给拿到扶贫队里来了，还着急地说一定要把核桃给我捎回来。孙书记没办法，只好让山西博物院的同志帮我捎回太原。带回来后我打开一看，里面全是一个个大小均匀的大核桃。我在院里看到的小核桃呢？我心里有种说不出的滋味，眼泪哗啦一下流了出来。大爷把卖不出去的小核桃还是留给了自己。多么淳朴善良的大爷！日子虽然难，但并没有难别人，大爷，我要向您学习。

感恩 幸福

山西省文物交流中心 王玉峰

2019年12月，山西省文物交流中心扶贫工作队员们来到豆口村入户走访。队员们正在开会布置当天的工作任务，忽然，一个熟悉的身影映入了我的眼帘。他正趴在会议室的窗台上向里面张望着、找寻着，这不是我的帮扶户张大爷吗?我推门而出，看到张大爷乐呵呵地站在门口，手里拎着一大包土特产。张大爷高兴地说："我今年脱贫了，不知道以后还能不能见到你们，这是今年家里自产的花椒、核桃、柿饼，给大家带上，是我们全家的一份心意。"此情此景，让我流泪了。虽然我们做得很少，但是淳朴的太行山区人民却记着我们，东西虽然不能收，但这份感恩情怀足够让我们铭记一辈子……

在去张大爷家的路上，我告诉张大爷，脱贫不脱政策、不脱责任、不脱帮扶、不脱监管，以后我们还会一如既往地过来。张大爷高兴地点点头。他告诉我，孙子张鹏山西农学院毕业后，今年已在北京找到了工作，挣钱了；儿子现在在山东打工，收入还不错。这些年，全靠党的好政策。孙子读大学期间每年享受5000元的大学生贫困补助；他和老伴有国家的养老金、低保金补助、独生子女补助，全家有养老保险、城乡居民医疗保险、大病医疗保险和意外伤害保险补助，有水费、电费补助；他现在还在村里干着保洁员的工作，每个月还有1200元的收入……他今年80多岁了，身体还算硬朗，现在觉得日子越来越有奔头了，感谢共产党的好政策，感谢省文物局扶贫队员们的热心帮助。

2020年6月，我们再次入户走访的时候，张大爷一家已从原来村集体的房子搬到了新居。看着老两口在宽敞明亮的新居里忙来忙去，看着张大爷眉宇间露出的幸福神情，我感到很欣慰，为这幸福的一家人高兴。祝福二位老人长寿！祝福他们的日子越来越好！

安平的小卖部

山西省文物勘测中心　张巨鹏

自扶贫工作开展以来，我与驻村书记孙宏伟一起深入我的帮扶户张安平家中走访座谈、访贫问苦。救急也要救穷，帮助贫困户，不仅仅是给予对方资金上的援助，更重要的是帮助对方就业，找到一条可持续发展之路。

经过与张安平的多次交流，我发现他虽然文化程度不高，但是平时性格乐观开朗，生活上又善于精打细算，有一些经商的基本素质。我建议他可以考虑经营项目，提高收入。经过调研了解，村中没有适合村民消费的商店，日常所用的杂物都需要走很远的山路到乡镇采购，一来一回非常不便。于是，我建议张安平利用个人优势，抓住商机，开办一家小型超市。张安平个人思想较为活跃，容易接受外界新鲜事物，他很快接受了我的建议，但是苦于没有启动资金。在我的牵头下，经过多次与当地扶贫办咨询沟通，最终于2019年3月帮助张安平申领了5万元小额贷款，办起了一家小型超市。目前，该超市主要经营一些小食品、禽蛋、乳冷食品等日常所需。由于张安平的人缘好，加上他做生意实在，村民们都很乐意去店里买东西，小超市的生意蒸蒸日上。此举不仅帮助贫困户解决了生活来源，同时也为村民提供了便利。

扶贫情

白杨坡：道路越走越宽广

——山西省文物局帮扶平顺石城精准脱贫侧记

江　雪

一

朋友，您到过山西省平顺县的白杨坡村吗？

当我们唱起《我和我的祖国》，“袅袅炊烟，小小村落”，那情境讲述的就是白杨坡这样的村落。

太行山中的白杨坡村北靠浊漳河，南望驼岭山，梯田层层环抱，远看宛如绽放的莲花花蕊。村庄山环水绕，植被茂密，空气清新，风景独特，世界八大奇迹之一、闻名全国的“人工天河”红旗渠从村边涓涓流过。多年来，白杨坡遗世而居，仿佛世外桃源一般幽静。

2011年11月，一辆中巴车缓缓开进了白杨坡。车上下来30多人，走在前面的是时任山西省文物局局长王建武。

11月的太行山，寒意渐浓，山西省文物局一行人扛着铁锹、拎着水桶走向村外一个叫东谷练的山地，随着铁锹飞舞，锄头、水桶穿梭，1000多株花椒树在太行山扎下了根。

从2011年开始，每年11月中旬，山西省文物局的30多位干部职工都会来到白杨坡村，在百姓的地里栽下千余株花椒树。9年，他们为白杨坡村栽下了近1万株花椒树。这些花椒树栽在谁家地里，收益就归谁家。

这天下午，白杨坡村沸腾了。白杨坡村37户人家110口人，几乎全部聚集到了村委会前广场。消息是破天荒的：“听说，省文物局要给我们每家每户发煤气灶？”

“可不，人家是要让咱们向城市生活看齐，要建设美丽乡村……”

村民们等待着。下午2点，村民大会开始了。王建武讲话之后，亲手把一台煤气灶送到了一个村民手里……

抱着领来的煤气灶，一张张面孔上绽放着激动与满足的笑容。

让白杨坡村百姓更没想到的是，之后几年，山西省文物局先后为白杨坡37户人家送来了电视机、冰箱、空调、电动车、床上四件套……今天，随便走进白杨坡村哪户人家，他们的生活与城市居民一样，均步入了现代化……

二

山西省文物局对平顺县的帮扶从2008年开始。一开始帮扶的对象是平顺县石城镇豆口村，2011年增加了石城镇白杨坡、岳家寨两个村庄，2016年又增加了石城镇上马村和枣林村。

2016年，山西省文物局开始派驻帮扶工作队和第一书记驻村工作。4年来，帮扶工作队队长与第一书记进百家门，吃百家饭，办百家事，与村民结下了深厚的情谊。

2017年冬日的一天，午饭后，白杨坡村68岁的张保枝用水浇灭了做饭的柴火，在床上躺了下来。冬日的村庄是悠闲的。她闭上眼睛，不一会儿就进入了梦乡。

当张保枝被浓烟呛得咳嗽起来时，她才发现家里着火了。她一激灵翻身起来，跑出了屋子。此时，火越烧越大，人已经难以进入屋内。张保枝捶胸跺脚，呼天抢地，也只能眼睁睁看着家里的全部家当化作灰烬。

事情发生后，白杨坡村委出面，把张保枝安排在她邻居家住了下来。她出嫁的3个女儿为母亲送来了棉被和一些衣物。

山西省文物局机关干部赴白杨坡村义务植树

扶贫队为张保枝老人送上洗衣机

那天晚上，省文物局驻村第一书记马胜把张保枝家着火的消息汇报给了省文物局局领导。脱贫工作首先要达到“两不愁、三保障”，老人家没了住房，这是大事。经过研究，省文物局很快批示，由局里筹集2万元资金，在原址上重新为张保枝盖新房。

2018年春天，张保枝被烧毁的老屋被重新建了起来。老人家感动得热泪盈眶。之后的日子，每逢做了饺子或者平顺的特色饭菜，她就会送一碗给驻村的扶贫工作队员。

太行山的8月，花椒红了，白杨坡村醉在红艳艳的花椒香气里。村民们一早挎着篮子出门采摘花椒去了。花椒采摘季节，因为路远，村民们一般中午不回家，带些干粮，一直干到天黑。

夏日，神出鬼没的暴雨不期而至。远在几里甚至十多里外山地的村民心急如焚——一早起来，他们把几天前采摘的花椒晾晒在了场院里。

完了！完了！一年的辛苦血汗，就这样被龙王爷无情地收走了……眼看暴雨如注，他们欲哭无泪。

当他们疲惫而匆忙地赶回家里，那一刻，他们惊呆了！他们的花椒被好好地收拾在蛇皮袋里，或放在门洞，或放在屋檐下，晒过的花椒依旧红艳艳的安然无恙。他们喜极而泣，回头寻找那个帮助他们收起花椒的人：是谁默默帮助我在暴雨来临

扶贫村百姓采摘花椒

前收起了晾晒的花椒的？

问左邻，问右舍，都摇头：不是我！

那会是谁？最后，他们从帮扶工作队队长、驻村第一书记脸上的笑容里找到了答案。

白杨坡村党支部书记岳安龙告诉我，扶贫工作队真是把白杨坡村的村民当亲人了。白杨坡村30多户人家，他们几乎为每家每户帮着收过晾晒的花椒。他们不仅仅帮助村民晾晒花椒，这些城里来的年轻人看到村民忙不过来，还会挎着篮子上山帮村民采摘花椒。因为从小没有干过农活，他们的胳膊上、手上，被花椒带刺的枝条划得鲜血淋淋，却没人叫一声苦……

驻村工作队为交通方便，到村里时带来一辆车。于是，他们成了全村村民的勤务员：东家要到镇里拿快递，西家要到镇里买药，或者交电话费，女儿、儿子要去镇里上学……如今，村民一旦遇到困难，不约而同会想到他们：找扶贫工作队啊。

工作队有电脑、打印机，白杨坡村有一户人家的孩子上学，学校要求填一个表格。终年躬耕于田地的夫妻二人面面相觑，他们哪里会制作表格，还在电脑上？何况，他们也没有电脑、没有打印机啊。他们想到了扶贫工作队，他们的难题迎刃而解。一传十、十传百，于是，工作队队员的办公室又成了“村集体”的复印打字店。

白杨坡村民由衷地赞叹：真没想到，省文物局会如此贴心地帮我们脱贫，他们对老百姓的关心、帮助，甚至超过了亲生儿女。

三

种下花椒树，除了保证村民传统产业的增收之外，省文物局考虑得更为长远。平顺县石城镇豆口、白杨坡和岳家寨村，都有非常好的乡村旅游基础。精准脱贫，必须为村庄谋划更为广阔和长远的发展前景。

2012年，山西省文物局决定以“大美山水，民族精神”为主题，深入挖掘红旗渠精神、岳家精神，融入平顺县委、县政府全域旅游发展方针，大力发展文化旅游产业，推动当地经济社会发展。针对所帮扶白杨坡、豆口、岳家寨三村传统村落保护完整，自然资源、文物资源、非物质文化遗产资源丰富等优势，省文物局聘请国家文物局博物馆司、中央民族大学、南开大学、国家博物馆等馆所院校的专家学者，由宁立新副局长亲自带队，到平顺县石城镇进行多次调研后，决定整合豆口、白杨坡和岳家寨3个古老村庄，建设一座生态博物馆。

这个举措开启了我国北方地区第一座生态博物馆建设的序幕。

2013年5月，《太行三村生态博物馆建设规划方案》正式批复。8月，开始筹备豆口村认知中心陈列布展项目。2014年11月，豆口村展馆配套设施工程项目全部完工，对外开放。2015年，省文物局又针对豆口、岳家寨村落环境展示及安全等问题，实施了环境治理一期工程。

2016年，省文物局帮扶村落增加了平顺县石城镇枣林村和上马村。看到两个村庄濒危的古建，他们通过公开招标，对枣林村公所、上马村金华庙、玉皇庙进行了修缮。枣林村公所旧址维修为该村发展民国主题文化乡村游指引了方向，上马村古建维修工程为平顺县传承文化遗产、弘扬传统古建文化谱写了新篇。

2014年，白杨坡村入选全国传统古村落拉开了白杨坡村“乡村旅游的”序幕。白杨坡村独特的地理环境使得白杨坡村的农耕文化遗址保存比较丰富。走入白杨坡村，你会感觉远遁入一个时空隧道。白杨坡这座太行深处典型的休闲小村落，有青石小巷悠长婉转，有一座座土坯老屋宁静而古朴。石臼、石碾在村落中随处可见，红辣椒、黄玉米挂在门前窗口，仿佛一串闲适而淳朴的音符。白杨坡村还保留了浓郁的手工纺织技艺。18世纪30年代，白杨坡村民岳志得将该村零散纺织户集中起来，在河北邯郸开办了“兴得布店”，贩售至河南、河北、安徽等地，年销家织土布84万匹。直到今天，白杨坡村依然保存着最为浓郁的纺织文化；白杨坡村还有遗落的浊漳河岸边的很多“红旗渠往事”，如杨贵小学、红旗渠奶娘、改云桥等，至今让人感念不已。此外，白杨坡全村大多数姓岳，这里的岳氏文化根深蒂固。

2016年，省文物局开始筹建白杨坡认知中心陈列布展项目。为了建好这个展

白杨坡村一角

馆，白杨坡村党支部书记岳安龙带领相关人员先后考察了以农耕文化为主的昔阳大寨博物馆、小岗村大包干纪念馆和山西榆次后沟传统村落展览馆，之后给白杨坡认知中心重新定位，取名为“太行乡村记忆馆”（又名“太行山村白杨坡农耕文化生态博物馆”）。白杨坡村深度挖掘太行山村文化，对展馆进行了精心布局。2018年5月，白杨坡生态博物馆对外开放。白杨坡生态博物馆不仅丰富了农村文化生活，更吸引了大量游客。这一年，这座乡村博物馆迎来游客达10多万人次。2019年，太行山深处的这座博物馆仅营业额收入达50万元。

太行三村生态博物馆建设项目的建设，将石城镇豆口、岳家寨、白杨坡3个全国传统古村落连成一体，扩大了太行古村群落的影响力。

2018年，富裕起来的白杨坡村请来县水利局专业技术人员，花费80万元打了一眼机井（其中，省文物局出资30万元），白杨坡村民从此告别了古老的旱井饮水方式，迎来了汩汩流淌的自来水；将3米宽的路扩张到6米（省文物局出资50万），公交车终于可以开进了白杨坡；铺设了电视信号网络，实现了全村闭路电视网络全覆盖；为全村60岁以上老人每年发放生活补助金100元；为全村村民免费缴纳了合作医疗、养老保险；白杨坡村民的人均年收入从2011年的1700元增加到了7000多元。白杨坡村的百姓由衷地说：真没想到，如今我们的生活，比蜜还甜！

谈到白杨坡村的未来，党支部书记岳安龙充满激情地说，在党的扶贫东风下，在省文物局的帮扶下，在巩固脱贫成果、实现乡村振兴的道路上，我们要走一条“小村庄、大展馆”的发展之路，让农民收入大提升，实现人均年收入达1万元，全村收入过百万元。白杨坡村的乡村振兴之路，将越走越宽阔！

百尺竿头，更进一步。2019年，白杨坡生态博物馆完成了续建工程。2020年，在省文物局的帮助下，白杨坡村启动新的计划，他们将以“研学游”“康养游”“生态游”为中心，依托白杨坡农耕文化、红旗渠红色文化、纺织文化、岳氏文化等，将白杨坡村打造成长治乃至山西的一座特色鲜明、品位高端的“农耕文化生态博物馆”。也就是说，他们将把白杨坡整个村落当作一个开放的、原始的、系统的活态“大展馆”来筹建，每条街道和每座院落自成展馆单元，每家每户的日常生活成为活的文化展示元素，村民既是自我生活的主人公，还是展馆的主人翁；既是农耕文明的演绎者、传承者，也是白杨坡村这座“农耕文化生态博物馆”的民俗文化讲解员、宣传员，让村庄成为舞台、百姓成为演员，把农耕文化立体、生动地呈现给世人。

今天的白杨坡村文化活动层出不穷，展馆别具一格、有声有色，村庄生机盎然、前途灿烂。白杨坡村赢得了“康养人家”“中国最美休闲乡村”“全国文明村(镇)”“全国百佳避暑小镇”“全国人文生态旅游基地”“山西历史文化名村”“山西文化示范村”“山西省生态村”“山西省旅游示范村”等一系列桂冠。行走在乡村振兴之路上的白杨坡村，敞开家门，以独有的太行山村模式迎接着四海宾客！

朋友，当你今天来到白杨坡村的时候，你将会享受到白杨坡村浓郁的地方特色文化盛宴。毛驴车载你进入村庄，采摘区供你休闲体验，农家旅社能让你品尝到绿色自然、清新可口的饭菜；在村民的院子里，犁、耙、锄、筐，能让你看到朴素的农耕文化；你还可以停下来，摇一摇纺车，听听远古“唧唧复唧唧”声；等等。这样逍遥而悠闲的时空，怎么能不使人耳目一新、流连忘返！

四

10多年来，山西省文物局一任接着一任干，将太行山深处的“帮扶接力棒”传递下去，为白杨坡等几座村庄送来了脱贫致富的温暖阳光。在一份《山西省文物局扶贫工作汇报》材料里，笔者看到这样一段话：省文物局筹集资金200余万元，建设了豆口文博小学，解决了当地孩子上学难的突出问题；2015年，省文物局直属3家单位，为豆口小学80余名师生筹集发放了书包、文具等学习和教学用品，为豆口村2015年新上大学的贫困大学生发放了助学补助金；2016年，组织文博志愿者为学校筹集2万余元的教学用品，组织了丰富多彩的教学活动，得到了豆口村家长、教师的认可；每年组织“关爱乡村教育，共建美丽家园”助学助教活动，为学校师生解决了很多实际问题。

11年来，省文物局用帮扶资金(2016年以前每年为50万元，2016年为60万元)，组织各帮扶村开展精准扶贫产业开发，帮助新增多亩花椒经济林、农家乐旅社、畜牧产业生产，促进村民致富。11年来，他们发动直属单位，针对建档立卡的贫困户，开展访贫问苦、春节慰问活动，为建档立卡的贫困户送去了温暖、送去了党和政府的关怀。

省文物局对白杨坡村的发展倾注了很多心血与关心，2019年6月，时任省文物局局长雷建国到平顺指导脱贫工作；2019年11月8日，省文物局程书林、宁立新等领导来到白杨坡村指导、检查脱贫工作。为确保白杨坡农耕文化生态博物馆“大展馆”各项工作顺利进行，省文物局局长刘润民和副局长程书林、宁立新担任了“大展馆”顾问，开启了把白杨坡村建设成为山西省文化旅游典型村、样板村的新征程！

白杨坡村扶贫纪实

王忠怀 岳安龙

一

平顺县石城镇白杨坡村是山西省文物局的驻村扶贫点。该村位于晋、冀、豫三省交界的浊漳河畔，距石城镇10公里、长治市80公里、安阳市80公里、邯郸市90公里。

村庄坐落在浊漳河南岸的群山环抱之中，是典型的干石山区。村域面积2274亩，可耕地面积只有175亩，全部分布在村周围山洼里，呈梯状分布，最大的地块不足1.5亩，最小的地块只有二三分。常住人口127人，人均土地只有1.3亩。由于十年九旱，粮食亩产量不足150公斤，人均口粮不足195公斤。村民的经济来源主要依靠山果经济收入和外出务工收入。在2011年省文物局刚进村帮扶时，人均年收入只有1580元。

该村域内多奇峰陡崖，巍峨壮观，而且山上植被良好，草木繁盛，多为原生态森林。村后山岩上溢出股清泉水，汇流成溪，山环水绕，自然风光良好，且气候属于北温带大陆性季风气候，四季分明，夏无酷暑，冬无严寒，极宜人们休闲养生、旅游观光，是不可多得的旅游胜地。

该村的历史悠久。从村北的关帝庙、井龙庙碑记推断，至少在清代中叶村庄已粗具规模。村中现存清代、民国建筑遗构，村庄发展的脉络清晰完整。据史料记载，白杨坡是南宋爱国将领岳飞三子岳霖的后代逃难到此，繁衍生息，逐渐形成了村落。

白杨坡村的农耕文明源远流长，由此而形成的民俗文化不胜枚举，很多遗存近似于活化石。它表现在村上民居的建筑规制、家具陈设、农耕用具、纺织文化和手工业技艺，还有独特的节庆文化、风俗礼仪等。其中，刮街、转九曲和纺织文化已被列为省级非物质文化遗产。

白杨坡村地处贫瘠的干石山区，石厚土薄，交通闭塞，经济欠发达。村民的思

白杨坡村全景

想因循守旧，观念老化。但是白杨坡村有得天独厚的旅游资源，它包括优美的自然风光、悠久的历史文化和独特的民俗活动。因此，大力发展乡村旅游，无疑是一条带领村民脱贫致富、振兴乡村的必由之路。

二

脱贫攻坚的号角吹响后，山西省文物局就派人来到了白杨坡村驻村扶贫。2011年，时任省文物局局长的王建武同志，率领局领导和扶贫工作队的同志深入白杨坡村进行调研。他们深入每家每户、田间地头，和老百姓同吃同住同劳动，通过田间劳动、炕头谈心，了解到老百姓的生产、生活确实非常困难。大部分村民的生产方式还是原始的手工劳作，锨挖锹刨，肩挑背扛。由于十年九旱，靠天吃饭，村民一年劳作费工费力，收入甚微。大部分村民省吃俭用，勉强度日。王建武同志深有感触，改革开放30多年了，人们的生活水平发生了翻天覆地的变化，没想到山里的群众生活还这么贫困。他感到对不起山区的群众，对不起这些战争年代曾经为中华人民共和国的诞生付出过巨大牺牲的太行山老区人民。于是，他经过反复思考，多方调研、沟通，经研究决定，先从提高和改善村民的生活质量入手，多方筹资，解决困难群众的燃眉之急，改善村民的生活条件。2011年，省文物局为村里的每家每户都免费发放了燃气灶具，解决了村民劳作一天归来还得烧火才能做饭的辛苦；2012年，当扶贫工作队的同志们了解到村民还买不起电视机的情况后，又免费为每家每户购买了液晶电视机；2013年，免费为每家每户购买了电冰箱；2014年，为每家每户购买了空调；2015年，为每家每户购买了电动车。至此，白杨坡村民的家家户户都拥有了燃气灶、电视机、电冰箱、空调和电动车，生活质量大大提高，普遍享受到了现代化的生活用品，在平顺县率先实现了现代家用电器全覆盖。

与此同时，扶贫工作队的同志还了解到，花椒树的种植是当地村民传统优势产业，花椒销售是当地农民的主要经济来源。因地制宜，大量发展花椒树种植是一项适合当地脱贫增收的优势产业。从2011年到2015年，省文物局都购进大量花椒树苗，免费发放给村民种植，并聘请技术人员对村民进行相关的技术培训，提高花椒的品质和产量。5年来，白杨坡村花椒树种植面积由原来的人均不到0.5亩提高到人均2亩，花椒产量由原来的人均不到50斤提高到人均100斤。花椒产业已成为本村的支柱性产业，花椒收入已成为村民的主要增收项目，人均年收入由2011年的1580元提高到3200元。2016年年底，白杨坡村在平顺县率先实现整村脱贫，摘掉了贫困村的帽子。

三

早在2011年，省文物局驻村扶贫工作队进驻白杨坡村开始，王建武局长就意识到，要想从根本上解决欠发达地区的绝对贫困，必须找准着力点，发展农村的优势产业。实行产业扶贫，才能引导村民增加收入、摆脱贫困，真正走上富裕、小康的道路。驻村工作队的同志们经过多方调研认为，白杨坡村的自然条件是石厚土薄、

白杨坡乡村记忆馆内景

工作队与白杨坡村民共贺新春

十年九旱，虽然不适宜发展农业生产，但是广袤的绿水青山和人文遗存却极宜发展乡村旅游。白杨坡村的党支部书记岳安龙也认为，发展乡村旅游是干石山区脱贫致富的必由之路，在此之前已做了大量的前期准备工作，发动群众、多方筹资、拓宽硬化了进村道路，修建了旅游接待中心，整治了村容村貌。双方一拍即合，又经过多方研究、考证，决定在白杨坡村修建一个太行山村生态博物馆，留住乡愁，留住乡村记忆。省文物局立即聘请中央民族大学等院所的有关专家实地考察，挖掘人文资源，收集图片和实物，进行前期规划和准备。

2016年，省文物局雷建国局长接过了王建武同志的接力棒。他十分关心白杨坡村整村脱贫以后的发展情况，经常询问驻村工作队的同志：村民的生活水平是否真正得到了改善和提高？贫困户有没有返贫现象？并持续不断地对白杨坡村的发展予以支持和帮助。他要求驻村工作队的同志必须和村民同吃同住同劳动，与群众打成一片，想群众所想、急群众所急，要和群众心贴心、心连心，建立深厚的感情。雷局长十分关心“太行山村生态博物馆”的建设，2016年从有限的文保经费中专门拨出150万元支持博物馆的建设。他随时了解工程进展，多次亲临现场指导并提出修改意见。2018年他又拨了100万元，支持博物馆的扩容续建和布展工作。

2018年，博物馆顺利建成布展，接待游人参观。在确定博物馆的命名时，当地群众和参与布展的专家和学者提出，“太行山村生态博物馆”的名字不好理解，特别是“生态”二字，虽然展品都是当地原生态的产品，但是大部分是没有生命的历史遗存。对此，许多游客提出异议，建议改成"太行乡村记忆馆"。雷局长考虑再三，从善如流，顺利地采纳了大家的建议。这在当地群众和外地游客中传为佳话。

从2018年太行乡村记忆馆建成至今，许多外地游客慕名而来，参观者络绎不绝，对太行乡村记忆馆建设规模、布展艺术赞不绝口，纷纷表示通过参观找回了乡愁，留住了记忆；太行山地区传承千年的农耕文明和民俗文化在这里得到了充分展示。截至2019年年底，该馆年接待游客量达到了10万人次，带动相关产业迅猛发展，村民人均年收入达到7500元，比2016年翻了一番还多。

四

白杨坡村的村民不会忘记，在贫困线上挣扎了一年又一年的贫苦农民，能够享受到改革开放带来的红利，从而改变了绝对贫困的穷面貌。实现全面小康，离不开中国共产党的英明领导，离不开以习近平同志为核心的党中央心系人民、情系人民的亲切关怀。

省文物局扶贫工作队进村以来，牢记习近平总书记的嘱托，心系人民、情系人民，真心实意为村上的群众和集体办好事、办实事。从2011年开始，他们连续10年为村上的每家每户购买大米、白面、食用油等慰问品，连续10年为村民购买优质的花椒树苗，发展壮大花椒种植产业。扶贫工作队的闫丁队长还多方联系客户，帮助村民销售花椒。他说，白杨坡的花椒粒大、色红味浓，是绝佳的调味品，想办法创一个品牌扩大销路，是当地农民致富的一个优势产业。对此，白杨坡的每一个村民都夸在嘴上、记在心里，万分感激。

开展2020年扶贫慰问活动

贫困户张保枝是个孤寡老人，体弱多病，行动困难，女儿又远嫁外地，无人照顾。2017年冬季，由于自己用火不慎，引发火灾，把自己的住房烧毁了。2018年开春，扶贫工作队的同志经多方奔走，争取到上级的2万多元，为她建好了房屋。房屋建成后，扶贫工作队的闫丁队长、郝凯和王军队员自掏腰包为她购买了一台洗衣机。张保枝逢人便讲："省文物局扶贫队真是老百姓的贴心人，没想到他们帮我建好了房子，还给我买了一台洗衣机，他们真比我的儿女还关心我。"

省文物局驻村扶贫工作队进村以来，与群众吃在一起、住在一起、劳动在一起，与群众心贴心、心连心。工作队长和队员换了一茬又一茬，但是每个人都和村上的老百姓建立了深厚的感情，每个人都做到了村民的困难就是自己的困难、村民的愿望就是自己的愿望，处处为村民着想，为白杨坡的未来发展着想。从2011年到2020年，省文物局驻村扶贫工作队连续10年获得平顺县"先进扶贫工作队"的称号，2020年闫丁同志获得平顺县"十佳青年脱贫攻坚带头人"的荣誉称号。

闫丁获得平顺县"十佳青年脱贫攻坚带头人"荣誉称号

在省文物局的帮扶之下，白杨坡村的旅游业办得风生水起，不但壮大了集体经济，带动了村上其他产业的发展，还获得了许多国家级的荣誉称号：中国传统村落、全国文明村、中国百佳避暑小镇、中国美丽乡村、中国森林康养人家、中国最美休闲乡村、全国人文生态旅游基地等。

五

党的十九大吹响了乡村振兴、向社会主义现代化强国进军的号角。刚刚闭幕的十三届全国人大四次会议表决通过了《中华人民共和国国民经济和社会发展第十四个五年规划和2035年远景目标纲要》，号召全国人民要紧密团结在以习近平同志为核心的党中央周围，满怀信心，奋发有为，为实现中华民族伟大复兴的中国梦而奋斗。

2019年，刘润民同志接替雷建国同志担任了山西省文物局局长，在党的脱贫不脱政策、持续巩固脱贫攻坚的成果，继续助力乡村振兴的新征程中，持续不断地加大对白杨坡村发展乡村旅游的扶持力度，持续挖掘白杨坡村的旅游资源，提出了“小村庄，大展馆”的发展思路，立足当前，着眼长远，抓住国家大力振兴乡村的战略机遇，致力于把白杨坡村建成“中国北方汉民族乡愁走廊”的一颗璀璨明珠，突出“太行山—浊漳河”地域特色，融入黄河、长城、太行山三大旅游板块的发展规划，建设“太行山村—白杨坡农耕文化生态博物馆”。

该规划从2019年12月提出设想，制订工作计划，到2020年1月制定建设方案，经过了反复酝酿、研讨，现在已经分步实施。

第一步，持续挖掘白杨坡村周边各村的农耕文化历史遗存，充实乡村记忆馆的展示内容，并建设“农耕生活体验馆”。

第二步，开发白杨坡村农耕文化的原生态资源，充分发挥白杨坡村“人人有故事，家家有绝活，院院有史料”的特点和优势，补充、丰富展馆的形式和内容，使太行山地区的农耕文化活起来。

第三步，结合“研学游”，把白杨坡村建成城镇居民的生态农业、康养旅居基地，建成为专家、学者提供中国传统村落、历史文化名村、农耕文明史的研究基地，建成为中小学生学习传承“岳飞文化”和“红旗渠精神”的爱国主义教育基地。

根据省文物局对白杨坡村的旅游发展规划来看，白杨坡村的发展前景是美好的，规划是可行的，也是可以预期的。白杨坡村党支部和村委会以及全体村民欢欣鼓舞、信心百倍地在省文物局的大力支持下，决心拿出百倍的努力，不懈奋斗，在2020年获得山西省AAA级乡村旅游示范村的基础上，争创2021年度全国乡村旅游重点村，争取到2025年村集体经济和村民人均年收入比2019年翻两番，达到25000元。

脱贫攻坚如过关　才能扎实去攻坚
党员带头抓关键　振兴乡村写新篇

豆口村党支部书记　张凤兰

2020年是具有里程碑意义的一年，我们将全面建成小康社会，实现第一个百年奋斗目标。2020年也是脱贫攻坚决战决胜之年，冲锋号已经吹响，思想指引着一切行动，建设美丽乡村，促进农业农村全面振兴发展刻不容缓。作为一线扶贫攻坚具体的参与、实施者，我们从思想上要坚定理想信念，认清形势，明确任务，吃得了大苦，耐得了大劳。

扶贫队，特别是扶贫队员中的党员同志们，他们对村里的痛点、难点、重点看得准，做到了精细化、优质化。来到豆口村扶贫是进入一场无硝烟的战场，他们的角

张凤兰在豆口村入户走访

色是脱贫攻坚和振兴乡村紧密相连的主导者。豆口村是一个千年古村落，多数人家贫穷，村里基础设施比较滞后。村民居住在大山内，靠天吃饭，60%以上的老百姓没有去过县城，一辈子没有洗过一次澡的人大有人在。干农活靠肩挑背扛，粮食价格低，土特产卖不出去；想发展养殖业，因为离浊漳河近，又怕影响环境，所以说村里的发展很缓慢。自从党中央号召精准扶贫，让贫困户早日脱贫奔上小康以来，国家派出山西省文物局及所属10个帮扶单位帮助豆口村脱贫，在2019年迎接全国第三方评估时顺利脱贫。这一成绩的取得，与帮扶单位山西省文物局及其派出的驻村工作队是息息相关的，有他们的扶持豆口村才在脱贫攻坚路上完成了任务。

扶贫队员刚到豆口村扶贫，吃的、用的东西包括液化气都要跑到5公里远的镇上去购置，没有车，都是徒步。他们肩扛手提，都是早8点去中午11点多返回，满头大汗，累得头晕眼花。夏天蚊虫叮咬，没有电扇和乘凉的地方；冬天无法取暖，夜里冻得伸不开腿。水土不服跑肚子、身上起湿疹是让队员最难熬的。特别是好几个星期不能回家，工作量大，攻坚任务重，连续很多天不能洗澡，身上的衣服都有臭味了。但是他们想到老百姓的生活还不如自己，想想他们的苦日子自己又算得了什么？正是因为贫穷，才需要这一批批队员下来扶持，为了党的工作，为了老百姓早日奔小康，他们怎能当逃兵哪。

记得扶贫队员在脱贫攻坚的3年里走村入户，不厌其烦地入户访贫，老百姓吃、住、穿等开销，病、残疾人、低保人、贫困人、双签约妇女、儿童等都是他们不分冬夏和白天黑夜地摸底，日日干夜夜拼，帮助老百姓发展第三产业，给老百姓解决实际困难，把老百姓的粮食和土特产以高价自己掏钱买上送给自己的亲朋好友们，给最困难的户买大米、面、油，买鞋和衣服。这真叫“人无千年活，操着万年心”啊。

豆口村新貌

豆口村赠送山西省文物局锦旗

豆口村整村脱贫，每个村民都牵着省文物局领导的心。局长顶着风雪来豆口村，入户嘘寒问暖，并拿现金扶贫，对每家每户的吃、穿、起居都挂在心上，过年过节慰问全村百姓。他们曾说，只有豆口村的村民能吃上大米、白面、油、肉、蛋，过好春节，我们才能放心，才能安心。等到豆口村的家家户户都把年货准备好准备全了，他们才在腊月二十九和三十返回太原。谁没有父母？谁没有妻儿老小？谁没有亲戚朋友？他们是走了，村委会没有了他们的身影，只留下了空落落的房间，他们所住的房间冬天连个暖门帘也没有。他们的背影给我们留下了深深的想念。我作为豆口村的一名老支书，看见他们走时身上穿着单薄的衣服，听着他们握手相互说着春节愉快的话语时，我满眼是泪，一种牵挂和思念由心底而生。共产党的政策真好！共产党的干部最亲！这种时候我才真正体会到忙碌一年的扶贫队员不分昼夜，一年四季风里来雨里去，他们都是为一个信念：为党工作，为百姓办事。

我们村的扶贫队队长患有痛风病，有一些食物和菜不能吃。扶贫工作量大，全体村民手册的整理和填写以及各种表都压在他瘦弱的肩上，他急得头上脱发，加上营养不良，任务重但责任心强，他很劳累。他有一个女儿在外读书，一年只能回家一次。只因2019年脱贫全国第三方评估要来验收，他硬是没有回去。妻子和女儿在电话那头哭，他在这头哭，实在让我们听得、看得揪心。我作为一个支书，又何尝不理解他们一家人此时此刻的心情？为了脱贫，有多少扶贫队员受尽委屈和辛酸啊！甚至有的因翻车牺牲在深山沟里，献出了年轻的生命。

我们村是用电抽水吃，有时停电，有时停水，甚至好几天他们只吃方便面，洗不上脸，这些情况都经常发生，但是不管条件多苦，他们都不忘帮助贫困户。我们村有一个残疾贫困户，上有年老多病的父母，下有一双正在读书的儿女，自己又是腿残的家庭顶梁柱，生活无望，孩子们念书确实困难。扶贫队帮他们一家在村中央租了一间门面房，让他们夫妻二人学技术，打烧饼、包手工饺子和炒饼，使他们终于有了养家的本领，孩子们也能安心上学。现在他家女儿上了师范，儿子上初中，一家老少的生活不用再靠国家来扶持，真正从本质上脱了贫。

省文物局领导和扶贫队员从上而下，贯穿一条"为老百姓服务"的信念，修电站、修饮水渠、买机组、整修庙、治理环境、建立扶贫超市，让村民从老到小都享受到该享受的待遇。在省文物局的帮扶下，豆口村有了明显起色。在豆口村扶贫的这么多年里，他们是百姓心中的靠山、家里的顶梁柱和主心骨，他们和老百姓真正融为了一体。在扶贫的3年里，吃水问题彻底解决了，进村公路宽敞了，电也明亮了，街道扩宽了，公厕干净了，各行各业繁荣了！党的政策好，也给农村解决了实际困难，给百姓造了福。有这样的好领导、好政策、好队员，豆口村在乡村振兴的道路上会越来越好。相信在省文物局的帮助下，豆口村一定会谱写出更美丽的新篇章！

黄花沟里圆了脱贫梦

黄花沟村党总支书记兼黄花、枣林、流吉村党支部书记　赵永翔

我现任石城镇政府综治员、石城镇黄花沟村党总支书记，兼任黄花、枣林、流吉3村党支部书记。习近平总书记强调，消除贫困，改善民生，逐步实现共同富裕，是社会主义的本质要求，是我们党的重要使命。脱贫攻坚战的冲锋号吹响后，我们黄花沟就立下"愚公"志，咬定目标干，在脱贫攻坚的道路上，进行了一系列生动的实践。

一、黄花沟的昨天

黄花沟隶属于平顺县石城镇，是8个村庄的总称，相信到过黄花沟的人都知道，这是一条山大沟深、石厚土薄、信息闭塞、水源缺乏，金、木、水、火、土五行俱缺的穷山沟。老百姓有顺口溜说："山大沟深石头多，出门上地就爬坡。吃水要等天下雨，大病难救小病拖。"全长30里的黄花沟，从南到北由源头、蟒岩、上港、枣林、流吉、黄花、水板石、自新8个行政村组成，国土面积6万余亩，总人口535户1756人，其中，贫困户295户833人。

（一）黄花、黄花，只有荒凉的山，没有花

在过去，黄花沟的穷是出了名的。为啥穷？我总结了一下，有"六难一低"。"六难"就是：吃水难、行路难、看病难、上学难、穿衣难、住房难；"一低"就是：收入低。

首先说吃水难。平顺不缺水，但山沟沟里最缺水。黄花沟8个自然村，除了源头村外，村村都缺水。干旱的季节，村民们得走好几里的山路，排着队用水瓢舀浑浊的河水。当时流传着这样一段话：鸡叫头遍挑起担，天亮才能挑一担。累得后背直冒汗，省吃俭用真可怜。早上挑水人挤人，去得迟了干瞪眼。因为吃水问题，还发生了两起事故，搭上了3条人命。一次是自新村村民开着水车去沟口拉水，路面不平一个急刹车，两个十几岁的孩子不幸离开了我们。另一次是枣林村有一户村民，骑着三轮车到村外的沟里去拉水，山高路陡，10岁的孩子一不小心跌下了山崖。家人撕心裂肺的哭声，至今都记忆犹新。其次是行路难。整个黄花沟深34

程书林调研枣林村发展

里。一条坑洼不平的土路就是出山的唯一通道,村民要到镇上购买生活用品,就必须走这条路。晴天还好点,一到雨天,山路湿滑泥泞。冬天下雪后,路面结冰,情况更糟。每年都要发生几起连人带车坠入沟底的事故。路不通,乡亲们摘下来的花椒卖不出高价钱,蔬菜、农副产品除了自用,基本上是烂掉扔掉。没有收入,日子自然是苦不堪言。再次是看病难。因为交通不便、经济落后,村里连个诊所都没有。要看病就得到十几里外的镇卫生院,真的应了老百姓那句顺口溜:大病难治小病拖。村里有孕妇生产,还没到医院孩子都已经出生了。有家老人半夜发病,还没抬到医院,人就走了。第四是上学难。村里的学校条件太差,一个老师带着几个年级的学生。为了孩子能接受好的教育,村里的老百姓只好拖儿带女,逃离故土,演绎了一幕幕现代版的"孟母三迁"。第五是穿衣难。在过去,新三年、旧三年、缝缝补补又三年,当时也真的就是一件衣服老大穿完老二穿,小了接出一截还能穿。第六是住房难。一家七八口,三代人挤在不足10平方米的土坯房里,冬天透风,夏天漏雨;屋外下大雨,屋里下小雨。再加上收入低,建不起新房,有的青年娶了媳妇还和爹妈住在一起。那时候的日子很苦,也很难。

(二)父辈、父辈,只有"父亲"没有"背"

在我的记忆中,父亲永远都在干活。他当时任枣林村党支部书记,为全村的发展、致富在大山中奋斗着。为了修通出山的路,他带领村里的百姓坚守在工地。在没有机械化的过去，筑路全靠大锤和钢钎。小的时候，邻村唱戏，当别的父亲背着孩子去看戏的时候，我就总是羡慕，心里想我要能让父亲“背一背”该多好，可是，这永远成为今生的念想。就在通往外界的出山隧道即将打通的那一天，我的父亲因劳累过度，积劳成疾，被大家送往医院，最终因医治无效而英年早逝，年仅37岁。当看到乡亲们流着泪送父亲离开的那一刻，我心里萌生了一个想法：一定要沿着父亲未走完的路，继续前行！一定要实现父亲的遗愿——修通出山路，解决吃水难。那一年我才17岁，在群众的信任下担任了村里的“小”会计。1996年12月6日，在党组织的培养下，我在党旗下庄严宣誓，成为一名光荣的中国共产党员。时隔3年，我便挑起了枣林村党支部书记的重担。那一年我22岁，一干就是22年。

（三）改变、改变，没有“改”哪有“变”

习近平总书记说，幸福生活是奋斗出来的。恶劣的自然条件摆在黄花沟人们面前，要想过上好日子，就必须奋斗。如何奋斗？两个字：“改变”。因为我知道，黄花沟的出路在改变，唯有改，才能变。成为村党支部书记后，我和支村“两委”共同确定了“三步走”发展规划：第一步，改善基础设施，主要是“路”和“水”的问题。因为我们清楚：一个不通路、没有水的地方，谈何发展？第二步，调整产业结构。招商引资壮大集体经济，因地制宜增加群众收入。第三步，实现全面小康的目标。当时有人说，要想在这个穷山沟沟改变面貌很难，但再难也要干，没有“改变”就没有出路。这是我的决心，也是包括枣林村在内的黄花沟人共同的愿望。

二、黄花沟的今天

这些年，为了脱贫攻坚，为了乡亲们能过上好日子，我放弃了许多去大城市挣钱的机会，放弃了去镇政府上班的机会，放弃了多次提职加薪的机会。我默默践行着自己的誓言，默默守护着可爱美丽的家乡，默默坚守着这份光荣的责任。我从懵懂少年变成了两鬓斑白的中年人，从年少轻狂变得成熟稳重，黄花沟也发生了翻天覆地的变化。在各级领导的大力支持下，在各帮扶部门的帮扶下，在黄花沟广大党员干部和群众的共同努力下，我们按照“五个一批”“六个精准”“户退出的六项指标”和“村脱贫的13+1项指标”的要求，认真工作，使黄花沟的各项脱贫工作指标均已达标。

（一）山还是那座山，但山已不是原来的山

习近平总书记指出，我们既要绿水青山，也要金山银山。宁要绿水青山而不要金山银山，而且绿水青山就是金山银山。其实，发展生态就是发展经济，保护生态

也是发展生产力。黄花沟山大沟深，是劣势也是优势，我们在植树造林的同时，注重生态保护。一是利用生态补偿脱贫一批，比如黄花村，在县林业局的统一规划和大力支持下，积极发展生态公益林12500余亩，发放公益林管护费34618.5元，年人均发放公益林管护费78.5元，在原来4个生态管护员的基础上增加到8个护林员，年增收5000余元。通过生态公益林项目既增加了群众收入，又加大了生态保护修复力度，使荒山荒坡变成了金山银山。二是发展生态经济林脱贫一批。黄花村立足当地种植花椒的主导产业优势资源，通过扩大主导产业花椒种植、提高种植技术及其他各种技能培训帮扶，实现了就地脱贫。从2014年全村310亩花椒树增加到2019年全村花椒树716亩，从2014年全村花椒总产量9000公斤增加到2019年全村花椒总产量达到18000公斤，仅此一项，黄花村人均增收3000余元。三是发展乡村游带动一批。我们依托良好的植被、清新的空气、遗存的古迹，大力发展旅游业。2014年6月，我们注册了圆梦山庄旅游开发公司，通过公司化运作来促进农民增收。老百姓都开心地说："山还是那个山，但山已经不是原来的山了。"

（二）村还是那些村，但村已不是原来的村

习近平总书记指出，幸福不会从天而降，好日子是干出来的。黄花沟的山很绿，但村庄的发展必须搞上去，行路难、吃水难、上学难等问题必须解决。路一直是黄花沟的痛，2016年至2017年，在县委、县政府和镇党委、政府的大力支持下，在黄花沟广大党员干部和群众的共同努力下，总投资6700余万元，终于贯通了石城至涉县宽7.5米的柏油路，真正为黄花沟群众打通了致富路。在黄花沟公路立项前期，县委副书记刘林松带领县交通局，石城镇党委、政府及黄花村各村主干，多次积极和河北涉县县委、县交通局和神头乡党委、政府等相关部门和人员沟通协调，完成了黄花沟提档升级立项问题，终于在2017年春破土动工。在整个修路占地问题上，黄花沟群众全力配合，不计代价，只要是修路占地，群众就积极贡献。在整个修路期间，黄花沟广大干部群众顾大体、识大局，积极配合，提供方便，从未因占地、施工等问题发生过一起纠纷。在大家的共同努力下，终于于2017年年底，石自线全线通车。在通车那天，黄花沟群众热情欢呼，兴高采烈，流出了激动的泪花，由衷地说道："黄花沟终于通路了！黄花沟行路难问题将永远变成历史了！感谢党的好政策，感谢县委、县政府！"如今，宽阔的路面完全具备客运班车、小轿车等各类车型通过条件，现有往返于石城镇的班车一天至少两趟，彻底方便了村民的出行。安全饮水是黄花沟的大难题，也是制约黄花沟发展的瓶颈，在脱贫攻坚政策和上级的支持下，黄花沟8村广大干部和群众结合黄花沟实际，为从根本上改变人、畜用水靠雨季蓄水，旱季时水量仅能维持群众生活用水的现状，按照《农村饮水安全评价准则》

标准要求，我们打了一眼630米深机井并配套、修建高压蓄水池500立方米，完成了黄花沟集中供水项目。仅黄花村就铺设入户饮水管道2500米，更换入户支管道6300米，从水质、水量上彻底解决了黄花沟“吃水难”问题，结束了几代人的吃水难问题，并为黄花沟下一步“乡村振兴”发展战略奠定了坚实基础。住房是贫困百姓最现实的问题，为了彻底解决百姓的住房问题，我们通过易地搬迁解决了一批，比如黄花村，共实施易地扶贫搬迁42户127人（其中水板石桑安根1户4人），均为集中安置。该项目总投资611.4151万元，上级扶持579.6651万元，群众自筹资金31.75万元，于2016年开工建设，2018年完工。枣林村实施了整村搬迁，盖起了农民公寓单元楼。小区腾退及入住率100%。如今的黄花沟，路通了，户户吃上了洁净的自来水，家家住上了新楼房，百姓都高兴地说：“村还是那些村，但村已不是原来的村。”

（三）人还是黄花沟人，但已成为新时代的新农民

习近平总书记指出，小康不小康，关键看老乡。如今的黄花沟已经今非昔比，人人解决了基本医疗问题，看病不再贵。仅黄花村通过加大培训力度，对贫困户进行了观念转变、特长技术培训等培训233人次，参加县以上培训33人。通过技能培训学习，增强了贫困户的专业技能和技术水平，外出务工从2014年的63人增加到2019年的152人。通过外出务工，总收入从2014年的81万元增加到2019年的182.4万元。通过花椒提质增效项目的实施，对我村农户进行了6期理论学习、3期

维修后的枣林村龙王庙戏台

实践操作学习，使黄花沟村180人掌握了花椒树的科学管理技术，扩大了花椒树的种植规模。根据国家政策，所有的村民都享受到了基本公共服务，符合农村低保标准的贫困人口应保尽保，60岁以上贫困人口城乡居民养老保险参保率达到100%，贫困人口城乡居民基本医保参保率达到100%。村村建有达标的村级卫生室，配有合格乡村医生1名，常用药品达到80种，刷卡器能够正常使用。如今的黄花沟群众收入大幅度增加，集体经济进一步壮大，村民幸福指数大幅提升，基础设施基本上完善。其实，这一切都应该感谢党的政策好，感谢平顺县委、县政府和各级、各部门的大力支持，同时也应该感谢勤劳勇敢的黄花沟百姓，这既是对申纪兰精神的传承，也是伟大的太行精神在黄花沟的生动体现。

三、黄花沟的明天

为官一任，造福一方。在任一分钟，就必须尽责60秒。下一步，我们将遵循习近平总书记关于“在转型发展上率先蹚出一条新路来”的总要求，按照省委提出的“转型为纲、项目为王、改革为要、创新为上”的总体部署，结合黄花沟实际，确定以“发展乡村旅游为龙头，农业为基础，旅游带动农业，农业支撑旅游”的总体思路，联合黄花沟兄弟村整合资源，共同发展，计划新上黄花沟田园综合体项目、黄花西沟产业园项目、圆梦山庄漂流、越野赛道、民俗和水上乐园等一批新项目，助推黄花村的乡村振兴。具体来说，就是继续抓好以下几方面的工作：

一是继续抓好党建工作，凝聚民心、统领全局。通过加强党建进一步增强基层党组织的凝聚力、战斗力、号召力，发挥每一名党员的先锋模范作用，充分发挥我党的思想政治工作和组织优势，落实好党的方针政策，统领党员干部的思想和方向，推进党员网格化管理，促进结对带动帮扶效应，完成好各项工作和任务。二是继续抓好脱贫攻坚工作，巩固、提升、完善长效机制，保证可持续发展。按照上级“四不摘”（不摘责任、不摘政策、不摘帮扶、不摘监管）要求，继续落实好国家各项强农、惠农扶贫政策，对所有农户，特别是贫困户进行监测和动态管理，随时调整，做到精准施策，确保脱贫成效得以巩固。三是继续抓好产业项目，为群众收入增加、集体经济壮大提供强大支撑。用足用活农村集体经济产权制度改革政策，实施“乡村振兴战略”等国家“三农”政策，抓住行政村合并的有利时机，整合资源，盘活资产，重点做好乡村游，在扶智和扶志上相结合，多学习、多研究，用好各项扶贫政策，确保已脱贫户不返贫。继续完善、努力推进村中各项工作，为黄花沟乡村振兴而不懈努力。

上马村的变化

上马村村委会主任　岳国民

对于我来说，这几年的经历可谓是感慨良多，现在的情况是原来不可想象的。下面，我就说说上马村这几年的变化。

一、上马村的昨天

上马村是平顺县北部最后一个村庄，位于半山腰，无上山公路，山上缺水，山路狭窄且坑洼不平，不通公交车，相对闭塞。人们思想保守，外出务工意识不强，基本靠地里的收入维持日常生活。村集体无可创收的项目，集体收入为零，是个贫穷落后的小山村。

二、上马村的今天

这几年，在党和各级政府的指导下，在山西省文物局的帮扶下，经过村民的努力，上马村于2016年整村脱贫。村民收入从2016年人均年收入3300元，到2020年人均年收入7000元，实现了收入翻一番。

近些年，村里的变化翻天覆地。都说要致富，先修路，上马村到324省道的山路，由原来坑洼不平的土路，到现在的水泥硬化道路；原来山路没有任何防护措施，存在安全隐患，为此修建了护栏确保交通安全；开通了去镇上的班车，方便了村民的出行。这些实实在在发生的变化不仅服务于民，也为上马村的经济发展打下坚实的基础。

为了解决村民的安全饮水问题，村里先后实施了好几次供水工程。新建蓄水池4座，并实施了第一次供水工程，从老旱岐与大、小井引水到蓄水池，当时解决了村民安全饮水问题。2019年大旱，凸显出水源不足的问题。经村里沟通、镇里协调，实施了第二次饮水工程，由下马村引水上山，彻底保证了村民安全饮水。为了更加方便村民用水，2020年又实施了安全饮水提升工程，安装小水泵，为村民的日常用水提供了极大的方便。

为了方便村民下地干活，省文物局投资10万元修建了田间路。为助力上马村文化传承，省文物局投入资金130余万元，先后对金华庙和玉皇庙进行了3次修缮，既保护了村里的文化资源，又为开展文化旅游奠定了基础。

为了拓展产业、增加村民收入，村里决定把旅游业作为突破口，为此先后修建了游客接待中心、村门楼、旅游步道、文化墙、旅游厕所等设施。省文物局还投资10万元新建两座农家旅社，提升了旅游的接待能力。

为了开展新的村集体产业，2019年先后入股花椒交易市场和养猪场。同时这两年为了巩固花椒产业，大力推广花椒的种植，种植面积由2018年的98亩增加到2020年的174亩。

如今的上马村村民已不再靠天吃饭，由原来的单一收入，到现在外出务工、扩大花椒种植、参与村旅游产业等多种形式确保收入的稳步提高。村集体收入由原来的0元，到现在的年收入5万元，形成了以旅游业为主体、花椒交易市场与养殖场为补充的经济模式，实现了村集体经济的稳步发展。

三、上马村的明天

虽然现在村民们的收入增加了，村集体收入也基本稳定，但是面对一些突发事件的影响，还是比较被动。比如，主要经济作物单一，天旱减产、销路不畅、市场价格波动等因素都会给村民收入带来较大影响；村集体收入模式也比较单一，抗风险能力较差；村内对年轻人的吸引力不强，无法吸引年轻人在村创业，经济发展后继乏力。

面对以上问题，今后要继续鼓励并指导村民科学合理地耕作，确保地里的收成有保障。继续拓展村集体经济形式，制定优惠政策，吸引年轻人来上马村创业，保持经济的可持续发展。

上马村能从贫困的昨天走到安居的今天，相信在党中央扶贫政策的指导下，在各级政府的领导下，在帮扶单位的帮扶下，一定可以实现富足的明天。

村民采访实录

张庆堂(豆口村村委会主任)

我从2014年12月至今担任豆口村村委会主任。我担任村委会主任5年多以来,正好遇上脱贫攻坚,这5年多来豆口村在脱贫攻坚这条路上一直由省文物局帮扶,在帮扶工作队的大力帮助下豆口村在这几年里从各个方面都发生了很大的变化,5年多来我一共和3位第一书记共事。第一任是李发明书记,第二任是苏晓晖书记,第三任是孙宏伟书记,他们都勤勤恳恳、任劳任怨为豆口村村民谋福利、办实事。豆口村的每一点变化都离不开省文物局及各位工作队员的帮助,大到新建豆口文博小学、生态博物馆(三村认知中心),豆口水电站技改和电站引水渠整修、关公庙的整修;小到豆口村委办公楼里的桌椅板凳,村民餐桌上的米、面、油等,都离不开省文物局的帮扶。特别是自孙宏伟担任第一书记以来,省文物局在帮扶人员的配置上及关系村民吃、穿、住、行的福祉上更加大了力度。豆口村原先在扶贫资料整理上、村民对扶贫政策的了解上在镇里也排不到前列,通过孙书记带领工作队员入户走访,没日没夜没节假日地工作,使豆口村在脱贫攻坚这条路上走在全县前列。如2019年12月份,全国第三方评估验收小组对豆口村进行验收,村民对帮扶满意度及脱贫攻坚各项资料都得到第三方评估小组的高度评价。在这里,我代表豆口村全体村民对省文物局的各位领导及100多个帮扶责任人,特别是孙书记及各位队员表示深深的感谢,感谢他们对豆口村点点滴滴的帮助。

张开大(豆口村原党支部书记)

我叫张开大,山西省长治市平顺县石城镇豆口村人。2014年我担任豆口村党支部书记。

2015年8月份,上级派来第一书记。我村派来的第一书记是山西省文物局的李发明书记。他来了以后,每天和我坐在办公室,询问村上的情况,村上有什么发展。村上老百姓,受益的就是水电站。李书记就开始跑关系、找资金来改造我村的水电站,总共85万元。资金落实后,2016年3月开工,到10月份完成投入使用。2015年春节前,扶贫队向省文物局申请给村上发放福利大米、油,每户都有。2016

年春天，第一书记李发明和我一起跑项目，争取到了文化广场改造工程10万元。2016年春节前，第一书记叫我一起到省文物局申请再次给村民发放大米、油，共5万元资金。2015年、2016年，省文物局两次给豆口村村民户户发放大米、油共计10万元左右。谢谢省文物局多年来的帮助！

豆口村举办孝亲敬老活动

张广军(豆口村村民)

我叫张广军，是山西省平顺县石城镇豆口村村民。

2018年春天，那时因为我儿子的"雨露计划"，我对那些事不知道怎样办理，就去找了驻村的工作队。我把所有的事向他们说明，他们耐心地向我解释并告诉我不要急躁，他们会尽力为我办的，当时我听了心里非常高兴。过了几天后，他们找到我说把这件事给办好了。当时我很感激，我知道为了这件事他们也费了很大劲，但他们从不图回报，对村民们都是和蔼可亲、平易近人，不管什么事找到他们都会尽力而为。他们还经常到每位贫困户家里走访，嘘寒问暖。他们对我们村的帮助真是太大了，我们都很感谢。

张云红(豆口村支委会委员)

我叫张云红，现在是豆口村党支部组织委员，兼任本村乡村医生，经常和群众打交道，走遍了村上各家各户。有一次，我走到一户叫王福增的家里看病时，和老人家拉起了家常。老人家说得最多的是这几年省文物局到我村后带来的变化，从大的方面讲，真是给我村集体帮扶不小，盖了新学校，建了水电站，建了农民爱心超市等。从小的方面说，就说我家吧，我家是一个贫困户家庭，我也上了年纪，身体又患了大病，老伴也年老有高血压，儿子在外打工供两个孩子上学，家庭真的是贫困。工作队员们经常到我家帮忙，帮我联系家庭医生团队来给我看病，有时还带上一些慰问品，说真的，我从心眼里感谢省文物局的驻村工作队员们。他们真的辛苦了。

就从这件小事我感到非常振奋，省文物局扶贫工作队常年驻村，经常下户，对老百姓嘘寒问暖，我到户下经常听到群众说，这几年全凭了省文物局工作队对我们的大力帮助。特别是2020年的疫情期间，工作队第一时间和支村“两委”全村党员及志愿者们一同奋战在疫情卡口点值班，24小时不断人，对所有外地来的车辆一律不准进村，对村上人员做宣传不让聚集，经常在喇叭上讲解疫情防控知识，保证我村“零报告”，还组织党员向疫情严重地区捐款、献爱心。

最后特此感谢省文物局扶贫工作队对我村的大力帮助。你们辛苦了，谢谢你们！

张明岗（豆口村村民）

“在我们最困难的时候，是你们帮助了我，才使我们家渡过难关。”2020年3月，突如其来的一场疾病，降临在我的家庭。在太原读书的孩子被紧急送入山西大医院ICU病房，这对我家来说，就仿佛晴天霹雳一般。接踵而来的各种费用就像三九天的片片雪花，寒冷刺骨，数也数不清，一片片地掉落在这个不富裕的家庭。山西省文物局是负责帮助我们村脱贫攻坚的单位，长时间以来为村里的扶贫建设出了很大一份力，深受村民的热爱。我们家在度过那段手忙脚乱的时间后，在向村里汇报后，被省文物局悉知。省文物局非常迅速地对我们家展开一系列的帮助，把我们的家庭列入贫困家庭，及时享受到来自党和国家的关爱。并且多次来人进行慰问，还贴心地为我家带来大米、面、油等生活用品，就仿佛在鹅毛大雪中为我的家庭撑起一把大伞。

在2020年春节期间，省文物局更是频繁来人看望，每次来人或多或少都会带点东西，这一幕幕，就像融化腊月寒冬的阵阵暖阳。受疫情影响，那段时间大家都待在家里防控疫情，可是这并没有阻挡省文物局对我们的关照。在疫情相对控制住之后，省文物局又带领医生前来定时检查。天灾人祸不可避，人情于世方暖心。省文物局对于我们的帮助，我们将铭记于心。

张小红（豆口村村民）

我叫张小红，现年44岁，山西省平顺县石城镇豆口村人。作为一位母亲，有两个孩子，在豆口文博小学读书。文博小学就是省文物局帮助我村投资建起来的。现在一进校门，首先映入眼帘的是一根旗杆，上面飘扬着鲜艳的五星红旗。教室宽敞明亮，3层楼，学生们坐在温暖的教室里学习，不时传来一阵阵朗朗的读书声。夏天，校园里花团锦簇，枝繁叶茂，给美丽的校园又增添了许多色彩。

还有每年六一儿童节，省文物局都给孩子们发一些学习用品，还发衣服、鞋，非常感谢省文物局对孩子们的关心和爱护。

最后感谢省文物局这几年对我村的大力帮助，在教育上确实给我村孩子们带来了很多方便，希望以后多来我村看看。

豆口村开展民俗文化活动

张妙兰（豆口村村民）

山西省文物局不仅是我们的帮扶单位，是我们豆口村村民脱贫致富的带路人，而且是乡村与城镇的友谊桥梁与纽带。通过脱贫攻坚的项目，帮扶人与豆口村村民的来往更加密切了。不管冰天雪地，还是烈日暴晒，他们用自己的车加上油，路途相隔几百里，省下自己的工资钱买些不同的礼物，走街串户，嘘寒问暖。省文物局的红色基因是坚韧、爱心、勇于奋斗的伟大中华民族精神，流淌着团结、帮助、奉献的高尚的共产主义风格。很多年来，我村有一些农户都是省吃俭用，衣食不足，难以维持生活。近年来，省文物局派出干部深入基层。第一届，派出了李发明同志担任豆口村的第一书记；第二届，派出了苏晓晖同志担任豆口村的第一书记；第三届，派出了孙宏伟同志担任豆口村的第一书记，队员有吕宏强、冯建泽。这些同志听党话、跟党走，掌握党的政策，坚持打好脱贫攻坚这一战，凝聚全民正能量，扶贫整改“三个零差错”“三个明显提高”“四个切实”“三大行动”“四个机制”“五个一批”“六个精准”。从工作队进入豆口村后，一是省文物局投资300万元建起了文博小学；二是省文物局投资150万元建起了生态博物馆；三是省文物局投资10万元重修了龙王庙。第三届，全村支委选出了山村干部——“铁杆老姑”张凤兰同志担任党支部书记，上岗不到半年，在工作队的协助下办了多件大事：一是省文物局第一书记和支村“两委”干部共同努力奋斗投资200多万元建起了村民多年的梦想“人民舞台”。二是喇叭宣传、广播、动员，收回村里下放土地“百亩田”。三是将一个破、乱、脏的纸厂，改造为“老兵客栈”，可容纳100余人。四是为了解决吃水困难、浊漳河污染的问题，投资80万元钻了一眼泉水井。五是为了豆口的村容村貌更整洁，修建了100多个厕所。六是为了整治村庄面貌，拆掉旧车房，改为整排车房。

说到这里，有一个故事。我村有一位老人叫王爱珍，83岁了，她经常到小卖部买奶粉，她说我不愿喝白水，愿意喝奶粉水。有人问她：“你知道喝奶粉的钱是从哪里来的吗？”“上边给的，给了我就花费了呗。”我和她讲：“你喝的是你前辈老父亲在抗日战争时流血牺牲换来的血汗钱买的。”“对，你说得对。”我又问：“你吃的大米、白面，用的床单，穿的衣服钱是谁给的？”她说有两个帮扶人送的，我问她你是什么户？她说是“贫困户”。“这就对了，你享受的是国家三个待遇：军属待遇、脱贫攻坚贫困户待遇、养老保险待遇，才得到今天的幸福生活。”她说“噢，是呀”，这才明白了道理。“你得到了‘两不愁、三保障’条件，党给了你好生活。”“那我应该感谢党。”“对！”脱贫攻坚，方向明确，任务重大。为了推动社会向前发展，第一书记、扶贫队员和村“两委”干部，带领村民并肩战斗。

张金先（豆口村村民）

我很感谢国家，感谢中国共产党！没有中国共产党的领导，就没有现在的好日子！我也感谢省文物局，你们为村里办了不少好事，做了不少贡献。给村里修了路，建了文博小学，还建了爱心超市和扶贫车间，解决了好多人的工作问题。村里这几年的变化大呀，每年过年给我们送来米、面和油，扶贫队真不歪！以前村里的路也不好，走不通，三轮车下不去，村外的路也不好走。我家以前5口人，老伴后来不在了。家里有4亩多地，以前种过玉米，后来玉米打下来了我扛不了，就不种了。现在种花椒，这两年天旱花椒收得也不太多。我的孩子现在在北京打工，一开始送水，后来当保安了。孙子也上中专了，前一段时间因为疫情，学校不开学，在家休息了两个月，前几天才去了学校。总的来说现在比以前过得好了。我记得以前年轻的时候吃的是高粱面、白玉米面配上糠、窝窝头、小米饭，菜就是萝卜、白菜和土豆，经常吃不饱饭。有一年分了10斤小麦，第二年分了15斤，1976年那年分了30斤，我特别高兴。我17岁去过西沟修水渠，民兵派去3个月，在东坡住窑洞，吃高粱圪垯，喝高粱面糊糊，还有玉茭面发糕。我还走着去县里，还是因为穷啊。20年前去新疆摘棉花挣钱，待了4个月，车走在山路上十来天才去了新疆，车在戈壁滩上坏了，修好车走了一天一夜都没有看到人家，喝不上水，周围全是沙子。到兰州附近看到那里也特别穷，人们穿的裤子上全是补丁。我们一天吃一顿饭，饿得差点命都没了，最后一个人给了160块钱，到郑州就没钱了。我老伴18岁的时候在石城饭店里打火烧，一开始挣18块钱，后来挣30块钱，养活不了家，也在供销社做过饭，后来修水电站，在坝上抽水架线。我还记得她架线十来天没吃过面，光吃窝窝头小米饭，还和我生气，我们还吵架。她还买面粉机开面粉厂，后来去东庄拉小麦推麦子，总的来说也是受了半辈子苦。

我觉得现在的生活好了，我受过苦，珍惜现在的好日子。我真的感谢省文物局！感谢党！以后我们的日子还会越来越好！

赵群彦（豆口村村民）

这几年省文物局帮扶豆口村干得不歪。每年年底给贫困户家里发米、发面、发油，把村里的路也修宽了，现在的环境卫生可是比以前好了太多了。以前村子里不整齐，街道路又陡又窄，厕所也少，街上流的是臭水，苍蝇、蚊子到处飞，现在这些问题都解决了，还有好多人家修了车房。还有就是以前好多人家住的房子一到下雨就开始漏雨，现在住的房子都不漏了。记得以前我年轻的时候吃不饱饭，吃的是小米、玉米，萝卜最多，还走上去东庄用小米换白菜，根本吃不上大米、白面，更不用说肉和鸡蛋了。在长治打工时，搞建筑，推砖和石灰，一整天下来挣十来块钱。后来回到村子里喂牲口、拉小平车，种麦子需要犁地，就牵上两个牲口犁地，一天下来腰酸背痛的，后来进化成手扶犁就好多了。以前去地里都是步行的，记得岗坡到村的路一下雨泥得就没办法走了，就回不来了，所以我们一看到天一阴就赶快往回跑，因为路不好。大队往西，西头石连下也修好了路，以前这条路是土路，石头多，太窄，走得脚疼，现在修成水泥路了，拓宽了，好走得多了。现在去地里干活大部分时候是坐上农用车、坐上拖拉机去，条件比以前好多了。

以前家里老父亲教书，养活一大家子不容易，在阳高乡后北村、北耽车教了好几年，后来在虹梯关西京村教书，一个月十几块钱养活一大家子，后来因为家里需要人劳动回到村里。现在全村脱了贫，家里的人也都能过好日子了。三兄弟家孩子也当了老师，一家子现在能安居乐业了，以前都不敢想。我这几年一年能收三四十斤花椒，而且现在村委会也对村民很关心，省文物局包括帮扶责任人也一年来好几次，经常来家里看望，并买一些水果、糕点，还帮忙打扫院子，整理、收拾家。我现在每天看电视、看新闻，共产党是真的伟大，让全国人民脱了贫。我相信以后的日子还会变化，还会变得越来越好。

陈增玉（豆口村村民）

省文物局这几年帮扶豆口村干得不歪。工作队能跑到村民家和村民干工作、聊天，关心村民的生活，解决在生活中遇到的问题。

我今年76岁了，两儿一女，受了一辈子苦。以前小的时候，在村上吃糠咽菜，吃的是小米和小麦磨的皮，有一顿没一顿，晚上有的时候饿得都睡不着觉。改革开放后，自己种地能吃上粮了，我高兴得不行。我这件衣服穿了30多年了，这件衣服口袋大，有的时候去地里干活能装种子，有的时候装吃的。以前年轻的时候，我在食堂给人做过饭，很困难，一个小队一个锅，在地里生产劳动不能回家吃饭，在食堂给老百姓做饭。以前家里很困难，特别是16岁以前，吃不饱饭，家里也没条件供我念书，就不念书了。我在年轻时还自己蒸馒头去镇上卖，给孩子们盖了房子。后来在西沟战备团修过水库，治理过百里滩，打坝，咱们豆口水电站修建的时候我也参与了，打了两次坝。以前修水坝当过团支部副书记，当时干活卖力气，辛苦，干得多。以前在平顺西沟开会还出去过外面，后来三四十年没出去过。以前帮人做家具一天只挣一块钱，盖房子相互帮工，三四天都不挣钱，相互帮就是你帮完我家以后，你家修院盖房子时我再帮你家。现在盖房子运材料都是汽车运，我们以前用的房梁都是从山上砍了树，再从山上扛回来的。

现在党的政策好了，习近平主席让老百姓的日子一年比一年好了，全国的农村都脱贫了，吃、穿、住的问题都解决了，我现在也是享福了。我最近也是想出去旅游去，相跟上村里的人去河北邢台转一转。以前没去过外地，现在老了生活好了，女儿在北京打工，我可以去外面转转。

省文物局这几年帮扶豆口村，修建了文博小学，修了村里的路，修了关帝庙，还修了好多厕所。以前村上的街道又脏又臭，脏水没人管，每家的柴火都是乱放的，谁家和谁家的都分不清楚，现在每家的柴火都摆放得整整齐齐的，各家的是各家的。现在村委会和工作队配合得很好，给村里办了不少好事，以前的李发明书记经常在村里走动，和村民们聊天；苏晓辉书记"五道五治"改造时，每天去地里上工，打扫卫生积极主动；现在的孙宏伟书记和工作队经常入户了解村民的生活和问题，并想办法解决，尤其是2020年脱贫攻坚的时候，真是非常辛苦。我家的帮扶责任人一年也来好几次，来了也帮家里干活，还带来米、面、油，我和村里的村民都很高兴啊。

豆口村圣源王庙维修现场

现在脱贫攻坚结束了，我觉得以后的日子会越来越好！感谢中国共产党！

常小明（豆口村村民）

我叫常小明，居住在平顺县石城镇豆口村。我在2015年不幸出了一场车祸，导致左腿截肢，造成家庭经济十分困难。那时候我死去的心都有。我的孩子都还小，只有我妻子忙里忙外，我正发愁怎么样才能把这个家支撑下去时，省文物局李发明书记和杨敬（我的帮扶责任人）在2016年1月12号到家里与我深入交流谈心，在那时候我感到我家有救星了。3月8日，他们又入户调研，了解我家的实际困难，鼓励我振作精神积极面对。6月28日，他们购买文具送到家中，鼓励孩子好好学习。12月17日，他们鼓励我妻子开食品加工店，尽早营业产生效益，增加收入。经过李书记和杨敬多次来我家鼓励我，我就开起小烧饼店。在2018年5月13日那天，工作队孙宏伟到我家和我谈心。那时候我正发愁一件事，我女儿考试考得不理想，他鼓励孩子要有信心，回太原后多方联系。后来常晨选择上晋东南幼师学校。9月25日，孙书记早上7点便开车送常晨到学校报到。那天下着大雨，他还给孩子200元钱，帮我把这件发愁的事解决了。

孙队长利用夜晚入户，鼓励我扩大经营范围，还帮我申请到立志脱贫奖金2000元。我利用这些钱把店扩大，我家经济收入慢慢增加。在我艰难的时候，是省文物局和村干部向我伸出援助之手，是那么的温暖。他们帮我渡过难关，解除我生活的困顿，为我指点迷津，让我明确前进的方向。

感谢省文物局和工作队对我的帮助，我会永记心间，永远记住这份深深的爱。我向省文物局深深地鞠躬，并祝好人一生平安！

常晨(豆口村村民)

我叫常晨,2002年7月18日出生,居住于平顺县石城镇豆口村。2015年1月21日那一天,爸爸不幸出了一场车祸,导致左腿截肢,给家庭经济造成了很大的困难,那时我才12岁,弟弟才6岁。从那一刻起,所有的压力都压到了妈妈一个人身上。

2016年1月12日,省文物局的帮扶人杨敬等同志到我们家深入和我们交流谈心,向我们家伸出援助之手,帮助我们渡过难关,给我们帮助与关怀。通过了解我家的困难,他们帮助我们解除生活的困顿,鼓励我们振作精神,积极面对。6月28日,他们又购买了文具送到家中,鼓励我和弟弟好好学习。12月17日,杨敬同志和工作队的苏晓辉同志再次来到我家,鼓励我家开食品加工店,尽早营业产生效益,增加收入。在他们的鼓励下,我妈妈就开了一家小烧饼店,为家庭增加了不少收入。在2018年5月的一天,孙宏伟来到村里担任驻村工作队队长,第一书记。那时是我最发愁的时候,由于自己中考的成绩不是太理想,不知道自己该怎么办,那时我每天都很沮丧,感觉对不起每天起早贪黑为我操劳的父母。这时候,孙队长到我家走访,得知这个情况后,和我谈心,鼓励我:“孩子,‘天将降大任于斯人也,必先苦其心志’,一次考试的失利,很可能是对你的一次考验。要迎难而上,正视挫折,通过这次失败来提高自己的能力。中考成绩不理想并不可怕,要重拾信心,调整心态,继续努力。”在听到他的鼓励话语以后,那一瞬间我对自己重新树立起了信心。孙队长在周末回太原后又帮我了解太原的学校,打听招生信息,为了我上学的事忙前忙后。他到我家次数多了,我亲切地称他为“孙大爷”。7月的一天,我收到了晋东南幼儿师范学校的录取通知书,我把这个好消息第一时间告诉了孙大爷,他立刻来到我家了解具体情况,并再次鼓励我要抓住机会,还答应开学的时候要亲自驾车送我去学校。到了9月25号,孙大爷早上7点便冒着大雨开车来到我家,拉上我爸妈和我一起去学校报到。那天报到的人特别多,每个人都大包小包的。从我们校门口到宿舍有很长的一段距离,下着大雨,孙大爷帮我拿着一大包行李,看着他从那一小小窄窄的路走过的身影,我有一种说不出来的感觉,下定决心用好的成绩回报所有关心和帮助过我的人,力争在不久的将来也可以凭借自己的力量去帮助需要帮助的人。

省文物局的帮扶人多年来持续地帮助我家,就如雪中送炭,给我的家里带来了温暖和爱心,让我们看到了希望。他们的无私帮助,不但给了我前进的动力,也给了我战胜困难的勇气。这情比天大、比地厚、比山高、比海深。这不仅是物质上的援助,更是心灵上的慰藉、精神上的鼓励,也将成为我们终生奋斗不止的动力。

申建彬(枣林村包村干部)

自脱贫攻坚以来,枣林村发生了很大的变化,我觉得最大的变化就是枣林村村民精神面貌的变化。我想这应该归功于脱贫攻坚取得的方方面面的成就,尤其是教育、医疗、住房几个方面,村民基本的生活有了保障,担子不那么重了,腰杆子挺了起来,生活充满了动力与希望。我想脱贫攻坚最大的成就该在于此。

代林科(枣林村村委会主任)

我最大的感受就是村委的办事效率提高了。村里的工作千头万绪,民政、水利、住建、防火、脱贫攻坚,实在太多了。省文物局派驻了工作队,改进了我们的工作方式,也大大提高了我们工作的效率。最关键的是还帮我们培养了两名后备干部,用一句新词来说,就是帮我们打造了一支"带不走的工作队",解决了我们的后顾之忧。

枣林村窑洞宾馆

孔和平(枣林村老党员、支委委员)

脱贫攻坚以来,生活各方面都有了变化。我是一名老党员,最深的感触就是枣林村党支部抓党建促脱贫,认真落实"三会一课"等各项组织生活制度,推进村级党内组织生活正常化、规范化,增强了村党支部的凝聚力、战斗力。

枣林村龙王庙维修后外景

赵永翔(枣林村党支部书记)

整个黄花沟的发展规划是以旅游为主的,而旅游的发展又离不开文化的浸润。脱贫攻坚以来,山西省文物局分别对枣林村民国村公所进行了修缮,分两期对龙王庙进行了维修。村公所、龙王庙都是黄花沟悠久历史和灿烂文化的生动见证,两处文物点的修缮完成,提升了黄花沟的文化软实力,也进一步夯实了黄花沟的旅游发展基础。只有文化与旅游深度结合,才能让黄花沟传统文化走出去,让黄花沟人富起来。

刘忠俭(枣林村退伍军人)

衷心感谢山西省文物局的领导和在枣林村负责扶贫工作的全体队员们!谢谢你们啦!你们为枣林村的扶贫工作付出了大量的汗水。首先赞赏你们的工作作风,你们对工作积极、耐心、细致,对村民热情体谅,是村民们的贴心人!再次向你们表示感谢!

张小丽(枣林村会计)

脱贫攻坚,我感触最深的是“精准”。因为枣林村的发展规划是发展旅游业,我就想趁着这个风开个农家乐,而我又缺少这方面的经验和技术。这个时候,村里和

县里分别组织开展旅游培训和小餐饮培训。我的“圆梦酒家”也在2019年1月顺利开张迎客，完成了我的一个心愿。

自脱贫攻坚以来，国家和帮扶单位投入了大量的资金帮助农村发展，村容村貌、医疗、住房等方方面面，我都看在眼里，记在心上。我相信其他村民都和我一样，真是非常感谢党的政策。我真切感受到了习近平主席说的那句“小康路上一个都不能少”的温暖和感动。

张雪枝（枣林村留守老人）

枣林村家家户户种花椒，我年龄大了，也种了几十年花椒，要说我对脱贫攻坚的感想，也主要是我的这点花椒吧。现在去往地里的田间路拓宽了，犁地机去地也方便、安全了。咱们村还实施了“花椒树提质增效工程”，教乡亲们怎么剪枝、怎么防虫害。现在啊，是一天一个变化，越来越好啦！

张文红（枣林村乡村医生）

作为一名医生，见证了这几年来村民看病、吃药方面发生的变化。第一，村内贫困人口有慢性病的都办理了慢性病证，在医保目录内的费用按100%报销，这对于那些常年吃药的老百姓来说，节省了很大的开支，解决了药费的问题。第二，政府对于医疗保障方面的扶贫政策相当好，“136”政策的实施（农村建档立卡贫困人口在县域内、市级、省级住院，个人年度自付封顶额分别为1000元、3000元、6000元），更是解决了贫困人口“看不起病”的重大问题。第三，农村妇女免费两癌筛查好，这几年村里符合条件的妇女都参加了。这个真的是一项好政策，能够让很多人提前发现问题，不至于病情严重了才发现。

张核心（邮政工作人员）

脱贫攻坚战给我感触最深的就是黄花沟里这条油路。我从1996年就开始给各个村里送报纸和邮件，这条路从最开始的土路到水泥路再到现在的柏油路，真是变化大。过去进一次沟得一天的时间，现在一天能往返好几次，节省了很多的时间，方便了大家出行。

岳黍屯（枣林村老党员）

作为一名老党员，感谢山西省文物局多年来的大力帮扶。无论是省文物局还是工作队，对我们村的帮助实在是太多了，大到龙王庙、村公所的维修，小到逢年过节送来的米、面、油，让我们感受到实实在在的温暖。2019年我们住进了移民小区，不再烧炉子取暖了，电暖气又方便又暖和，用水、用电也十分方便，过去这些都是想都不敢想的，还是党的政策好啊！处处为我们的生活着想！

代蒙蒙（枣林村年轻人）

2020年冬天，我家小孩刚出生那会，咱们村的移民小区正好可以搬迁入住，真是赶上了好时候。我之前还担心在老屋子里又冷又不方便的，现在搬进了小区，用水、用电、取暖、孩子衣物洗涮等很多方面都方便了，为我们照顾小孩提供了不少帮助。还有咱们村工作队开办的“新时代文明实践站”和“爱心超市”，让我们不仅丰富了业余生活，还能听课挣积分。大家用这些积分在超市换了不少东西了，加上平时和年底发放的各种慰问品，使我们的生活条件改善了不少。

枣林村移民小区

耿燕飞（枣林村扶贫及民政信息员）

作为村里的信息员，村里很多民政信息都是我统计上报的，感触最深的就是这几年政府的优惠政策更多了，覆盖范围更广了，像低保、残疾人补助、养老保险等，都让老百姓得到不少实惠！我家有两个学生，老大是大专生，享受“雨露计划”；老二是初中生，享受“义务教育两免一补”，这给我们家减轻了不少负担，让两个孩子上学有了保障！政府组织的免费两癌筛查为我家解决了大困难。2019年的筛查查出了我有子宫颈良性肿瘤，让我能够提早发现、提早治疗，现在已经恢复健康，没什么问题了。脱贫攻坚以来，对我们方方面面的帮助太多了，感谢政府！

岳中堂（上马村村民）

上马村虽然位于山西、河南、河北交界处，号称“鸡鸣三省”，但实际上，因为山高路陡，地处偏僻，之前连日常饮水都保证不了，吃水全靠肩挑，老百姓的生活十分困难。脱贫攻坚以来，特别是省文物局帮扶的这几年，村上确实发生了翻天覆地的变化。进村道路硬化了、移民小区新建了、农产品销路也更广了……2016年，在全镇范围内，上马村率先实现整村脱贫，成为让人羡慕的“名村”。2019年和2020年，省文物局又协调县水利局和镇政府，修建供水系统，彻底改善居民用水条件。开展的消费扶贫、节日慰问也增加了老百姓的收入，拉近了村民与帮扶干部的距离，好多人都靠着帮扶责任人的介绍找到了新的工作。村容村貌也越来越整洁，修葺一新的文化墙、即将投入运营的游客接待中心，都让我们对未来的美好生活充满信心。如今，脱贫攻坚工作即将收官，工作队的好多人也即将回到原先的工作岗位，真舍不得他们。

王兵廷(上马村村民)

我是2018年因病成为贫困户的，家里的孩子还在上学，经济困难。对于政策更是什么也不懂，实在为生计发愁。在工作队的帮助下，我申请了农村低保，保证了日常生计。工作队考虑到我无法外出务工，2019年帮助我申请了护林员的工作，让我有了稳定的收入。孩子之前还在上大专，工作队又主动帮助我申请“雨露计划”，于2019年、2020年，分别得到3000元资助，解决了孩子上学的部分费用，减轻了家里的经济负担。2020年孩子毕业了，可以工作了，今后我家的生活会变得越来越好。感谢党和政府的扶贫政策！感谢工作队的付出！

上马村一角

王心要(上马村村民)

我和儿子两家都是贫困户，平常我一个人在村里居住，儿子一家在外地，很少回来。这几年的变化还是很大的,目前生活有保障,收入有了很大的增加。这几年我一个人在村里住,身体还不错,可以下地干活,偶尔还在村里干些勤杂工,收入还可以。政府依据政策发放各类补助,儿子在外务工,还有务工补贴和交通补贴,收入每年都有所提高。省文物局每年过年还发放慰问品,驻村工作队日常还来家里了解情况,看看有什么可以帮忙的,一切都变得好起来。最后,谢谢党!让我们的生活越来越美好。

王俊令(上马村村民)

最近几年真的是生活得越来越好。前几年参加了危房改造,改建了家里的房子,居住环境得到了较大改善。妻子在村里做保洁员,我也在2020年担任水管员,儿子在县里开公交车,我们两口子还有养老金,地里的收成也还不错。现在的日子比以前强多了,收入稳定。在工作队的帮助下,我们应享受的各项政策也无一遗落。现在感觉很满足。

上马村村民办喜事

岳发先(上马村村民)

我年纪大了,也不会说话,但是要说工作队,那就是一个字:“好。”我虽然有儿有女,但是都不在身边。儿子外出务工,常年在外;女儿嫁到马塔,一般也不回来。有事了,只能找工作队。他们特别贴心,不嫌我麻烦,还经常来我家看我,帮我解决了生活上的好多困难。记得有一次我在家里摔倒,崴到脚,动不了,是工作队的人第一时间发现,给我进行了简单的处理,并联系了我姑娘。我非常感谢他们。现在,我已经把工作队的人都当成了亲戚,家里有什么新鲜蔬菜也会给他们送一些。他们从太原过来,帮我们脱贫致富,很辛苦。最后,就是希望他们回去以后,也能多跟我联系,记得我这个“大娘”。

岳计先(上马村村民)

要说这几年的变化,真的很大。前几年丈夫去世了,因为有医保,所以家里的负担没有想象中的大，对生活没有太大的影响。这要感谢医保政策。我还有慢性病，办了慢性病证，取药也不贵，减轻了日常用药的负担。儿子、儿媳在外务工，两个孙女在长治上学，两个孩子都享受了教育补助。现在，看病、上学等都有保障。日常驻村工作队还来走访，有事可以找他们帮忙。这样的生活真的是以前不敢想的。

岳志刚（上马村村民）

上马村移民新居

这几年的变化还是挺大的。有好的扶贫政策，而且我们能切身体会到这些政策带给自己和村里的变化。一下子也说不了那么细，就简单说上一点。首先是居住条件好了。前几年参加了危房改造项目，政府补贴了1万多块钱，把家里的房子重新翻建了，现在的房子宽敞、亮堂，住着真是舒服。和以前比说是天差地别有点夸张，但是一下子也想不出更合适的词来。其他方面，就和房子一样，变化巨大。现在的生活变得比以前好多了，相信今后的生活会更好。这一切首先要感谢党和政府，其次也要感谢帮扶单位和驻村工作队对我们的帮助。

岳根义（上马村村民）

最近几年，对于我来说变化真的很大。一下子我也想不出来该说什么。以前最让我发愁的事，是两个儿子的婚事，家里没有什么收入，当时孩子年纪不大，可是真的发愁啊。我们两口子真的一想到这就愁，愁以后怎么能给他们两个娶上媳妇。现在日子真的变化很多，10月份老大结婚了，明年老二也要结婚了。就拿这一件事来说，这几年的变化有多大！感谢党和政府的好政策，感谢所有帮助我们的人。

岳红卫（上马村村民）

突然问我这几年的变化，还真是不知道该说什么，因为处处都有变化。今年最大的变化是搬新家了，前一段刚装修好搬进来，比起以前的屋子好太多了，二层楼，一层3个房间1个厅，就是我们两口子住觉得有些空荡荡的。女儿也出嫁了，有了孩子，生活得也不错；儿子在外打工，收入还可以。现在家里比起以前那是好太多了，我们现在身体好，收入也在逐年上升。除了发愁儿子还没结婚，其他都不错。

王令见（上马村村民）

我们家情况比较特殊，我母亲患有精神残疾，孩子还在上学，家里花销多，生活压力也大。所以，对我而言，医疗有保障、教育有保障是最迫切，也是最需要的事情。以前不懂政策，许多明明可以享受的资金扶持没有享受到，花了很多"冤枉钱"，事后知道了，自己也着急，生了不少闷气。咱们省文物局的工作队来了以后，了解到我家的实际情况，经常针对性地过来给我宣讲政策、介绍办理流程。在他们的帮助下，我也渐渐知道了大病医疗保险、补充医疗保险、贫困生助学金等政策。2020年镇里干部来我家入户走访，抽查我对享受政策的熟悉程度，也没难住我。其实，不光是我，村里其他贫困户有什么需求，工作队也都是尽全力帮忙解决，老百姓们都把他们当知心人。他们来的这几年，不管是村里还是我家，生活都有了很大的变化。我也相信，往后的日子会越来越红火。谢谢省文物局！谢谢工作队！

岳中心（白杨村村民）

现在党的政策真是好啊！我们每月什么也不用动，就可以领取养老金，在以前是不敢想的。国家给我们交着医保，去医院看病几乎不用花钱。我们老两口还在村里打扫卫生，每年又有几千元的收入。我们的生活现在什么也不愁，日子过得好着啦。

白杨坡村百姓生活惬意

张翠玲（白杨村村民）

省文物局这几年对我们帮助可大了。你看看，家里用的冰箱、电视机、空调、电动车、煤气灶，都是省文物局发的；每年过年过节还给我们发米、面、油，人口少的一年都够吃了。省文物局真是帮了我们大忙了。

张保枝(白杨村村民)

我年纪大了,身体不好,儿女又不在身边,多亏了省文物局扶贫队的小伙子,经常来看看我,给我送东西、送药。2020年还给我送了一台洗衣机,我都不知道怎么说好了。那年我的房子烧了之后,也是省文物局扶贫队资助我重新盖起来,我太感激了!扶贫队的小伙比我的儿子还好了。

岳文革(白杨村村民)

这几年村里的变化太大了,以前的土路现在修成了柏油路,宾馆也建起来了。特别是省文物局帮助建的博物馆也开放了,来村里旅游的人越来越多,我们的眼界也更开放了。相信以后的日子会越来越好。

岳松堂(岳家寨村村民)

脱贫以来,村上的面貌有了很大的变化。村上的路宽了,也平了,来村里旅游的游客也多了。省文物局和各级政府给村上建了不少基础设施,修了老年活动中心,修了停车场,盖了好几个公共厕所,修了水池,有的村里人还搬迁到石城小区居住。我在山上开农家乐,收入每年都有提高,帮扶单位帮助我申请了致富带头人,奖励我5000元。帮扶单位还给村里搞了爱心超市,逢年过节给村民发米、面、油。以前村上的人下石城就是问题,不是步行,就是打车,来回路费就得100元,现在不用了,有了公交车一天几趟跑,来回10元钱。村里还搞了亮化工程,一到夜晚山上彩灯高照,美不胜收。

岳家寨贫困户自力更生

岳忙枝(岳家寨村村民)

我是70多岁的人了,腿脚不方便。自打扶贫队的上山以来,他们经常来家里看我,村里发的东西都是亲自送到我的家里,还经常帮我买食物、药品。真是从心里感谢帮扶单位和扶贫队。

白杨坡村举办孝亲敬老活动

图书在版编目（CIP）数据

文博心　扶贫情：山西省文物局扶贫工作纪实 / 山西省文物局编；刘润民主编. -- 太原：山西人民出版社，2021.6
ISBN 978-7-203-11859-6

Ⅰ. ①文…　Ⅱ. ①山…　②刘…　Ⅲ. ①纪实文学－中国－当代　Ⅳ. ①I25

中国版本图书馆CIP数据核字（2021）第122177号

文博心　扶贫情：山西省文物局扶贫工作纪实

编　　者：山西省文物局
主　　编：刘润民
责任编辑：刘小玲　张兴国
复　　审：冯　昭
终　　审：梁晋华
装帧设计：陈　婷

出 版 者：山西出版传媒集团·山西人民出版社
地　　址：太原市建设南路21号
邮　　编：030012
发行营销：0351-4922220　4955996　4956039　4922127（传真）
天猫官网：https：//sxrmcbs.tmall.com　电话：0351-4922159
E-mail：sxskcb@163.com　发行部
　　　　sxskcb@126.com　总编室
网　　址：www.sxskcb.com

经 销 者：山西出版传媒集团·山西人民出版社
承 印 厂：山西出版传媒集团·山西新华印业有限公司

开　　本：787mm×1092mm　1/16
印　　张：16.5
字　　数：320千字
印　　数：1—800册
版　　次：2021年6月　第1版
印　　次：2021年6月　第1次印刷
书　　号：ISBN　978-7-203-11859-6
定　　价：88.00元